Charmed

Stadt der Hexen

Charmed

Zauberhafte Schwestern

Stadt der Hexen

Roman von
Emma Harrison

Aus dem Amerikanischen
von Michael Neuhaus

vgs EGMONT

Bibliografische Information der Deutschen Bibliothek
Die Deutsche Bibliothek verzeichnet diese Publikation in der Deutschen Nationalbibliografie; detaillierte bibliografische Daten sind im Internet über http://dnb.ddb.de abrufbar.

Erstveröffentlichung bei Simon Spotlight Entertainment
An imprint of Simon & Schuster Children's Publishing Division,
New York 2005.
Titel der amerikanischen Originalausgabe:
The Queen's Curse
von Emma Harrison

Das Buch »Charmed – Zauberhafte Schwestern. Stadt der Hexen« von Emma Harrison entstand auf der Basis der gleichnamigen Fernsehserie von Spelling Television, ausgestrahlt bei ProSieben.

1. Auflage 2006

Redaktion: Sabine Arenz
Lektorat: Ulrike Reinen
Produktion: Susanne Beeh
Titelfoto: © Spelling Television Inc. 2006
Satz: Greiner & Reichel, Köln
Printed in Germany
ISBN 3-8025-3528-6
Ab 01.01.2007:
ISBN 978-3-8025-3528-4

www.vgs.de

1

»Wie konnte es in meinem Leben nur so weit kommen?«, fragte sich Paige Matthews laut.

Es war niemand da, der ihr eine Antwort hätte geben können, es sei denn, einer der vielen Fußgänger des belebten Viertels von San Francisco hätte sich erkühnt, seine Meinung zum Besten zu geben, gleichwohl war es eine Frage, die gestellt werden musste. »Ich bin Sozialarbeiterin gewesen. Tag für Tag habe ich aufgrund meiner Ausbildung Menschen geholfen. Menschen, die meine Hilfe *brauchten*. Ich bin nicht vier Jahre lang aufs College gegangen, nur um jetzt Kisten mit Pingpongbällen durch die Gegend zu schleppen.«

Es war nicht etwa so, dass Paige unter dem Gewicht der Kiste zusammengebrochen wäre. Immerhin bestanden Pingpongbälle ja größtenteils aus nichts anderem als Gas. Das Problem bestand in dem Umfang des Pakets. Es war etwa neunzig Zentimeter lang und neunzig Zentimeter breit, und bei ihrem schmalen Körperbau und der Spannweite ihrer Arme war es ihr kaum möglich, über das Ding hinwegzuschauen; und allmählich taten ihr die angespannten Finger weh, mit denen sie das Paket an den Seiten umklammert hielt. Und an so einem herrlichen und sonnigen Tag wie diesem war wirklich jeder Kauflustige, jeder Jogger und jede Mutter mit Kinderwagen draußen auf der Straße unterwegs, um ihr so in den Weg zu rennen, dass sie sich praktisch im Blindflug an ihnen vorbeimanövrieren musste.

Zudem hätte sie vielleicht nicht unbedingt ihre neuen Sandalen mit den sechs Zentimeter hohen Absätzen anziehen sollen. In der Tat, sie waren nicht die bequemsten Schuhe der Welt, aber sie passten so wunderbar zu ihrem limonengrünen Sommerkleid …

»Es muss doch irgendwo etwas Besseres für mich geben«, murmelte Paige in sich hinein, während sie die Kiste auf der Rückenlehne einer Bank an der Bushaltestelle absetzte. Das riesige Paket mit einer Hand ausbalancierend, versuchte sie mit der anderen, den Riemen ihrer Sandale zu richten. Sie zuckte zusammen und schrie auf, als ein jäher Schmerz sie durchfuhr. Sie schaute hinab auf die blutrote Blase, die dort auf ihren Zehen blühte. Na großartig. Genau das, was ihr noch gefehlt hatte.

»Hey, Lady! Sprechen Sie immer mit sich selbst?«, fragte sie ein grobschlächtiger Kerl in Lederjacke, der grinsend auf sie zugeschlendert kam.

»Haha. Sieh bloß zu, dass du Land gewinnst, Freundchen«, entgegnete Paige und verdrehte die Augen.

Der Typ lachte schnaubend auf und zog seines Weges. Paige starrte ihm konsterniert hinterher. Ein wahrer Gentleman hätte ihr ohne Zögern seine Hilfe angeboten, anstatt sie auszulachen. Aber wenn Paige eines wusste, dann war es, dass es ein ernsthaftes Defizit an wahren Gentlemen gab in der heutigen Zeit. Ihr Schwager, Leo, war diesbezüglich eine auffallende Ausnahmeerscheinung, doch das fiel schwerlich ins Gewicht, war er doch das Produkt einer gänzlich anderen Generation. Nein. Wenn man die Statistik auf die Typen begrenzte, die im ausgehenden 20. Jahrhundert das Licht der Welt erblickt hatten, musste Paige konstatieren, dass ihr bereits seit ziemlich langer Zeit kein Mann von echtem Benimm und Anstand mehr untergekommen war. Inzwischen war sie so weit, dass sie die Suche fast aufgegeben hatte. Auch und vor allem was Herzensangelegenheiten betraf.

Paige seufzte und schaute die Straße hinunter zu dem Durchgang zwischen *Chungs's Chinese Cuisine* und *The Gap*. Alles, was sie tun musste, war, das Paket irgendwie in diese Gasse und dann drei Stockwerke hoch zu Artemis Marcus' Appartement zu bugsieren. Dann hatte sie es geschafft. Artemis war der so genannte Künstler, für den Paige derzeit als Aushilfskraft jobbte. Vor etwa einer halben Stunde hatte er eine telefonische Mitteilung von einem in der Nähe gelegenen Sportgeschäft erhalten, dass seine Pingpongbälle angekommen seien, und er hatte sogleich Paige losgeschickt, sie abzuholen. Wozu er die Bälle brauchte, war ihr ein völliges Rätsel, aber eingedenk dessen, dass er sein letztes Kunstobjekt komplett aus Schokoriegelverpackungen angefertigt hatte, nahm sie an, dass es müßig war, ihn danach zu fragen. Außerdem hatte Paige in den vergangenen Wochen rasch begriffen, dass Artemis es gar nicht mochte, wenn man ihm irgendwelche Fragen stellte. Fast jedes Mal, wenn sie nur den Mund aufgemacht hatte, war er beinahe völlig ausgerastet.

Besser, ich bringe ihm schnell diese Bälle, bevor er noch einen Schlaganfall kriegt, dachte Paige. Sie wuchtete die sperrige Kiste wieder hoch. Aber vielleicht *soll* er ja einen Schlaganfall kriegen. Vielleicht ist *das* der Grund, warum ich hier bin.

Paige war die Jüngste der *Drei* – Halbschwester der beiden anderen Zauberhaften –, deren Besonderheit darin lag, dass sie nichts weniger als die mächtigsten Hexen aller Zeiten waren. Zusammen mit Phoebe und Piper, der Ältesten des Trios, trat Paige fast täglich gegen die Mächte der Finsternis an. Sie hatte nicht geahnt, dass sie, als sie ihren Hauptberuf an den Nagel gehängt und sich auf Gelegenheitsjobs verlegt hatte, fortan immer weiter in übernatürliche Kalamitäten hineinstolpern würde.

Seit ein paar Monaten nun verdiente sie ihr Geld als Aushilfs- und Zeitarbeitskraft, und mit jedem weiteren neuen Job kamen auch neue magische Probleme auf sie zu. Bislang war Paige stets in der Lage gewesen, beinahe jeder Person, für die sie gearbeitet hatte, mithilfe ihrer Hexenkräfte helfen zu können, und wenn nicht dieser Person selbst, so doch zumindest einem ihrer Angestellten. Es schien fast so, als würde das Schicksal selbst eingreifen und Paige vorzugsweise zu solchen Anstellungen schicken, wo nicht einfach nur *jemand* gebraucht wurde, der Anrufe entgegennahm – sondern vielmehr ganz zufällig die besonderen Talente einer Zauberhaften gefragt waren.

Was Artemis betraf, hatte Paige allerdings keinerlei Vorstellung, welche Hilfe er von ihr benötigen könnte. Er war nichts anderes als ein verzogener, überprivilegierter Bengel, der von Mamis und Papis Geld lebte, schlechte Kunst produzierte und von morgens bis abends darüber klagte, dass ihn zu seinen Lebzeiten wohl niemand wirklich zu würdigen wisse. Warum, um alles in der Welt, hatten die geheimen Mächte sie bloß zu ihm geschickt?

Paige neigte die Kiste ein wenig zur Seite und senkte den Blick, um nicht über die Kante zwischen dem asphaltierten Bürgersteig und dem Kopfsteinpflaster der Gasse zu fallen. Doch kaum hatte sie den ersten Schritt getan, drängelte sich eine Horde von Teenagern übermütig aus einer Boutique. Ihre Einkaufstüten flatterten, die Handys plärrten und schrillten. Plappernd und lachend stolzierten die Mädchen auf den Bürgersteig. Paige wollte noch eine Warnung rufen, als die Meute direkt auf sie zugesteuert kam, blind für alles, was sich außerhalb ihrer kleinen Seifenblase befand, doch es war bereits zu spät. Eines der Mädchen krachte mit der Schulter gegen die Kiste. Paige taumelte zurück, blieb mit dem Absatz in einer Fuge zwischen zwei Steinen stecken, und die Kiste entglitt ihrem Griff. Sie versuchte sie noch festzuhalten, doch das Paket gehorchte bereits anderen Gesetzen, knallte zu Boden und spie Pingpongbälle in alle Richtungen aus. Ein letzter, verzweifelter Versuch, das Gleichgewicht zu halten, scheiterte kläglich, und dann stürzte auch Paige und schrammte mit dem nackten Bein empfindlich über den rauen Asphalt. Vor Schmerz biss sie die Zähne zusammen, während direkt vor ihrer Nase tausende von Pingpongbällen in der Gasse umherhüpften.

Warum, oh warum nur konnte ich nicht mit Pipers Kräften geboren werden?, haderte Paige still mit ihrem Schicksal. Die Zeit einfrieren zu können, wäre jetzt eine echte Hilfe gewesen.

»Uups. 'tschuldigung«, meinte die unfreiwillige Übeltäterin der Teenagerriege. Sie hielt sich kichernd und prustend die Hände vor den Mund und machte sich mit ihren Freundinnen eilends davon.

»Ja, klar. Was auch immer«, stieß Paige zwischen den Zähnen hervor. Es kostete sie all ihre Willenskraft, jetzt und in diesem Moment nicht das Handtuch zu schmeißen, einfach nach Hause zu orben und sich ein schönes heißes Bad zu gönnen.

Gerade als sie die Hände gegen den Asphalt stemmte, um sich wieder vom Boden zu erheben, schob sich ein Paar ausgetretene schwarze Stiefel in ihr Blickfeld.

»Wenn Sie gestatten«, sagte eine Stimme. Eine tiefe Stimme, männlich und sexy. Jemand ergriff sacht ihren Ellbogen und zog sie scheinbar so mühelos wieder hoch, als sei sie so leicht wie eine Feder.

Normalerweise reagierte Paige allergisch darauf, wenn wildfremde Kerle sie anzufassen versuchten, doch irgendetwas an den Händen dieses Mannes hielt sie davon ab, sie zurückzustoßen. Sie waren kräftig und gleichzeitig sanft, beinahe tröstend, als gehörten sie jemandem, den sie bereits ihr ganzes Leben lang kannte.

»Sind Sie verletzt?«, fragte der Mann.

Paige blinzelte und schaute zum ersten Mal zu ihm auf. Für den Bruchteil einer Sekunde blieb ihr das Herz stehen, setzte jedoch im nächsten Moment mit einem mächtigen Schlag gegen ihren Brustkorb wieder ein und begann sodann in einem Tempo zu rasen, als würde sie sich auf den letzten paar Metern einer Zielgeraden befinden. Sie blickte in das warmherzigste, schokoladenbraunste Paar Augen, das sie jemals gesehen hatte. Augen, die so wundervoll waren, dass sie sich gar nicht davon losreißen konnte … so lange, bis der Mann, dessen Gesicht sie zierten, ihr ein makelloses, liebenswürdiges, leicht schiefes Lächeln schenkte. Nun war es der Mund, von dessen Anblick sie sich nicht mehr zu lösen vermochte.

»Haben Sie sich den Kopf gestoßen?«, fragte er.

Irgendwo in den Tiefen ihres Bewusstseins dämmerte ihr, dass sie soeben angesprochen worden war. Sag etwas!, schrie eine kleine Stimme in ihr. Sag *irgendwas*, sonst hält er dich noch für eine entlaufene Irre!

Langsam schüttelte Paige den Kopf. Das hier sah ihr überhaupt nicht ähnlich. Für gewöhnlich ließ sie sich von Männern nicht bis zur Sprachlosigkeit aus der Fassung bringen. »Ich … äh … nein«, erwiderte sie. »Es geht mir gut. Danke.«

»Gut«, sagte er. Er nahm seine Hände von ihrem Arm.

Fast im selben Augenblick vermisste Paige bereits die Wärme seiner Berührung; sie schlang die Arme um ihren Oberkörper, als würde sie frösteln. Was war da gerade mit ihr passiert?

Reiß dich zusammen! Ist schließlich nur ein Typ!, sagte sie sich, während sie gleichzeitig versuchte, ihr wild pochendes Herz zu ignorieren. Wie hoch stehen die Chancen, dass er anders ist als die einhundertundeins anderen Loser, die dir in deinem Leben bisher über den Weg gelaufen sind?

»Hm … trainieren Sie für die nächste Tischtennisolympiade oder irgendetwas in dieser Art?«, fragte er, während er sich zu den Pingpongbällen auf der Erde umwandte.

»Ach wo, so toll ist es gar nicht«, erwiderte Paige.

Sie warf einen raschen Blick auf seine tadellos verwaschenen Jeans. Dazu trug er ein schwarzes T-Shirt, und auf seinem Oberarm prangte ein schwarzes Tattoo in Form eines irgendwie cool aussehenden Symbols. Sein zerzaustes blondes Haar hatte diesen einnehmenden Look, der zu besagen schien: Ich lege schon Wert darauf, aber nicht allzu viel. Wo kam dieser Typ bloß her? Aus dem Land der Vollkommenen?

»Okay, ich helfe Ihnen schnell beim Einsammeln«, sagte er und ging in die Hocke, um den Pappkarton wieder in die richtige Lage zu bringen.

»Nein, nein. Es geht schon«, entgegnete Paige. Sie kniete sich neben ihn und klaubte ein paar der Pingpongbälle auf. »Sie haben bestimmt etwas zu tun … müssen irgendwo hin …« Zu einer Freundin wahrscheinlich, fügte sie in Gedanken hinzu. Denn das entspräche wohl am ehesten Paiges derzeitigem Glück.

Sie legte eine Hand auf die Kante der Kiste, um die Balance zu halten, und ihr kleiner Finger berührte seinen. Der kurze Körperkontakt jagte Paige einen solchen Hitzeschauer über die Haut, dass sie einen Moment lang das Gefühl hatte, ein heftiger Blitzsturm zöge über sie hinweg. Ihre Blicke trafen sich, und sie wusste, sie *wusste* einfach, dass er es ebenso gespürt hatte.

»Ich heiße Colin«, sagte er und hielt ihr seine Hand hin.

Einen endlosen Augenblick lang schaute Paige auf seine Finger. Sie war nicht sicher, ob ihr Körper so viel hautnahem Kontakt mit ihm gewachsen sein würde. Aber es wäre ausgesprochen unhöflich, ihn einfach zu ignorieren.

»Paige«, erwiderte sie und ergriff seine Hand. Die Welle purer Anziehungskraft, die jäh über sie hereinbrach, verschlug ihr beinahe den Atem.

Plötzlich fühlte sie sich von Colin abermals auf die Füße gehoben. Ihr Puls hämmerte so laut in ihren Ohren, dass sie den weniger als fünf Meter entfernt tobenden Straßenlärm kaum noch hörte. Niemals zuvor hatte sie so etwas verspürt. Nicht einmal, als sie sich zum ersten Mal mit einem Jungen getroffen hatte. Konnte es sein, dass dies die sagenumwobene Liebe auf den ersten Blick war?

»Also, was hat es denn jetzt mit den ganzen Pingpongbällen wirklich auf sich?«, fragte Colin. »Du musst es mir sagen, sonst grüble ich den ganzen Tag darüber nach.«

Irgendwie eine schöne Vorstellung, dass sich deine Gedanken den ganzen Tag um mich drehen könnten, dachte Paige bei sich. »Ich arbeite für einen Künstler, und der braucht Pingpongbälle für sein neuestes Projekt«, erklärte sie. Sie ließ ihren Blick um sich herum über das Chaos schweifen. »Zumindest *hält* er sich dafür.«

Colin lachte. »Nun, das klingt ... interessant.«

»Das ist es nun wirklich nicht«, erwiderte Paige. »Um ehrlich zu sein, es ist das absolute Gegenteil von interessant.«

»Na ja, ich schätze mal, durch dich wird es interessant«, sagte Colin.

Paige wurde rot und lächelte. »Netter Spruch.«

»Das ist kein Spruch«, entgegnete er voller Ernst. Er trat einen winzigen Schritt näher auf sie zu. »Hör zu, normalerweise ist das nicht meine Art, aber ... meinst du, ich könnte dich mal anrufen, irgendwann ... Paige?«, fragte er.

Wow.

»Auf jeden Fall«, erwiderte Paige atemlos.

»Gut«, meinte Colin und zeigte ein weiteres Mal dieses mörderische Lächeln. »Weil ich nämlich unbedingt erfahren will, wie diese ganze Pingpongballangelegenheit für dich ausgegangen ist.«

Paige lächelte und schaute ihm unverwandt in die Augen. Hier bahnte sich etwas Großes, Besonderes an – das konnte sie spüren. Irgendwie gelang es ihr, den Blick von ihm abzuwenden, in ihrer Tasche herumzukramen und schließlich einen Stift und einen alten, zerknitterten Zettel zum Vorschein zu bringen. Sie kritzelte ihre Telefonnummer darauf und drückte ihn Colin in die Hand.

»Ich mache so was normalerweise auch nicht«, sagte Paige. »Also enttäusch mich nicht.«

Aha. Das klang schon eher wieder nach ihr selbst. Sie schaffte es sogar, ein ganz klein wenig zu flirten! Colin grinste und führte ihre Hand zu seinem Mund.

»Das werde ich nicht.« Er berührte ihren Handrücken mit seinen Lippen und lächelte. »Viel Glück«, sagte er. Dann trat er einen zögerlichen Schritt zurück, wandte sich um und verschwand um die Ecke.

Paige stieß den Atem aus und lehnte sich gegen eine der kühlen Hauswände der Gasse. Ihr Brustkorb hob und senkte sich in rascher Folge, und sie fühlte sich tatsächlich etwas wacklig auf den Beinen. Wie war es möglich, dass jemand nach nur fünf Minuten eine solche Wirkung auf sie hatte? Bereits jetzt konnte sie es kaum noch erwarten, ihn wiederzusehen, verzehrte sich förmlich nach ihm. Was konnte dies anderes sein als Liebe?

Und ich dachte, es gäbe keine wahren Gentlemen mehr auf der Welt, dachte Paige und stieß sich von der Hauswand ab. Sie hielt inne, als ein jäher Gedanke sie traf. Vielleicht war *dies* hier der Grund, warum das Schicksal sie zu diesem Job geführt hatte. Vielleicht hatte sie Colin treffen *sollen*. Womöglich wollte man sie für all ihre guten Taten belohnen, und die Belohnung war ein Date mit dem perfektesten Mann der Welt.

Paige schaute die Gasse hinunter und versuchte, das Ausmaß der Bescherung einzuschätzen. Das schmutzige Kopfsteinpflaster war über und über mit hunderten von kleinen weißen Bällen bedeckt; einige waren sogar den ganzen weiten Weg bis zu dem überquellenden Müllcontainer am anderen Ende hinuntergehüpft. Sie würde Stunden auf Händen und Füßen hier herumkriechen müssen, bis sie alle eingesammelt und wieder dort verstaut haben würde, wo sie hingehörten. Paige war sich darüber im Klaren, dass sie es eigentlich nicht tun sollte, doch ihre Begegnung mit Colin hatte sie in einen beinahe rauschhaften Zustand aus überbordender Lebenslust und schierem Übermut versetzt. Sie sah sich um, um sicherzugehen, dass niemand sie beobachtete, hob die Hand und daraufhin ihre Stimme.

»Bälle«, sagte sie laut.

Plötzlich schwirrten Millionen weißer Lichtpünktchen umher, und aus allen Richtungen kamen vom Boden her Pingpongbälle herbeigeflogen und scharten sich in der Luft zu einem großen weißen Klumpen. Paige ließ ihre Hand in Richtung der offenen Kiste schnellen, und die weißen Lichtkugeln verschwanden, während die Pingpongbälle wieder ordnungsgemäß in ihrer Verpackung versanken.

Dies alles das Werk nur weniger Sekunden.

Im nächsten Moment wurde über ihr jäh ein Fenster aufgerissen, und Paige sprang erschrocken zurück.

»Hey! Patricia! Ich bezahle Sie nicht fürs Herumstehen!«, brüllte Artemis aus seinem Atelier herab.

Paiges Herz schien einen Schlag lang auszusetzen, als ihr bewusst wurde, wie knapp sie soeben davor gestanden hatte, bei der Ausübung ihrer magischen Fähigkeiten ertappt zu werden. Sie kannte Colin kaum mehr als fünf Sekunden, und schon warf sie alle Umsicht über Bord. Nicht gut.

»Mein Name ist Paige«, zischte sie kaum hörbar und richtete die Wut, die sie eigentlich auf sich selbst verspürte, gegen Artemis.

Paige schnappte sich die Kiste und wankte auf unsicheren Beinen zum Seiteneingang des Apartmentgebäudes. Falls sie und Colin tatsächlich ein Paar werden sollten, würde sie sich einfach hinter die Ohren schreiben müssen, in Zukunft etwas vorsichtiger zu sein. Ein albernes Kichern kam über ihre Lippen, als sie sich selbst mit Colin in trauter Zweisamkeit vorstellte, während sie rückwärts durch die Tür tappte. Schließlich gab es gegen ein bisschen Tagträumerei nichts einzuwenden. Plötzlich lag eine gänzlich neue Art von Magie in der Luft.

»Ich glaube, ich hab in meinem Leben noch nie so viel gegessen«, sagte Paige und hielt sich eine Hand auf den Bauch, während sie und Colin am darauf folgenden Abend die Stufen zur Haustür von Halliwell Manor hinaufstiegen.

»Ich auch nicht«, erwiderte Colin. »Ich hatte zwar gehört, dass das Restaurant gut sein soll, aber nicht –«

»Dass man dort abgefüttert wird, bis man platzt?«, scherzte Paige.

»Genau«, meinte Colin lachend.

Auf der obersten Treppenstufe blieben sie stehen. Paige lächelte Colin an. In seinem weißen T-Shirt und der braunen Wildlederjacke hätte er so ziemlich auf jedes Werbeplakat gepasst, doch war es nicht sein hinreißendes Aussehen, das sie so sehr anzog. Den ganzen Nachmittag lang hatte Paige ihren Tagträumen über diesen Burschen und den Verlauf des ersten Abends mit ihm nachgehangen, aber der Colin der wirklichen Welt hatte es geschafft, sein Gegenstück aus ihren Tagträumen gründlich in die Schranken zu weisen. Nicht nur, dass er noch am gleichen Abend, nachdem er in den Besitz ihrer Telefonnummer gelangt war, angerufen hatte, nein, er hatte auch noch den idealen Ort für ihre erste Verabredung ausgesucht – ein etwas abseits vom üblichen Rummel gelegenes Restaurant, in dem farbenprächtige Blumenranken die Wände zierten und flackerndes Kerzenlicht aus jeder Ecke zu ihnen drang. Und, anders als die meisten Typen, die neunzig Prozent des Abends damit zubrachten, über sich selbst zu erzählen, hatte Colin Paige alle möglichen Fragen über *ihr* Leben gestellt. Er schien aufrichtig daran interessiert, alles über sie zu erfahren, nicht nur, ob sie gut küssen konnte.

Obwohl sie ihn jetzt wirklich gern geküsst hätte. Wirklich, *wirklich* gern.

»Also …«, sagte Paige. Ihr Lächeln wurde noch ein wenig strahlender.

»Also …«, sagte auch Colin. Bildete sie sich das nur ein, oder starrte er auf ihre Lippen?

Paige trat einen Schritt näher an ihn heran. Die Luft um sie herum schien zu kochen. Ein sanfter Windhauch wehte durch ihr offenes Haar und jagte ihr einen wohligen Schauer über den Rücken. Paige genoss den Taumel ihrer Sinne. Allein Colins Nähe ließ alles viel lebendiger und schöner erscheinen.

»Es war ein wunderbarer Abend«, sagte sie.

»Ja, für mich auch«, erwiderte Colin. Seine Stimme war beinahe ein Flüstern. »Er hatte etwas … Magisches.«

Paige erstarrte. Die Erwartung des ersten Abschiedskusses war schneller fortgewischt, als sie das Wörtchen »Achtung« überhaupt denken konnte. Etwas Magisches? Warum hatte er ausgerechnet diese Formulierung gewählt?

Wenn das hier wieder so ein übler Trick von irgendeinem Dämon oder Warlock ist, prügle ich ihm seine gottverdammte Seele aus dem Leib, dachte Paige zähneknirschend.

»Was ist?«, fragte Colin. »Ist alles in Ordnung?«

Ein Anflug von Sorge trat in seine warmen braunen Augen. Oder hatte sie sich doch getäuscht? Paige sah ihn forschend an, versuchte den Ausdruck in seinem Gesicht zu deuten, in sein Herz zu blicken. Den ganzen Abend lang war er der vollendete Gentleman gewesen – charmant, witzig, höflich. Er hatte all ihre Scherze auf Anhieb verstanden und manchmal sogar den Satz für sie beendet. Er hatte ihr die Türen aufgehalten, ihr angeboten, von seinem Essen zu probieren, gefragt, ob ihr zu kalt oder zu warm in seinem Wagen war. Ihr fiel nicht ein einziger Punkt ein, an dem sie etwas an ihm auszusetzen gehabt hätte. Der Abend war einfach perfekt gewesen.

Natürlich, wenn er sich jetzt als eine Ausgeburt finsterer Mächte entpuppte, zog das den guten Schnitt fraglos gewaltig in den Keller.

Wenn sie doch nur einen Enthüllungszauber sprechen könnte, um den Dämon zu zwingen, sein wahres Gesicht zu zeigen. Doch andererseits – gäbe sie hier und jetzt einen ihrer Zaubersprüche von sich und sollte sich dabei herausstellen, dass Colin tatsächlich nichts anderes war als ein völlig normaler Mensch, würde sie sich in ernsthafter Erklärungsnot befinden. Es gab nicht viele Frauen, die ein Rendezvous mit einem magischen Hexenvers beschlossen.

Nein. Sie brauchte mehr Rückendeckung.

»Könntest du ... hier noch eine Sekunde warten?«, fragte Paige. Sie griff nach dem schweren Knauf an der Tür. »Ich möchte nur schnell nachsehen, ob meine Schwestern zu Hause sind. Ich könnte mir vorstellen, dass sie dich gern kennen lernen würden.«

Colins Miene hellte sich auf. »Großartig! Es wäre mir ein Vergnügen, ihre Bekanntschaft zu machen.«

»Bin gleich wieder da«, sagte Paige. Sie schlüpfte durch die Tür, lehnte sich von innen dagegen und holte tief Luft. »Ja, genau. Jede Wette, dass du gern ihre Bekanntschaft machen würdest. Du elender dämonischer Bastard.«

Paige seufzte und machte sich auf die Suche nach Piper und Phoebe.

»Sei lieb, Wyatt«, redete Phoebe mit Engelszungen auf Wyatt ein. »Roll den Ball zu Tante Phoebe! Roll den Ball zu Tante Phoebe, Wyatt.«

Piper Halliwell grinste, als ihr Sohn seinen roten Plastikball packte und Phoebe anstarrte, als hätte sie ihn soeben aufgefordert, ihr sein Fläschchen zu überlassen. Phoebe und Wyatt saßen sich auf dem Boden des Sonnenzimmers gegenüber; um sie herum waren lauter Spielsachen verstreut. Seit über einer Stunde hatten sie nun miteinander gespielt, während Piper Hausarbeit erledigt und sich anschließend die Bücher des *P3*, ihres Nachtklubs, vorgenommen hatte. Bisweilen war es ganz praktisch, gleich zwei im selben Haus wohnende Babysitter zu haben. Piper beförderte Wyatts Teddybär in das Laufställchen und warf ihr langes schwarzes Haar zurück.

»Komm schon, Wyatt«, sagte sie und ging in die Hocke. »Rolle dolle, erinnerst du dich?«

Wyatt schüttelte den Kopf und presste den Ball noch fester an sich.

»Ich glaube, er hat keine Lust mehr zum Spielen«, meinte Piper.

Phoebe runzelte die Stirn. »Er schaut mich an, als wäre ich sein Feind«, sagte sie.

»Na ja, was erwartest du, wenn du ihm seinen Ball wegzunehmen versuchst?«, frotzelte Piper.

»Ich will dir deinen Ball doch gar nicht wegnehmen, Schätzchen«, sagte Phoebe. Sie beugte sich vor und schüttelte lächelnd den Kopf. »Ganz ehrlich nicht. Ich will doch nur mit dir spielen.«

Wyatts Blick wanderte zu seinem Laufställchen hinüber. Plötzlich verschwand der Teddybär in einem Wirbel aus grellweißem Licht daraus und tauchte in der gleichen Sekunde in Phoebes Armen wieder auf. Phoebes Unterkiefer klappte herab, und konsterniert schaute sie Piper an, die in lautes Gelächter ausbrach.

»Ich schätze, er ist der Meinung, dass du lieber *damit* spielen sollst«, meinte Piper.

»Dieser gerissene kleine Schlawiner«, sagte Phoebe, die Augen zu schmalen Schlitzen verengt.

Wyatt stieß ein belustigtes Giggeln aus und hob den Ball an seinen Mund. Lächelnd knuddelte Phoebe den Teddy.

»Danke schön, Wyatt«, sagte sie und strich ihm mit der Hand über sein flachsblondes Haar. »Ich weiß, dass er dein Lieblingstier ist.«

Piper drückte ihrem mit magischen Kräften ausgestatteten Sohn einen dicken Schmatzer auf die Stirn und lehnte sich zurück. Sie schaute auf die Uhr und ließ ihren Blick dann aus dem Fenster zur Straße hin wandern. »Ich frage mich, wie Paiges Verabredung wohl läuft.«

In gleichen Moment knallte die Vordertür zu. »Hört sich an, als würden wir's gleich erfahren«, stellte Phoebe fest.

Piper nahm Wyatt auf den Arm. Sie und Phoebe hatten sich noch nicht ganz vom Boden erhoben, als Paige auch schon ins Zimmer gestakst kam. Sie hatte ihr liebstes kleines Schwarzes an, und ihr nach hinten gekämmtes Haar unterstrich ihr hochrotes Gesicht. Es lag ein Ausdruck unterdrückter Panik in ihrer Miene, der bei Piper sofort sämtliche Alarmglocken läuten ließ.

»Hey«, sagte sie. »Alles in Ordnung?«

»Nicht ganz«, entgegnete Paige. Sie warf ihre silberne Handtasche aufs Sofa und ließ sich direkt daneben plumpsen. »Ich glaube, er könnte vielleicht ein Warlock sein.«

»Oh, nein«, rief Phoebe aus. »Liebes, das tut mir Leid.«

»Wär ja nicht das erste Mal in dieser Familie«, meinte Piper. »Oder das zweite ... oder das zehnte ...«

»Was hast du jetzt vor?«, fragte Phoebe und setzte sich neben Paige auf die Couch.

»Um ehrlich zu sein, hatte ich gehofft, dass ihr mir dabei helfen könntet, dem Burschen mal etwas auf den Zahn zu fühlen«, erwiderte Paige. Sie biss sich auf die Lippe. »Nur um ganz sicher zu sein.«

»Klar. Machen wir. Wir könnten ihn ja morgen zum Brunch einladen und dann versuchen, ihn bei der Gelegenheit mal ein bisschen zu testen«, meinte Piper, Wyatt auf ihrer anderen Hüfte absetzend.

»Oder wir könnten es jetzt gleich versuchen«, schlug Paige vor. »Er steht noch immer vor der Tür.«

Piper stockte beinahe der Atem, als sie vernahm, dass ein potenzieller Dämon sich draußen vor ihrer Haustür herumtrieb. Ein Gefühl, an das sie sich wohl niemals wirklich würde gewöhnen können. »Er ist immer noch hier?«

»Na ja, ich wollte ihn nicht einfach so nach Hause schicken«, gestand Paige und hob im gleichen Moment beschwichtigend die Hand. »Falls es sich um einen gewöhnlichen Sterblichen handelt, ist er der perfekteste Mann des Planeten.«

Piper schaute Phoebe an, während sie Wyatt auf dem Arm schaukelte. »Also gut. Was können wir tun, das nicht allzu offensichtlich erscheint?«

»Wie wär's mit dem Betörungsspruch?«, meinte Phoebe schulterzuckend. »Er lässt das Böse zu Tage treten, erinnert ihr euch? Falls da überhaupt etwas in dieser Art ist, versteht sich. Jedenfalls besser, als ihn einzufrieren und mit einer Nadel zu pieksen, um zu sehen, ob Blut kommt.«

»Ja. Die Ausrede mit der Stechmücke wird allmählich alt«, stimmte Piper ihr zu.

Vor Jahren hatten die Drei herausgefunden, dass Warlocks nicht bluteten, und sich aufgrund dessen einen Standardtest für ihre potenziellen Lover ausgedacht. Piper fror den Probanden ein, dann stachen sie ihn mit einer Nadel, und anschließend erlöste Piper ihn wieder aus der Erstarrung. War danach Blut zu sehen, so hieß das, dass sie es mit einem Menschen zu tun hatten. Natürlich wunderte sich der Kandidat für gewöhnlich, warum sich auf seinem Arm ein Einstich befand, obwohl er mit nichts, was dafür als Ursache infrage kam, in Berührung gekommen war.

»Hast du deine Sonnenbrille zur Hand?«, fragte Phoebe Paige.

Paige griff in ihre Handtasche, holte die Sonnenbrille mit den goldgetönten Gläsern hervor und reichte sie Phoebe.

»Okay, werden wir das Ding mal ein wenig verhexen«, meinte Piper. »Sieh du inzwischen zu, dass du ihn von der Haustür wegholst, bevor die Nachbarn noch auf die Idee kommen, dass sich bei uns ein Spanner herumtreibt.«

»Vielen Dank, Leute«, sagte Paige.

Sie eilte hinaus, und Piper setzte Wyatt in seinem Laufställchen ab. Wie immer stand Wyatt sofort wieder auf seinen wackligen Beinchen und hielt sich an den Gitterstäben fest, um seine Mutter und seine Tante aufmerksam zu beobachten. Phoebe platzierte die Sonnenbrille auf dem Tisch, und sie und Piper berührten deren Bügel mit den Fingerspitzen.

»Klingt, als würde sie diesen Typen wirklich mögen«, stellte Phoebe fest.

»Ja. Hoffen wir, dass wir ihn nicht umlegen müssen«, entgegnete Piper.

Gemeinsam sagten sie den Zauberspruch auf:

Magische Mächte, von nah und von fern,
gebt Kraft diesem Ding, den Lug zu zerstör'n.
Gestattet der Hexe, es dann zu benutzen,
der Maske des Bösen listig zu trutzen.

Abermals schloss sich die Haustür, und Piper setzte die Sonnenbrille auf. Sie kam sich, gelinde gesagt, ein wenig blöd dabei vor, im Haus und noch dazu in stockfinsterer Nacht eine Sonnenbrille zu tragen – doch was spielte das schon für eine Rolle? Das Einzige, worauf es ankam, war, Paige dabei zu helfen, die Wahrheit über ihre neue Eroberung herauszufinden. Piper und Phoebe strafften sich, als Paige mit ihrer Verabredung im Schlepptau zur Tür hereinkam.

»Oh mein Gott«, entfuhr es Piper unwillkürlich, während ihr Herz ihr einen gewaltigen Schlag gegen den Brustkasten versetzte.

Instinktiv nahm Paige einen Schritt Abstand von Colin, und Phoebe ergriff Pipers Hand.

»Was ist es? Ein Dämon? Ein Warlock? Ein abscheuliches Monster?«, flüsterte Phoebe, Colin den Rücken zukehrend.

Piper wandte sich ebenfalls um und nahm die Sonnenbrille ab, die freie Hand wie einen Fächer vor ihrem Gesicht ausbreitend. »Ach was. Er ist ein Mensch. Es ist nur ... hat Paige uns eigentlich erzählt, *wie* gut dieser Typ aussieht?«, fragte sie.

Phoebe verdrehte die Augen. Mit einem etwas gezwungenen Lachen drehte sie sich wieder um. »Hi!«, sagte sie und streckte Paiges Verabredung die Hand hin. »Du musst Colin sein. Ich bin Phoebe.«

Glücklicherweise schien sich Colin durch absonderliche Verhaltensweisen nicht aus der Ruhe bringen zu lassen. »Schön, dich kennen zu lernen«, erwiderte er und gab ihr die Hand. »Dann bist du wohl Piper?«

Piper nickte grinsend. Tatsächlich konnte sie gar nicht mehr aufhören zu grinsen. Was einigermaßen untypisch für sie war. Sie konnte sich nicht erinnern, wann ein Mann zum letzten Mal einen solchen Eindruck auf sie gemacht hatte. Nicht dass sie irgendwelche Ambitionen gehabt hätte, was ihn betraf. Schließlich war sie eine glücklich verheiratete Ehefrau und Mutter. Doch das hieß mitnichten, dass sie Vollkommenheit nicht zu würdigen wusste, wenn sie sie sah. Ganz ohne Frage machte man Paige in Sachen Männern so rasch nichts vor.

»Alles *okay*, Leute?«, fragte Paige ostentativ.

»Ja! Alles bestens!«, antwortete Piper. »Alles völlig in Ordnung. Kein Grund zur Beunruhigung.«

Auf Paiges Gesicht zeichnete sich Erleichterung ab, doch dann bedachte sie Piper mit einem Blick, der zu besagen schien: Wenn alles so völlig in Ordnung ist, dann hör gefälligst auf, dich wie ein Schwachkopf zu benehmen!

»Und wer ist dieser kleine Racker hier?«, fragte Colin und ging vor dem Laufställchen in die Hocke.

Ein weiterer Test, den es zu bestehen galt. Wyatt besaß sein ganz eigenes, angeborenes Schutzfeld, das jedes Mal aktiviert wurde, sobald sich Dämonen oder Warlocks in der Nähe befanden. Als Colin sich über ihn beugte, schaute Wyatt nur neugierig zu ihm auf.

»Das ist Pipers Sohn Wyatt«, klärte Phoebe Colin auf und trat neben ihn.

Oh mein Gott!, bedeutete Piper Paige, die Worte lediglich mit den Lippen formend, kaum dass Colin sich von den beiden abgewandt hatte. Und mit einer theatralischen Grimasse: Er ist unglaublich!

Ich weiß!, funkte Paige auf die gleiche Weise zurück. *Kein Dämon?*

Piper reichte Paige die Sonnenbrille, damit sie sich selbst überzeugen konnte. Paige setzte sie auf, betrachtete kurz Colins Profil, lächelte dann und warf die Brille auf die Couch. Den Blick nach oben an die Zimmerdecke gerichtet, schickte sie ein stummes Dankeschön gen Himmel. Piper kannte dieses Gefühl nur allzu gut. Sie konnte die vielen Male gar nicht mehr zählen, bei denen sie selbst oder eine der beiden anderen in der Vergangenheit diese Ungewissheit hatten durchmachen müssen. Als die Zauberhaften konnten sie es sich einfach nicht erlauben, jedem Mann, der in ihr Leben trat, vorbehaltlos zu trauen.

Zumindest hatte dieser hier jedenfalls nichts Dämonisches. Und Paige schien offensichtlich eine Menge an ihm zu liegen. Alles, was Piper jetzt noch tun konnte, war, darauf zu hoffen, dass er Paige nicht das Herz brechen würde.

2

Paige schritt die betonierten Stufen der Zuschauerränge des Baseball-Stadions hinab, Colin und dem Platzanweiser, der sie zu ihren Sitzplätzen führte, dicht auf den Fersen.

Vom Spielfeld her drang jenes unverkennbare Geräusch des Balles zu ihnen hinauf, der auf das Schlagholz prallte, gefolgt von dem kollektiven Aufschrei der begeisterten Menge, während alle um sie herum von ihren Sitzen aufsprangen. Einen winzigen Augenblick lang befürchtete Paige, Colin in dem aufbrausenden Chaos zu verlieren, doch dann wurde ihr bewusst, dass das so gut wie unmöglich war. Wie konnte man jemanden verlieren, der ein *Giants*-Fähnchen, einen riesigen, aufblasbaren Baseballschläger *und* einen knallorangefarbenen Schaumstoff-Finger bei sich trug?

»Da wären wir«, sagte der Platzanweiser und blieb direkt neben zwei freien Logenplätzen in der dritten Reihe stehen.

»Das ist doch ein Witz, oder? *Hier?*«, fragte Paige.

Normalerweise saß sie so weit oben in den Zuschauertribünen, wenn sie zu einem Baseballspiel ging, dass die Bases wie Minimarshmallows aussahen. Von hier aus jedoch konnte sie sogar noch die Dreckflecken auf dem Rücken des ersten Basemans deutlich erkennen. Colin setzte sich und grinste glücklich zu ihr hinauf.

»Wow. Das nenne ich mal gute Plätze«, sagte Paige, während der Platzanweiser wieder in Richtung Eingang davoneilte. Sie ließ sich auf dem Sitz neben Colin nieder und nahm die Schachtel mit Popcorn in Empfang, die er ihr entgegenhielt. »Wie bist du denn daran gekommen? Bist du etwa Millionär, oder was?«

Auf dem Spielfeld brüllte der Schiedsrichter »Strike!«. Paige runzelte die Stirn. Sie hatte noch niemals nah genug am

Spielfeld gesessen, um die Stimme des Schiedsrichters zu hören.

»Paige, ich muss dir was beichten«, sagte Colin.

Oje, jetzt kommt's. Er ist verheiratet. Diese Plätze gehören der Familie seiner Frau oder so was in der Art, dachte Paige. »Raus damit. Wo drückt der Schuh?«, fragte sie. Unwillkürlich hielt sie den Atem an.

»Diese Plätze sind nicht meine«, eröffnete ihr Colin. »Ich hab sie von einem alten Kumpel.«

»Oh, na ja, kein Problem«, erwiderte Paige, die innerlich vor Erleichterung aufseufzte. »Saisonkarten für die *Giants* sind nicht Bedingung bei mir.«

»Nein. Das ist es nicht, was ich dir beichten wollte«, meinte Colin. Er wurde tatsächlich ein wenig rot. »Es geht darum, dass ich noch niemals zuvor bei einem Baseballspiel war.«

Paige musterte ein weiteres Mal Colins Outfit – Windjacke und Baseballkappe der *Giants*, beides nigelnagelneu – und kam zu dem Schluss, dass sein Geständnis absolut glaubwürdig war.

»Wow. Du meinst, deine Eltern haben dich nicht ein einziges Mal mitgenommen?«, fragte sie.

»Meine Eltern sind viel beschäftigte Leute«, erklärte Colin, während auf dem Spielfeld ein Fehlwurf angezeigt wurde. »Sie haben kaum Zeit für … solche Vergnügungen.«

Paige warf sich ein Popcorn in den Mund. Dies war das erste Mal, dass Colin seine Familie erwähnte, und plötzlich war sie ganz Ohr. Wenn er sie an persönlichen Dingen aus seinem Leben teilhaben ließ, bedeutete das, dass er sich ihr noch näher zu fühlen begann.

»Was machen deine Eltern denn, dass sie so beschäftigt sind?«, hakte Paige nach.

In dem Moment, als sie die Frage stellte, wurde ihr bewusst, dass Colin ihr bislang noch gar nicht erzählt hatte, womit *er* eigentlich seinen Lebensunterhalt verdiente. Bis jetzt war ihr das Thema ziemlich gleichgültig gewesen, zumal sie selbst wenig Interessantes dazu beizutragen hätte, doch nun, bei ihrem immerhin zweiten Date, begann die Neugier an ihr zu nagen.

»Sie ... na ja ... sie haben ein kleines ... Familienunternehmen«, erwiderte Colin. Er nippte an seiner Limonade. »Um ehrlich zu sein, früher oder später werden sie wohl damit um die Ecke kommen, dass ich den Laden übernehmen soll.«

»Wieso habe ich das Gefühl, dass du nicht ganz glücklich über diese Aussicht bist?«, fragte Paige, die Augen zu schmalen Schlitzen verengt.

»Weil du 'ne ziemlich intuitive Ader hast«, entgegnete Colin und präsentierte ihr einmal mehr sein wirklich atemberaubendes Grinsen. »Nein, es ist nicht so, dass ich etwas dagegen hätte. Es ist nur ... nun ja ... es sind meist eine Menge Opfer damit verbunden, wenn man ein Familienerbe antreten muss. Verstehst du, was ich meine?«

Er sah sie aus seinen braunen Augen an, und Paige empfand ein seltsame Mischung aus mitfühlendem Verständnis und Vertrautheit in ihrer Brust.

»Oh ja«, erwiderte sie, ihrer Bestimmung als Zauberhafte gedenkend. »Ich verstehe genau, was du meinst.«

In diesem Moment war vom Spielfeld her ein weiteres Mal das markante Geräusch eines auf Holz prallenden Baseballs zu hören, und alle hoben den Blick. Mit Entsetzen registrierte Paige, dass der viel zu weit geschlagene Ball direkt auf ihr Gesicht zuflog, doch irgendwie schaffte sie es, den Impuls, sich einfach wegzuorben, zu unterdrücken.

Das wird wehtun, dachte sie, während sie noch versuchte, ihren Kopf aus der Schusslinie zu bringen, obwohl ihr Verstand ihr bereits sagte, dass es dazu längst zu spät war.

Und dann, in der allerletzten Millisekunde, beugte sich Colin vor und schnappte sich den Ball direkt aus der Luft.

»Verdammt!«, schrie er schmerzerfüllt auf, warf den Ball in seine andere Hand und schüttelte die Finger.

»Colin! Alles okay?«, rief Paige erschrocken und zog seinen Arm zu sich heran. Die Innenfläche von Colins Hand und seine Finger waren von der Wucht des Aufpralls knallrot.

»Alles in Ordnung«, beruhigte er sie und verzog das Gesicht, als ihm die Baseballfans rundherum auf die Schultern klopften.

»Guter Fang, Mann«, meinte ein dickleibiger Kerl hinter ihnen und kratzte sich in aufrichtiger Bewunderung am Kopf.

»Um ein Haar hätte der Ball deiner Freundin ein Facelifting verpasst!«, rief irgendein anderer.

»Ja«, stimmte Paige zu. Ihr Herz raste immer noch wie verrückt. »Schätze, du hast mich soeben gerettet.«

Colin zuckte lächelnd mit den Schultern und ließ den Ball in seiner Jackentasche verschwinden. »Das wär ja 'ne schöne Verabredung, wenn wir am Ende in der Notaufnahme landen.«

»Mein Held«, flachste sie. Grinsend hakte sie sich bei ihm unter.

»Ja, genau. Warte lieber erst mal ab, ob du an einem Stück wieder nach Hause kommst, bevor du anfängst, mich so zu titulieren«, frotzelte Colin zurück. »Offensichtlich ist in dem Preis für die besten Plätze der Nervenkitzel, ob man eins auf die Rübe bekommt, gleich mit inbegriffen.«

»Ist ja nichts weiter passiert«, meinte Paige und machte es sich wieder auf ihrem Sitzplatz bequem. »Kein Grund, sich irgendwelche Sorgen zu machen.«

Während sie dem Schlagmann hinterhersah, wie er zur Spielerbank ging, wurde sich Paige plötzlich bewusst, dass dies das erste Mal seit Ewigkeiten war, dass sie sich bei einer Verabredung entspannt zurücklehnen und der beruhigenden Gewissheit überlassen konnte, das Richtige zu tun. Es gab absolut nichts, worüber sie sich den Kopf zerbrechen musste. Mit

Colin an ihrer Seite fühlte sie sich sicher, unverkrampft, sorglos und glücklich. Piper und Phoebe hatten ihm am Abend zuvor quasi ihr Gütesiegel verpasst, und bis zu diesem Augenblick hatte er weder etwas gesagt noch getan, das auch nur den geringsten Zweifel an ihm aufkommen ließ. Lächelnd schaute Paige ihn von der Seite her an, wie er dasaß und völlig gefesselt das Spiel verfolgte. Und ihr Herz begann vor Aufregung und Erwartung zu flattern.

Hatte sie es wirklich geschafft? Hatte sie tatsächlich ihren Traummann gefunden?

Phoebe saß an dem Tisch im Sonnenzimmer und tippte konzentriert etwas in ihren Laptop. Piper war im *P3*, und Wyatt kauerte spielend neben Phoebe auf dem Boden, baute Türmchen aus Bauklötzen und warf sie sodann vergnügt wieder um. Im Hintergrund liefen die Nachrichten im Fernsehen, auf moderate Zimmerlautstärke heruntergedreht. Phoebes Redakteurin beim *Bay Mirror*, Elise, nahm an diesem Abend an einer Wohltätigkeitsveranstaltung teil und wollte versuchen, ein paar Sendesekunden in den Abendnachrichten zu ergattern. Falls sie es tatsächlich schaffte, wollte Phoebe das auf keinen Fall verpassen.

Auf dem Tisch stapelten sich um Phoebes Computer herum zahllose Briefe und ausgedruckte E-Mails von Leuten in verschiedenen Stadien der Verzweiflung angesichts ihrer Probleme bei der Alltagsbewältigung oder ihrer Schwierigkeiten mit der Beziehung, der Familie und auf der Arbeit. Phoebe hatte sie in drei Kategorien unterteilt: »Hilfebedürftig, aber nicht hilfebedürftig genug«, »Hilfebedürftig genug, um meiner Hilfe zu bedürfen« und »So hilfebedürftig, dass nicht einmal ein ganzes Team von Seelenklempnern noch etwas ausrichten könnte«. Derzeit war sie damit beschäftigt, das in dem zuoberst auf dem Stapel der zweiten Kategorie liegenden Brief geschilderte Dilemma zu beantworten. Es war die mit unsicherer Hand auf hellblaues Briefpapier geschriebene Geschichte eines Mädchens, das den Mann ihrer Träume gefunden hatte, woraufhin prompt ihr Ex-Freund wieder auf der Bildfläche erschien, mit dem Versprechen, in Zukunft alles richtig zu machen. »Hin- und hergerissen in Oakland« wollte wissen, ob sie nun mit ihrem neuen Lover zusammenbleiben oder vielleicht doch ihrem Ex eine zweite Chance geben sollte.

»Wenn dein Ex-Freund seine Versprechen bisher nicht gehalten hat, gibt es keinen Grund anzunehmen, dass sich daran etwas ändern wird. Offensichtlich versucht er dich zurückzubekommen, weil er eifersüchtig ist«, hämmerte Phoebe mit fliegenden Fingern in die Tastatur. »Dein neuer Freund scheint jemand zu sein, der dich aufrichtig liebt, dich unterstützen und für dich da sein möchte. Warum solltest du überhaupt daran denken, ihn wieder fallen zu lassen?«

Auf dem Boden neben ihr quietschte Wyatt vor Vergnügen, als er sein zuletzt gebautes Türmchen wieder umstieß. Das Geräusch riss Phoebe jäh aus ihrer Ratgebersphäre heraus. Seufzend lehnte sie sich zurück. Sie nahm einen Schluck von ihrem Tee und las noch einmal durch, was sie soeben geschrieben hatte.

»Zu hart?«, fragte sie, den Blick hinunter auf Wyatt gerichtet.

Anstelle einer Antwort grabschte er nach einem blauen Bauklötzchen und lachte sie an.

»Ja. Zu hart«, meinte Phoebe und löschte den letzten Satz.

»Auch am dritten Tag nach ihrem Einsetzen haben die starken Regenfälle in der mittleren Schweiz nicht nachgelassen, Straßen und Häuser überflutet und zahllose Menschen obdachlos gemacht«, verkündete der Nachrichtensprecher. »Mit einem Unwetter dieses Ausmaßes war selbst von Meteorologen nicht gerechnet worden.«

Das Bild schaltete um auf ein Interview mit einem älteren

Mann, der in allen Einzelheiten erklärte, warum das Wetter in der Schweiz verrückt zu spielen schien. Phoebe warf einen Blick auf die Uhr. Die Nachrichten würden in fünf Minuten zu Ende sein. Offensichtlich hatte Elise nicht die Sendezeit bekommen, die sie sich gewünscht hatte.

Okay, wie bringe ich jetzt »Hin- und hergerissen in Oakland« bei, dass sie endlich aufwachen und ihren eifersüchtigen Ex in den Wind schießen soll, ohne dass es so klingt, als wollte ich ihr eins über den Schädel ziehen?, fragte sich Phoebe.

Wyatt warf ihr das blaue Bauklötzchen zu, und Phoebe fing es in der Luft, bevor es an ihre Schläfe knallen konnte. »Ich sagte, ich will ihr *keins* über den Schädel ziehen«, erklärte sie ihrem Neffen, rutschte von ihrem Stuhl herunter und gab ihm das Bauklötzchen zurück. »Aber du hast 'nen super Wurf, Bürschchen. Wenn das mit dem mächtigsten Wesen des Universums nichts werden sollte, hättest du gute Chancen auf die NFL.«

Plötzlich erschien eine Aura aus blauem Licht hinter Wyatt, und im nächsten Moment stand Leo im Raum. Lächelnd blickte er auf seinen Sohn hinab.

»Da ist ja mein kleiner Schlingel«, sagte er, beugte sich hinunter und nahm Wyatt auf den Arm. »Hey, Phoebe. Wie läuft's mit dem Babysitting?«

»Großartig. Wir sprachen gerade über seine Aussichten als *der* Quarterback von morgen«, entgegnete Phoebe und stand auf. »Das Kerlchen wirft regelrechte Granaten.«

Leos wohlgestalten Züge strahlten augenblicklich auf. »Ist das wahr? Du wirst für die Forty-Niners spielen, Wyatt? Na ja, die könnten wirklich jede Hilfe gebrauchen«, sagte er, während er mit seiner Nase die seines Sohnes koste. Wyatt lachte hell auf und patschte mit seinem winzigen Händchen in Leos Gesicht.

»Wo ist Paige?«, erkundigte sich Leo. Suchend sah er sich um.

»Oh, auf Achse mit Colin«, klärte Phoebe ihn auf und wedelte vieldeutig mit einer Hand.

»Schon wieder?« Leo runzelte die Stirn.

»Das dritte Date in nur vier Tagen«, ließ sie ihn nickend wissen. »Gestern hat er sie zu einem Spiel der *Giants* mitgenommen, und anschließend haben sie bei Sonnenuntergang ein Picknick in den Bergen gemacht. Könnte was werden.«

»Sieht ganz danach aus«, gab Leo ihr Recht.

Lächelnd sah Phoebe dabei zu, wie Leo Wyatt zu seinem Laufställchen hinübertrug und behutsam auf dem Boden absetzte. Allein der Gedanke, dass Paige eine funktionierende, glückliche Beziehung haben könnte, machte sie vor Freude ganz kribbelig. Sie hatte eine wunderbare Romanze redlich verdient, und Colin schien dafür genau der Richtige zu sein.

»Also, was ist los?«, fragte Phoebe Leo. »Was verschafft uns die Ehre deines Besuchs?«

Als Leo sich wieder zu ihr umwandte, hatten seine Züge diesen typischen Ausdruck von Geschäftsmäßigkeit angenommen. Genau jenen Ausdruck, der stets irgendwelchen übernatürlichen Ärger verhieß.

»Oh, oh«, sagte Phoebe und schob die Hände in die Gesäßtaschen ihrer Jeans. »Was kommt jetzt?«

»Es geht um die *Ältesten*. Sie haben eine Veränderung im Gleichgewicht der Kräfte verspürt«, erklärte Leo. »Eine starke Veränderung.«

»Das Gleichgewicht der Kräfte?«, fragte Phoebe. »Du meinst, so was Ähnliches wie das Gleichgewicht zwischen Gut und Böse?«

»Exakt. Genau das«, erwiderte Leo.

»Oh, oh«, machte Phoebe ein weiteres Mal.

»Vielleicht kannst du mir etwas darüber erzählen. Sie sagen, dass eine gewaltige Konzentration dunkler mystischer Mächte dabei ist, sich drüben über Europa zusammenzuballen«, sagte Leo. »Wie es aussieht, hat keiner von ihnen jemals so etwas gespürt. Sie wissen absolut nicht, was sie davon halten sollen.«

»Es ist niemals ein gutes Zeichen, wenn der *Rat der Ältesten* etwas nicht einordnen kann«, meinte Phoebe. Sie schaute an Leo vorbei auf den Fernsehreporter, der von orkanartigen Windböen und peitschendem Schlagregen hin und her geschüttelt wurde.

»Von offizieller Seite ist zu hören, dass die Regierung der Schweiz erwägt, den Notstand auszurufen. Sowohl die Vereinten Nationen als auch das amerikanische Rote Kreuz haben bereits Hilfsgüter und Rettungspersonal in die von den Unwettern betroffenen Gebiete entsandt …«

»Leo, diese dunklen mystischen Mächte … die ballen sich doch nicht zufällig in der, äh … sagen wir mal … Schweiz zusammen, oder?«, fragte Phoebe, einer plötzlichen Eingebung folgend.

»Doch, genau dort. Wieso?«, fragte Leo.

Phoebe deutete wortlos auf den Fernseher, wo soeben eine Reihe von Wohnhäusern gezeigt wurde, die halb unter Wasser standen. Ganze Familien hatten sich auf die Dächer geflüchtet und warteten dort auf Hilfe. Allem Anschein nach *gab* es für das unerklärliche Unwetter eine Erklärung …

Das ist viel zu schön, um wahr zu sein, versuchte Paiges logische Hälfte ihre Begeisterung in Grenzen zu halten. Colin muss eine Art Fata Morgana sein. Entweder das, oder irgendein langer, nicht enden wollender glückseliger Traum. Völlig unmöglich, dass dieser Typ Wirklichkeit war.

»Noch Champagner?«, fragte Colin und nahm die Flasche *Cristal* aus dem Eiskübel.

Paige nickte lächelnd und beobachtete, wie sich das Kerzenlicht tanzend in seinen Augen spiegelte, während er ihr Glas erneut füllte. Heimlich kniff sie sich unter dem Tisch in ihr eigenes Bein und musste einen Aufschrei unterdrücken. Sie war definitiv hellwach.

»Es ist wunderschön hier«, sagte sie und nahm einen Schluck von ihrem Champagner.

Das Restaurant war klein und gemütlich, die lackschimmernden Wände aus Eichenholz waren mit dunkelroten und goldgelben Stickereien bedeckt. Dazu passende rote Leinendecken zierten die Tische, und das Besteck funkelte in goldenem Glanz. Sogar die Champagnerflöten hatten einen goldenen Stiel, der mit dem Goldrand an Tellern und Tassen harmonierte. Paige fühlte sich allmählich wie in einen Roman aus viktorianischen Zeiten versetzt, und dies umso mehr, als jeder Gang des Menüs von einem älteren Herrn in dreiteiligem Smoking serviert wurde. Selbst die Gäste wirkten distinguiert und wesentlich mondäner als diejenigen, die man sonst in den Restaurants von San Francisco antraf.

»Und deine Anwesenheit macht es nur umso schöner«, sagte Colin und stellte die Flasche zurück.

Paige grinste verlegen und wurde rot. »Netter Spruch«, entgegnete sie.

»Wie kommst du eigentlich darauf, dass ich immer bloß Sprüche klopfe?«, fragte Colin.

»Weil alles, was du sagst, zu schön ist, um wahr zu sein«, erwiderte Paige.

»Du weißt, dass das nicht stimmt«, widersprach Colin. »Du lässt jeden Raum, den du betrittst, in hellem Licht erstrahlen.«

Paige grinste erneut.

»Ich weiß, ich weiß«, meinte Colin und hob abwehrend die Hand. »Netter Spruch.«

Paige lachte. Sie hob ihr Glas und stieß mit Colin an. Nach außen hin versuchte sie, die Coole zu mimen, doch in Wahrheit hatte sie das Gefühl, als flatterten Myriaden von Schmetterlingen in ihrem Bauch. Ihre Fantasie beschwor für sie bislang völlig ungewohnte Bilder herauf. *Sie* in einem wunderschönen, prachtvollen Hochzeitskleid. Sie und Colin, wie sie die Stufen einer Kirche hinabschritten und lachten, während sie von links und rechts mit Rosen beworfen wurden. Sie und Colin, Umzugskisten schiebend, in einem Haus in den Bergen über der Stadt, das bald darauf schon das Lachen ihres ersten gemeinsamen Kindes erfüllte.

Natürlich, ein Problem würde sein, dem Daddy zu erklären, warum das Baby plötzlich anfing, sich sein Fläschchen in die Wiege zu orben. Colin hatte keine Ahnung, dass Paige eine Hexe war, und wenn es auch nicht zu früh sein mochte, sich solchen Fantasien hinzugeben, so war es doch entschieden zu früh für eine solche Eröffnung.

Das hier ist erst unsere vierte Verabredung, rief sich Paige ins Gedächtnis. Sie hatte noch jede Menge Zeit, sich zu überlegen, wie sie mit ihren kleinen magischen Geheimnissen umgehen sollte. Fürs Erste wollte sie ganz einfach ihre Tagträume genießen.

Ich kann mir tatsächlich ein Leben mit diesem Typen vorstellen, dachte sie, während Colin sich ein Stück von seinem Filet Mignon in den Mund schob. Ist das töricht?

»Wünschen Monsieur eine weitere Flasche Champagner«, fragte der Ober, der in diesem Moment lautlos von der Seite herangetreten war.

Colin lächelte. »Ja, ich schätze, wir kommen mit einer nicht aus.«

»Ich weiß nicht recht«, meinte Paige. »Ich glaube, ich merke *diese* hier schon.«

Colin schluckte schwer und räusperte sich. Mit einem Male wirkte er ein bisschen blass um die Nase, und Paiges Herz schien einen Schlag lang auszusetzen.

»Alles in Ordnung mit dir?«, fragte sie besorgt. Sie beugte sich ein kleines Stück vor.

»Ich fühle mich bestens«, versicherte ihr Colin. Er blickte ihr in die Augen. »Absolut großartig, um ehrlich zu sein.«

»Gut, denn eine Sekunde lang hast du mir tatsächlich etwas Angst eingejagt«, erwiderte Paige. »Ein ernstes Gesicht bei einem Date ist niemals ein gutes Zeichen.«

»Paige, es gibt da etwas, das mir auf der Seele brennt. Ich muss es einfach tun«, sagte Colin.

Dann erhob er sich mit einer einzigen fließenden Bewegung von seinem Stuhl, griff in seine Jackentasche, ließ sich vor ihr auf die Knie sinken und zog ein kleines, samtenes Schächtelchen hervor. Paige blieb fast das Herz stehen, als sich jeder im Raum zu ihnen umdrehte und sie anstarrte. Das alles konnte doch nicht Wirklichkeit sein. Es war schlichtweg unmöglich.

»Okay, jetzt fängst du *wirklich* an, mir Angst einzujagen«, sagte Paige.

Colin öffnete die Schachtel, und siehe da, direkt vor Paiges Nase funkelte der schönste und prächtigste Diamantring, den sie jemals zu Gesicht bekommen hatte. Abermals kniff sie sich unter dem Tisch ins Bein, noch fester diesmal, so fest, dass ihr tatsächlich ein kleiner Schmerzensschrei entfuhr. Möglicherweise war dies doch alles Realität.

»Paige Matthews, ich weiß, das kommt jetzt vielleicht ein bisschen überraschend, aber die letzten paar Tage waren die schönsten meines Lebens«, begann Colin.

»Colin …«

Er ignorierte sie und ließ sich nicht beirren. »Und ich verspreche dir, dass ich den Rest meines Lebens dafür sorgen will, dass jeder Tag für *dich* ebenso schön wird«, sagte er. »Paige, willst du mich heiraten?«

»Okay, jetzt verstehe ich, wieder so einer von deinen Sprüchen. Fast hättest du mich reingelegt«, entgegnete Paige und versuchte, ihre übergroße Verwirrung und Anspannung durch einen Scherz zu überspielen.

»Wieder daneben«, erwiderte Colin. Erwartungsvoll sah er sie an. »Ich meine es todernst.«

»Colin, wir kennen uns doch kaum«, sagte Paige. »Das ist doch völlig verrückt.«

Doch vor ihrem inneren Auge spulte erneut der Film ihrer Hochzeit ab. Und die Bilder von einer gemeinsamen Zukunft, von einem glücklichen Heim und einem glücklichen Leben. Es gab Leute, die hatten schon verrücktere Dinge gemacht, oder etwa nicht?

»Ich weiß, dass wir uns erst seit ein paar Tagen kennen, aber ich hatte von Anfang an das Gefühl, dass wir zusammengehören«, gestand Colin. »Und ich weiß, dass es dir genauso geht. Ich möchte einfach eine solche Chance nicht vorübergehen lassen.«

Paige zitterte am ganzen Körper. Ihr Mund war völlig ausgetrocknet. Ich könnte Ja sagen, schoss es ihr ungestüm durch den Kopf. Ich könnte tatsächlich Ja sagen.

»Also?«, fragte Colin, einen hoffnungsvollen Schimmer in den Augen. »Wie lautet deine Antwort? Paige Matthews, willst du meine Frau werden?«

3

Paige schaute Colin in die Augen. Ihr Puls raste.

Alle im Restaurant starrten sie mit angehaltenem Atem an. Eine ältere Dame zu ihrer Linken lächelte Paige zu; ihre Augen glänzten vor Tränen der Rührung. Die Zeit schien stehen geblieben zu sein. Paige war klar, dass sie irgendetwas sagen musste, doch ihr Verstand war unfähig, sich auf irgendetwas zu konzentrieren. Sie konnte einfach nicht glauben, dass dies hier wirklich geschah. Konnte nicht fassen, dass sie soeben einen Heiratsantrag bekommen hatte und nicht wusste, was sie dazu sagen sollte. Als sie den Mund öffnete, um etwas zu erwidern, beschloss sie, dass sie es durchziehen würde, was immer auch herauskommen mochte.

»Colin, meinst du nicht auch, dass das ein wenig verfrüht ist?«, entgegnete Paige.

Trotz der Enttäuschung, die sich auf seinem Gesicht abzeichnete, und dem jähen Stich, den sie im Herzen empfand, war sie dennoch froh festzustellen, dass ihr Verstand noch halbwegs vernünftig zu funktionieren schien. Colin war ein super Typ, doch ebenso sicher, wie die Begegnung mit ihm ihr den Glauben an eine Liebe auf den ersten Blick wiedergegeben hatte, wusste sie auch, dass dies nicht die Art von Liebe war, auf der man ein ganzes Leben aufbauen konnte. Bislang war es nur eine Romanze, die Verliebtheit eines Augenblicks, ein wunderbarer, unendlich schöner Flirt. Sie musste einen Menschen länger kennen als nur vier Tage, bevor sie sich bereit erklärte, den Rest ihres Lebens mit ihm zu verbringen. Obwohl Colin, wie es schien, der Stimme der Vernunft wenig abzugewinnen wusste. Noch immer kniete er vor ihr auf dem Boden, und noch immer hielt er den Ring in der ausgestreckten Hand.

»Können wir nicht erst mal einfach weiter miteinander ausgehen?«, meinte Paige. »Sehen, wie sich das mit uns …«

»Colin! Was tust du da?«

Paiges Kopf ruckte nach oben. Unwillkürlich hielt sich Colin die freie Hand – die, die keinen Verlobungsring hielt – vors Gesicht, als hätte er irgendwie erwartet, dass dies passieren würde. Durch das Restaurant stakste eine große, atemberaubend blonde Frau auf sie zu, die, trotz ihres aufgelösten Zustandes, der legeren Kleidung und des Umstandes, dass sie offensichtlich dringend etwas Schlaf benötigte, anstandslos als Supermodel durchgegangen wäre. Selbst in der lähmenden Stille, die plötzlich das Restaurant erfasst hatte, brauchte Paige einen Moment, um in voller Tragweite zu begreifen, dass diese potenzielle Laufstegschwalbe mit *ihrer* Verabredung sprach. *Ihrem* möglichen Verlobten. Als die Blondine endlich an ihrem Tisch angekommen war, ließ Paige sich auf ihrem Stuhl nach hinten sacken.

»Ich wusste, dass dies alles zu schön war, um wahr zu sein«, sagte Paige. »Wer sind Sie?«

»Ich bin seine Verlobte.«

»Was?!«, platzte Paige heraus.

Das glaube ich einfach nicht. Das kann doch nicht wahr sein, dass Colin einer von *diesen* Typen ist, dachte Paige zähneknirschend. Wer zum Teufel rennt in der Gegend rum und macht Heiratsversprechungen, wenn er längst eine Verlobte hat?

»Wie konntest du nur hierher gehen, ohne mir überhaupt davon zu *erzählen*?«, echauffierte sich die junge Frau und ließ sich neben Colin, der immer noch in seiner Freierpose verharrte, auf die Knie hinab. »Hast du eigentlich eine Vorstellung davon, was ich mir für Sorgen gemacht habe?«

Selbst in ihrem Zustand völliger Verwirrung und trotz der Anstrengung, die es sie kostete, ihren anwachsenden Zorn zu unterdrücken, registrierte Paige, dass dies einigermaßen befremdliche Worte für eine Frau waren, die soeben ihren Verlobten dabei erwischt hatte, wie er einer anderen einen Antrag machte. Wo blieb das zu erwartende »Du Lügner, Mistkerl, Betrüger!«, gefolgt von einem ins Gesicht gekippten Glases Wein? Hatte das Mädchen eben tatsächlich gesagt, dass es sich *Sorgen* um dieses Schwein gemacht hätte? Hatte sie überhaupt mitgekriegt, was hier gerade lief?

»Corinne, es tut mir Leid. Aber du weißt, dass ich keine andere Wahl hatte«, sagte Colin und stand vom Boden auf.

»Das Mindeste, das du hättest tun können, wäre, mir gegenüber so viel Höflichkeit aufzubringen, es mir wenigstens zu sagen«, erwiderte das Mädchen, Corinne, während sie sich ebenfalls wieder erhob. »Mir zumindest mal einen kleinen Wink zu geben, dass du sie heute fragen wolltest, ob sie dich heiratet! Wir sollten grundsätzlich über alles reden …«

Paige, die sich beinahe unsichtbar und ziemlich benutzt fühlte, straffte sich und wedelte mit der Hand. »Hallo? Könnte mir vielleicht mal jemand erklären, was zur Hölle hier eigentlich abgeht?«

Colin und Corinne schauten gleichzeitig auf sie hinab, so als hätten sie völlig vergessen, dass sie ja auch noch da war. Das war allerdings ein starkes Stück.

»Paige«, sagte sie betont langsam und legte eine Hand auf ihre Brust. »Ich bin Paige, erinnerst du dich? Das Mädchen, dem du gerade einen Verlobungsring schenken wolltest.«

Plötzlich tauchte der Oberkellner an Colins Seite auf, mit ineinander verschlungenen Händen und kleinen Schweißperlchen auf der Stirn. Er verbeugte sich leicht, ganz Ausdruck der Verzweiflung.

»Verzeihen Sie, Sir. Es tut mir aufrichtig Leid, aber die anderen Gäste …«

Irritiert blickte sich Colin um. Alle im Raum Anwesenden starrten ihn entweder mit unverhohlener Missbilligung an oder schauten eisern auf ihr Essen hinunter, um jeglichen Blickkontakt zu vermeiden und so zu tun, als sei gar nichts passiert. Paige runzelte die Stirn. Sie konnte keinem der Gäste einen Vorwurf machen. Der ganze Abend hatte sich zu einer einzigen Katastrophe entwickelt.

Warum tue ich mir solche Verabredungen überhaupt noch an, fragte sie sich stumm. Jedes Mal, wenn ich ein Date habe, wird es nur noch schlimmer.

»Ja, selbstverständlich«, erwiderte Colin. Er ließ das Kästchen mit dem Verlobungsring zuschnappen und steckte es in seine Jackentasche. »Wollen wir die ganze Angelegenheit nicht lieber draußen klären, Ladys?«

»Ich hab 'ne bessere Idee«, meinte Paige. Sie stand auf und griff nach ihrer Handtasche. »Wie wär's, wenn ihr beide einfach hier bleibt und schön gemütlich zu Ende esst? Ich hau dann mal ab.«

Sie rauschte an Colin und seiner vermeintlichen Verlobten vorbei und hastete, so schnell es ihre hohen Absätze zuließen, davon in Richtung Ausgang. Sie konnte es nicht fassen, dass sie tatsächlich geglaubt hatte, Colin wäre anders; im Gegenteil, er hatte sich als mieser erwiesen als alle anderen Typen zusammen, mit denen sie in ihrem bisherigen Leben ausgegangen war. Schon verlobt? War der Kerl noch ganz dicht in der Birne?

Das war's. Ich werde nie mehr mit irgendjemandem ausgehen, schwor sich Paige. Ich werde als alte Jungfer enden und stolz auf mein Singleleben sein … und auf meine vielen Katzen.

Erst als sie die schwere Eichentür des Restaurants aufstieß und hinaus in die kühle Nachtluft trat, fiel ihr auf, dass sie sich überhaupt keine Gedanken darüber gemacht hatte, wie sie nach Hause kommen sollte. Sie waren mit Colins Jaguar hierher gefahren. Oder vielleicht war es auch Corinnes Jaguar. Mit einem Mal schien alles, was mit ihm zu tun hatte, verlogen und falsch.

Und es waren *doch* alles bloß Sprüche, wurde ihr plötzlich bewusst, und sie schämte sich fast ein wenig dafür, dass sie noch vor wenigen Augenblicken ihren scherzhaften verbalen Schlagabtausch für charmant und geistreich gehalten hatte.

Paige seufzte und wollte gerade nach Hause orben, als hinter ihr erneut die Tür aufschwang. Colin und seine Freundin steuerten direkt auf sie zu, doch sie ignorierte sie einfach und marschierte zielstrebig los. Sie würde schon irgendein Taxi auftreiben oder ein ruhiges Eckchen zum Orben finden. Je nachdem, welche Möglichkeit sich ihr zuerst bieten würde.

»Paige«, sagte Colin und hielt sie an der Schulter zurück, als er sie eingeholt hatte. »Lass mich dir bitte etwas erklären.«

Paige riss sich von ihm los und funkelte ihn zornig an. »Willst du mich verarschen? Welche akzeptable Erklärung könntest du schon dafür haben, mich zu fragen, ob ich dich heiraten will, obwohl du das längst einer anderen versprochen hast?« Sie wandte sich um und schaute Corinne an, die neben ihm stand, sichtlich aufgeregt, doch beileibe nicht wütend. »Und du! Wieso ziehst du ihm nicht hier und jetzt eins mit deiner Tasche über den Schädel?«

Colin und Corinne wechselten einen Blick, der Paige das Gefühl gab, ein völlig ahnungsloser Außenseiter zu sein. Dann zuckte Corinne mit den Schultern.

»Sag du es ihr«, meinte sie. »Immerhin war es auch *dein* brillanter Plan.« Demonstrativ wandte sie sich daraufhin etwas zur Seite. Colin seufzte resigniert.

»Was? Was für ein brillanter Plan?«, fragte Paige. Sie konnte spüren, wie ihr Blut vor lauter Zorn immer mehr in Wallung geriet. »Was zum Teufel geht hier eigentlich vor?«

»Okay, hör zu. Corinne *ist* meine Verlobte, aber wir können nicht heiraten«, teilte ihr Colin mit.

»Und warum nicht?«, fragte Paige.

»Weil ich ein anderes, über magische Kräfte verfügendes Wesen heiraten muss, wenn ich die Sicherheit meines Königreiches und die der Bürger innerhalb seiner Grenzen gewährleisten will«, erklärte ihr Colin.

Paige blinzelte irritiert. »Wie bitte?«

»Ich muss ein anderes, über magische Kräfte verfügendes …«

»Nein! Ich hab dich verstanden … ich hab dich verstanden«, fiel ihm Paige, heftig den Kopf schüttelnd, ins Wort. Sie verlagerte ihr Gewicht von einem Bein auf das andere, während sie gleichzeitig versuchte, diese neue Information zu verarbeiten. »Okay, einen Moment mal. Du bist ein magiebegabtes Wesen? Was genau bist du?«

»Er ist ein Hexer«, warf Corinne ein. »Ein guter Hexer.«

Paige starrte sie an. »Und du bist …?«

»*Kein* Hexer. Besser gesagt, keine Hexe«, erwiderte Corinne. »Und genau das ist das Problem.«

Ein weiteres Pärchen trat aus dem Restaurant hinaus in die Kälte, und Colin ergriff die beiden jungen Frauen am Arm und führte sie um die Ecke herum zu einer Stelle, wo sie ein bisschen weniger wie auf dem Präsentierteller standen. Diesmal wich Paige nicht vor seiner Berührung zurück. Sie war viel zu beschäftigt mit der Frage, ob sie es möglicherweise mit einem völligen Psychopathen zu tun hatte und besser nach Hause orben sollte, bevor seine Axtmörderseite zum Vorschein kam. Das mit dem guten Hexer mochte sie ja noch glauben. Sie hatte in ihrem Leben einige davon getroffen. Aber was sollte dieser Unsinn mit dem Königreich und so?

Paige trat hinter ein blühendes Gebüsch an der Ecke des Restaurants und sondierte das Terrain. Abgesehen von den Einparkern, die etwa einen halben Häuserblock entfernt an der Einfahrt zum Parkplatz herumstanden, war niemand zu sehen.

»Okay, ihr packt jetzt besser aus, und zwar ein bisschen plötzlich«, sagte Paige.

»Was willst du von uns hören?«, fragte Corinne.

»Irgendetwas, das mich davon überzeugt, dass ich euch nicht den Arsch aufreißen oder die Bullen rufen sollte«, entgegnete Paige. »Von was für einem Königreich habt ihr da eben gesprochen?«

»Wir kommen aus einem magischen Königreich mit Namen Tarsina«, eröffnete ihr Colin. »Es existiert auf einer anderen Ebene und ist für die Augen eines Sterblichen unsichbar. Meine Eltern sind König und Königin dieses Reiches, demnach bin ich also –«

»Der Prinz«, unterbrach ihn Paige. Sie mochte kaum glauben, was sie da hörte. »Das also hast du gemeint, als du davon gesprochen hast, demnächst das Familienunternehmen zu übernehmen?«

»Genau«, bestätigte Colin und knirschte leicht mit den Zähnen – reumütig, wie es schien.

»Und ich dachte, es ginge um eine Bäckerei oder eine Autowaschanlage oder irgendwas in dieser Art.«

Corinne lachte prustend auf, und Paige stellte fest, dass die Frau tatsächlich lächeln konnte. »Erzähl weiter«, sagte sie.

»Nun, wenn ich bis zu meinem fünfundzwanzigsten Geburtstag nicht ein anderes magiebegabtes Wesen geheiratet habe, wird ein Fluch, den meine Ururgroßmutter über das Königreich verhängt hat, in Erfüllung gehen, und alle Sterblichen, die über die Jahre und Jahrzehnte nach Tarsina gekommen sind, um dort zu leben, sind unwiderruflich dem Tode geweiht«, setzte Colin seinen Bericht fort.

Wenn in diesem Moment eine Sitzgelegenheit in der Nähe gewesen wäre, so hätte Paige sie ganz sicher genutzt. Sie kam sich vor, als würde ihr jemand ein Märchen erzählen, nur dass die Märchenfiguren sich direkt vor ihrer Nase befanden. Vor ein paar Jahren hätte sie diesen Leuten gesagt, sie seien vollkommen durchgeknallt, doch inzwischen hatte sie gelernt, dass so ziemlich *alles* im Bereich des Möglichen lag. Um ehrlich zu sein, hatte Paige sogar einige Märchen leibhaftig *gelebt*. Da war die Story über ein weiteres nicht mehr so schwer zu schlucken.

»Also bist du demzufolge eine Sterbliche«, konstatierte Paige, während sie ihren Blick auf Corinne richtete.

»Yep. Nur ein ganz normaler, einfacher Mensch«, entgegnete Corinne und hob die Hände.

»Ich nehme mal an, der Fluch war so ziemlich das Letzte, woran du gedacht hast, als du um ihre Hand angehalten hast, oder liege ich da falsch?«, meinte Paige sarkastisch.

Colin schaute Corinne an und streckte seine Hand nach ihr aus, die sie ohne Zögern ergriff. Als Paige die beiden so dastehen sah, wie sie sich gegenseitig tief in die Augen blickten, beide von einer unauslotbaren Traurigkeit erfüllt, brach es ihr beinahe das Herz. Vor zehn Minuten noch hatte sie über eine perfekte gemeinsame Zukunft mit diesem Mann nachgedacht. Und nun war mehr als offensichtlich, dass er einer anderen gehörte.

»Ich habe an gar nichts gedacht«, erwiderte Colin ruhig. »Außer daran, wie sehr ich sie liebe.«

Ich kotze gleich, dachte Paige. Der Typ hat mich total ausgenutzt.

»Gott, wie rührend. Mir würden glatt die Tränen kommen, wenn mir im Moment nicht eher danach wäre, dir auf der Stelle den Hals umzudrehen«, sagte Paige. Etwa ein Dutzend verschiedene Emotionen rangen um die Vorherrschaft in ihr – von Mitgefühl mit den unglücklichen Verliebten über die eigene Enttäuschung bis hin zu maßloser blinder Wut war so ziemlich alles dabei. Und alles zehrte an ihren Kräften.

»Es tut mir ehrlich Leid, Paige«, sagte Colin. Er schluckte schwer. »Aber wir brauchen wirklich deine Hilfe.«

»Wisst ihr was? Die ganze Sache hier wächst mir allmählich über den Kopf«, teilte Paige ihnen mit. »Haltet euch fest, ihr zwei. Wir machen eine kleine Reise.«

Sie legte jedem der beiden eine Hand auf die Schulter und orbte mit ihnen schnellstmöglich davon. Dies hier war ein

Dilemma, das definitiv eines kleinen schwesterlichen Ratschlags bedurfte.

»So, sie wissen also nicht, was es ist, haben keinerlei Plan, was man dagegen machen könnte, fänden es aber dessen ungeachtet ganz gut, wenn wir uns der Sache annehmen würden«, fasste Piper zusammen. Sie schritt im Wohnzimmer auf und ab, hielt inne, verschränkte die Arme vor ihrer Brust und schaute ihren Mann stirnrunzelnd an. »Meinst du, sie könnten uns gegenüber vielleicht *etwas* deutlicher werden?«

Leo zuckte mit den Schultern. »Was fragst du mich? Ich sag euch nur, was ich weiß.«

»Du erwähntest, diese dunkle Wolke von Magie braue sich über der Schweiz zusammen«, meinte Phoebe. Sie lehnte sich in die Couch zurück. »Ist die Schweiz nicht eigentlich neutral?«

Piper grinste. »Ach was. Diese Schweizer sind ganz glücklich über ein bisschen schwarze Magie, wenn sie sie in die Finger kriegen können.«

Im selben Moment, in dem sie dies sagte, orbte Paige mit Colin und einer hoch gewachsenen fremden Frau mitten ins Zimmer. Am Ausdruck ihrer Gesichter war deutlich abzulesen, dass sie Pipers Worte noch mitbekommen hatten, doch das spielte jetzt wohl auch keine große Rolle mehr. Wenn Paige bereits angefangen hatte, mit den Leuten in der Stadt herumzuorben, war es mit dem Geheimnis um die Zauberhaften vermutlich ohnehin nicht mehr weit her.

»Paige? Was fällt dir ein, mit deinem neuen Freund hierher zu orben?«, presste Piper zwischen den Zähnen hervor, während sie auf die jüngste Zauberhafte zuging.

»Phoebe, Piper, Leo, ich möchte euch Colin vorstellen, den Kronprinz von Tarsina«, verkündete Paige und wies mit einer großen Geste auf ihr Date. »Und dies ist Corinne.« Sie ließ ihren Blick von Phoebe zu Piper wandern und kräuselte die Lippen. »Seine *Verlobte*.«

Pipers Kinnlade klappte herab, während Paige sich so erschöpft auf das Sofa plumpsen ließ, als sei ihr plötzlich auf einen Schlag alles Leben ausgesaugt worden.

»Hi«, sagte Corinne verlegen, winkte linkisch mit der Hand und ließ diese sogleich in der Tasche ihrer Cargo-Pants verschwinden.

»Hallo. Schön, euch kennen zu lernen«, sagte Piper gedehnt. »Möchte einer von euch mir vielleicht das Ganze hier mal erklären?«

»Welchen Teil genau?«, meinte Colin und schaute sie an wie das sprichwörtliche Kaninchen vor der Schlange.

»Alles«, schlug Phoebe vor.

»Ja. Ich hab immer gedacht, Tarsina wäre nichts als ein Mythos«, sagte Leo, sichtlich verwirrt.

»Du hast schon mal davon gehört?«, hakte Paige verblüfft nach.

»Na ja … ja«, erwiderte Leo. »Aber ich kenne niemanden, der jemals dort gewesen ist. Bislang habe ich es bloß für ein Ammenmärchen gehalten, so wie –«

»Aschenputtel?«, meinte Phoebe und legte ihre Stirn in Falten. Sie selbst hatte das Vergnügen gehabt, einmal tatsächlich Aschenputtel zu *sein.*

»Oder die böse Zauberin?«, setzte Paige hinzu. Wie sich herausgestellt hatte, war Paige einst höchstpersönlich die teuflische Schurkin in einer ihrer eigenen Lieblingsgeschichten gewesen – in einer längst vergangenen Zeit.

»Oder Kobolde vielleicht?«, ergänzte Piper, den Kopf leicht zur Seite geneigt. Bis zum heutigen Tag waren den Zauberhaften so viele Kobolde über den Weg gelaufen, dass sie es längst aufgegeben hatten, sie zu zählen.

»Okay, okay, ich hab's verstanden«, sagte Leo und hob kapitulierend die Arme. »Tarsina existiert wirklich.« Er ließ sich auf die Armlehne des Sofas sinken und schaute, in etwa so erwartungsvoll wie ein kleines Kind auf den Geschenkesack des

Weihnachtsmannes, zu Colin auf. »Und? Wie ist es da?«, fragte er mit einem wissbegierigen Glanz in den Augen.

»Es ist wunderschön«, erwiderte Colin. »Genau wie man es von einem Märchenreich erwarten würde. Doch leider sieht es sich derzeit einer ernsthaften Bedrohung gegenüber. Die schwarze Magie, von der ihr gerade gesprochen habt, als wir hier hereingeschneit sind – ich glaube, ich weiß, was es damit auf sich hat.«

»Ja, nur allzu gut, fürchte ich«, stimmte Corinne ihm zu. Sie setzte sich auf die Kante eines antiken Sessels, der gegenüber dem Sofa stand.

»Ihr müsst wissen, Tarsina ist über hunderte von Jahren hinweg von nichtmagischen Wesen unberührt geblieben. Es ist unsichtbar für die Augen von Sterblichen … nun ja … abgesehen von denen, die von einem der Bewohner des Königreiches eingeladen werden«, erklärte Colin, sich sichtlich für das Thema erwärmend. »Doch dann, etwa zu Beginn des zwanzigsten Jahrhunderts, begann das Volk von Tarsina sich allmählich über die Grenzen hinauszuwagen, um andere Länder zu erforschen. Und nach und nach brachten Abenteuerlustige auch die Errungenschaften der äußeren Welt mit in die Heimat zurück. Automobile und Rundfunkempfänger tauchten überall im Königreich auf. Später kamen Fernsehen und Fotoapparate hinzu, und selbst das Internet machte vor den Grenzen Tarsinas nicht Halt.«

»Jaja, wem sagst du das? Einige Menschen kommen nur schwer damit klar, dass die moderne Welt mehr und mehr auch in Lebensräume wie deinen, vorzudringen beginnt«, warf Phoebe ein. »Ich werde nie begreifen, wie man so technologiefeindlich sein kann«, fügte sie kopfschüttelnd hinzu.

»Es waren nicht die technischen Innovationen. Es waren die Leute«, erläuterte Corinne, die Hände zwischen ihre Knie gepresst. »Einige der Tarsinier brachten sterbliche Ehemänner und Ehefrauen mit zurück. Das ist die Ursache des Problems.«

Piper und Leo wechselten einen Blick. Sie und ihr Mann, ihres Zeichens *Wächter des Lichts*, konnten nur allzu gut ein Wörtchen mitreden, wenn es um die Engstirnigkeit mancher Leute hinsichtlich gewisser Liebesheiraten ging.

»Meine Ururgroßmutter, die damals als Königin herrschte, war entsetzt«, fuhr Colin nickend fort. »Sie vertrat die Auffassung, dass sich nichtmagisches Blut auf gar keinen Fall mit dem unsrigen vermischen dürfe. Sie wollte keine magieunkundigen Menschen innerhalb unserer Grenzen, aber sie konnte sie auch nicht einfach ausweisen, ohne den Zorn des Volkes auf sich zu ziehen. Was sie allerdings konnte, war, die Linie ihrer eigenen Familie in ihrem Sinne rein zu erhalten.«

»Der Fluch«, sagte Paige langsam.

Pipers Herz schien einen Schlag lang auszusetzen. »Der Fluch?«, echote sie und sah Paige an. »Was für ein Fluch? Du hast dir doch nicht etwa irgendeinen Fluch eingefangen?«

»Nein, nein, Piper, mir geht es bestens«, beruhigte Paige sie. »Jedenfalls bis jetzt noch«, setzte sie brummelnd hinzu.

Piper bedachte Paige mit einem skeptischen Blick, bevor sie ihre Aufmerksamkeit wieder Colin und Corinne zuwandte. Sie konnte nicht behaupten, dass ihr die Richtung, die die ganze Sache nahm, gefiel, aber inzwischen gab es wohl kaum mehr ein Zurück.

»Bevor sie 1916 starb, hat die alte Hexe noch einen Fluch über das Königreich gelegt«, erklärte Corinne, sich wieder von dem Sessel erhebend. »Jeder Thronerbe, egal, ob Mann oder Frau, muss bis zu seinem fünfundzwanzigsten Geburtstag ein ebenfalls magiebegabtes Wesen geheiratet haben, oder ihr Zorn wird über das Königreich kommen.« Sie trat an Colins Seite, und er legte seinen Arm um ihre Hüften. »Und es heißt, dass nur die, die reinen magischen Blutes sind, verschont bleiben werden.«

»Was bedeutet, dass tausende von Menschen zum Tode verurteilt sind«, sagte Colin. »Einschließlich Corinne und ihres Vaters.«

Eine bedrückende Stille machte sich im Wohnzimmer breit. Pipers Herz fühlte sich plötzlich wie versteinert an. Wie oft hatte sie diese Geschichte schon in ihrem Leben gehört – zwei Menschen, die sich liebten und daran gehindert wurden, zusammenzukommen, weil jemand anderes irgendwelchen bescheuerten Irrlehren anhing. Und dieses Mal sollte gleich ein ganzes Volk darunter leiden. Das war noch jenseits aller Ungerechtigkeit. Es war schlicht und ergreifend lächerlich.

»Wann ist dein fünfundzwanzigster Geburtstag?«, fragte Phoebe schließlich.

Colin holte tief Luft und richtete seinen Blick auf Paige. »Am Mittwoch.«

Wie von der Tarantel gestochen sprang Paige auf. »Du hast gedacht, dass du mich bis Mittwoch herumkriegen und vor den Traualtar schleppen könntest?«, platzte sie heraus. »Wirke ich auf dich wirklich dermaßen verzweifelt?«

Beschwichtigend legte Piper ihr eine Hand auf den Arm. Ein Tobsuchtsanfall schien ihr im Augenblick wenig hilfreich zu sein, wenngleich sie durchaus nachvollziehen konnte, wie sich Paige im Augenblick fühlen musste. Den ganzen Tag über hatte sie ihnen davon vorgeschwärmt, wie toll Colin war. Diese ganze Geschichte musste für sie nicht nur ein Schock gewesen sein, sondern eine einzige herbe Enttäuschung.

»Es tut mir so Leid, Paige«, sagte Colin. Er nahm ihre Hände. »Ich hatte von den mächtigen und edelmütigen Zauberhaften gehört, und ich schätze, ich dachte, wenn es mir gelänge, eine von ihnen für mich zu gewinnen ... und ich ihr dann meine Geschichte erzählte ... dass sie mich ganz gewiss nicht im Stich lassen würde.«

Corinne starrte auf Paiges Hände, die in Colins ruhten, doch dann bemerkte sie, dass sie von Piper beobachtet wurde, und blickte rasch weg. Bestimmt war es für Corinne nicht ganz einfach, dabei zuzusehen, wie die Liebe ihres Lebens eine andere Frau in solch vertraulicher Weise berührte. Und plötzlich fühlte sich Piper ihr ganz nah – ihnen allen. Es war eine unmögliche Situation.

»Mächtig und edelmütig vielleicht«, entgegnete Paige und zog ihre Hände zurück. »Aber ich weiß nicht, ob ich einen Mann heiraten kann, der eine andere liebt, Colin«, setzte sie hinzu, den Blick zu Boden gesenkt.

»Wieso hast du uns nicht von Anfang an reinen Wein eingeschenkt?«, meinte Phoebe.

»Ich weiß es nicht«, erwiderte Colin und zuckte schwach mit den Schultern. Er wirkte unendlich betrübt. »Ich war völlig verzweifelt. Ich schätze, mir war gar nicht ganz klar, was ich da eigentlich tue. Ich wusste nur, dass mir die Zeit davonzulaufen begann.«

»Aber warum hast du so lange gewartet«, fragte Leo. »Du hast doch dein ganzes Leben lang von diesem Fluch gewusst. Warum hast du dich nicht schon viel eher nach einer magiebegabten Braut umgesehen?«

»Das war wohl meine Schuld«, sagte Corinne, die inzwischen wieder frei gewordene Hand ihres Verlobten ergreifend. »Wir haben uns ineinander verliebt, und ihr wisst ja, wie das ist. Du denkst, du kannst jedes Hindernis bezwingen. Also haben wir monatelang versucht, gemeinsam einen Weg zu finden, wie sich der Fluch möglicherweise außer Kraft setzen lässt. Wir haben wirklich jeden gefragt – jedenfalls jeden, der in der Lage war, unser Problem zu begreifen.«

»Es ist erst eine Woche her, dass wir uns letzten Endes eingestehen mussten, dass es offensichtlich keine Hintertürchen gibt«, ergriff Colin das Wort. »Wir können uns lieben, aber heiraten können wir nicht.«

»Und dann war er plötzlich verschwunden«, berichtete Corinne weiter. »Ich bat eine Freundin, nach ihm zu suchen, und hier hat sie ihn schließlich entdeckt. Ich verfüge über keinerlei magische Kräfte, und es hat mich drei verschiedene Flüge gekostet, ihm bis hierher zu folgen. Ich bin zwar grundsätzlich einverstanden mit seinem Plan – aber ich war nicht darauf vorbereitet, zu sehen, wie er dir einen Heiratsantrag macht. Ohne mir vorher etwas davon zu sagen.«

»Bitte verzeih mir«, sagte Colin und drückte ihre Hand etwas fester. »Ich weiß, dass du dir Sorgen gemacht hast. Aber ich wusste einfach keinen anderen Rat mehr.«

Corinne lächelte mit Tränen in den Augen und küsste Colin auf die Wange. In diesem Moment war für Piper alles vergeben, doch mitnichten vergessen. Sie wusste aus allererster Hand, wie es war, wenn man sein Herz an einen Menschen hängte, der einem vom einen Moment auf den anderen genommen werden konnte. Das war weiß Gott kein angenehmes Leben.

»Und auch dich bitte ich um Verzeihung, Paige«, sprach Colin weiter. »Dich und euch alle. Es war niemals meine Absicht, jemanden anlügen, das schwöre ich. Es ist nur … mein Volk verlässt sich auf mich.«

»Er hat Recht«, sagte Corinne und zeigte ihre tapferste Miene. »Er muss eine andere heiraten, um unser Volk zu retten. So viele Freunde, so viele unschuldige Familien … ihrer aller Leben hängt von ihm ab. So schwer es mir auch fällt, aber ich habe eingesehen, dass dies die einzige Lösung für uns ist.«

Piper schaute Paige an, deren Gesicht fast so weiß wie ein Hochzeitskleid war. Es war nicht fair, so etwas von ihr zu verlangen, oder von irgendjemandem sonst.

»Paige?«, sagte Piper.

»Komm wenigstens mit nach Tarsina und schau es dir an, bevor du dich entscheidest«, flehte Colin. »Du wirst sehen, es ist ein wunderschöner Ort. Und die Menschen dort sind liebenswürdig und nett. Ich bin sicher, dass du mir deine Hilfe danach nicht länger verwehren wirst.«

Paige wandte sich zu ihrer Familie um; Leo hob eine Augenbraue und wies mit dem Kopf kaum wahrnehmbar zur Tür, was gleichbedeutend war mit »Höchste Zeit für eine private Halliwell-Konferenz«.

»Entschuldigt uns bitte einen Augenblick«, sagte Piper, während Phoebe sich bereits aus dem Sofa hochwuchtete. Sie folgten Leo in die Diele und drängten sich dort in einem engen Kreis zusammen.

»Paige, Liebes, bist du okay?«, fragte Phoebe. Sie schlang die Arme um ihre Halbschwester.

»Jaja, schon gut«, entgegnete Paige. »Ich schätze, ich bin nur ein bisschen …«

»Geschockt? Bestürzt? Durcheinander?«, warf Piper ein.

»Ja, irgendsowas«, lächelte Paige schwach.

»Hört zu, ich denke, wir sollten wirklich über die Möglichkeit, nach Tarsina zu gehen, nachdenken«, sagte Leo.

»Erzähl mir jetzt bitte nicht, du bist der Meinung, dass sie tun sollte, was er von ihr verlangt«, empörte sich Piper.

»Nein, nicht unbedingt«, meinte Leo. »Aber ich finde, wir sollten zumindest einmal die Lage dort checken. Die *Ältesten* haben ziemliches Fracksausen wegen dieser Sache.«

»Die *Ältesten* tragen keine Fräcke«, bemerkte Piper scherzhaft in dem Versuch, die angespannte Situation ein wenig zu entschärfen.

»Du weißt schon, was ich meine«, erwiderte Leo. »Dieser Fluch könnte tatsächlich das Gleichgewicht zwischen Gut und Böse beeinträchtigen.«

»Und was ist mit Paige?«, wandte Phoebe ein. »Soll sie etwa einen Kerl heiraten, den sie so gut wie überhaupt nicht kennt, und dann mit ihm zu irgendeiner unsichtbaren Stadt in der Schweiz auf Hochzeitsfahrt gehen?«

»Das habe ich nicht gesagt. Ich sagte nur –«

»Hört mal zu, Leute!«, unterbrach Paige die Diskussion. »Leo hat Recht. Wir sollten uns diesen Ort wenigstens mal etwas genauer ansehen.«

Sämtliche Härchen auf Pipers Unterarmen stellten sich auf. Diese Idee wollte ihr gar nicht gefallen. Für sie klang das alles zu sehr danach, als würde Paige sehenden Auges in eine königreichgroße Falle tappen. Und wenn schon nicht das, dann zumindest in einen wahren Albtraum von Hochzeit.

»Bist du sicher?«, fragte Piper sie.

»Ja, absolut«, entgegnete Paige mit einem entschlossenen Nicken.

»Okay, nun denn, und was machen wir mit Wyatt?«, fragte Piper.

»Ich könnte ihn ›nach oben‹ orben«, schlug Leo vor. Sein Blick wanderte empor zur Decke der Diele. »Ich bin überzeugt, angesichts der Wichtigkeit dieser Mission wird es den *Ältesten* nichts ausmachen, eine Weile auf ihn aufzupassen.«

»Ausgezeichnet«, meinte Piper. Leo holte Wyatt aus seinem Laufställchen, und Piper küsste ihren Sohn auf die Stirn. »Sei schön brav bei den ätherischen Wesen«, ermahnte sie ihn und tätschelte ihm die Wange. Wyatt quiekte lachend auf, als Phoebe und Paige ihm zum Abschied ebenfalls einen lautstarken Schmatzer aufdrückten.

»Wir warten hier solange auf dich«, sagte Paige zu Leo. »Wir können dann alle gemeinsam losorben.«

Leo und Wyatt verschwanden in einem Wirbel aus weißblauem Licht, und Phoebe schlang abermals ihre Arme um Paige.

»Bist du wirklich bereit dazu?«, fragte Phoebe. Sie spähte an Paiges Kopf vorbei in das Wohnzimmer hinüber, wo Colin und Corinne eng nebeneinander auf der Couch kauerten.

»Ja. Wenn wir in der Lage sind, ihnen zu helfen, dann sollten wir das auch tun«, entgegnete Paige schicksalsergeben. »Dafür sind wir doch schließlich da, oder nicht? Abgesehen davon täte ein kleiner Urlaub uns allen ganz gut. Ich schlage vor, dass wir uns dieses magische Königreich zuerst einmal genau ansehen.«

4

Im einen Moment stand Phoebe noch im warmen, vertrauten und gemütlichen Wohnzimmer. Im nächsten war sie bereits bis auf die Knochen durchgefroren, und ihre Kleidung völlig von dem Regen durchnässt, der auf sie niederprasselte. Dunkle Wolken hingen bedrohlich über ihr am Himmel, und der scharfe Wind, der um sie herumpfiff, warf sie beinahe um.

In dem nutzlosen Versuch, sich vor dem strömenden Regen zu schützen, schlang sie die Arme um ihren Körper und schaute durch den nassgrauen Schleier. Paiges Zähne klapperten vor Kälte, und Pipers Haar hing in desolaten Strähnen in Nacken und Gesicht.

»Wo sind wir hier?«, rief Piper über das Trommeln des Regens hinweg.

Phoebe ließ den Blick über ihre nächste Umgebung wandern. Sie standen in einem dichten Gehölz aus riesigen, immergrünen Bäumen, und der aufgeweichte Boden unter ihren Füßen war von einer dicken, pappigen Schicht Kiefernnadeln bedeckt. Weit und breit war weder ein Tier noch irgendeine Menschenseele zu sehen.

»Das kann es doch nicht sein!«, brüllte sie zurück. »Sollte hier nicht irgendein Märchenschloss oder etwas in der Art stehen?«

»Es ist der Ort, den Colin mir bezeichnet hat!«, erwiderte Paige.

Die anderen orbten herbei, und Leo warf sogleich einen besorgten Blick nach oben auf den düsteren, wolkenverhangenen Himmel. Dann ergriff er Colin und Corinne an den Armen und rannte mit ihnen zu seiner Familie hinüber, damit sie sich dort versammeln konnten. Regentropfen trieften von seinen Wimpern herab, und das dunkelblaue Hemd klebte klamm an seiner Haut.

»Seid ihr alle in Ordnung?«, erkundigte er sich.

»Ja, nur ein *kleines* bisschen nass«, entgegnete Piper.

»Wo zum Teufel ist dein magisches Königreich?«, schrie Paige zu Colin hinüber. »Ich könnte im Augenblick gut etwas magische heiße Schokolade gebrauchen!«

»Direkt vor deiner Nase!«, erwiderte Colin lächelnd. Er schien völlig unbeeindruckt von dem strömenden Regen, obgleich er und Corinne nicht weniger durchnässt waren als Paige und ihre Familie.

»Na toll. Ein Schürzenjägerprinz mit Sinn für Humor«, bemerkte Phoebe, fröstelnd vor Kälte.

»Paige, Piper, Phoebe, Leo, willkommen in Tarsina!«, sagte Colin feierlich.

Er hob den Arm, und plötzlich war alles wie verwandelt. Phoebe hatte den Eindruck, als sei ihr unvermittelt ein grauer Schleier von den Augen genommen worden. Sogleich fühlte sie sich trocken und warm, und ihre Haut prickelte am ganzen Körper vor wohligem Empfinden. Helles Sonnenlicht flutete über ihr Gesicht und belebte sie von innen und außen. Vögel zwitscherten hoch oben in den Bäumen, während eine leichte Brise sanft durch die Zweige hinter ihr strich. Die Luft um sie herum war erfüllt von dem süßen Duft nach frischen Rosen und taufeuchtem Gras. Doch der jähe Wetterumschwung war bei weitem nicht die erstaunlichste Überraschung.

Unmittelbar vor ihnen, so nah, dass sie bloß die Hände auszustrecken brauchten, um sie zu berühren, ragte eine hohe weiße Steinmauer in den strahlend blauen Himmel. Die Steine glänzten so hell in der Sonne, dass sie beinahe blendeten. Mit vor Staunen geöffnetem Mund beschattete Phoebe ihre Augen mit der Hand und schaute nach oben. Weit, weit oben, auf den Zinnen der Mauer, flatterten purpurrot-blaue Fahnen im Wind.

»Wow«, hörte sich Phoebe flüstern.

»Ich sehe weder ein Tor noch eine Pforte«, stellte Leo mit zusammengekniffenen Augen fest. »Wie kommen wir da rein?«

Abermals lächelnd legte Colin sacht eine Hand auf das Gemäuer. Im selben Moment kam unter seinen Fingern eine große hölzerne Tür mit Eisenbeschlägen zum Vorschein. Eine mittelalterlich anmutende Insigne war in die Mitte der Pforte geschnitzt – ein stilisiertes »T«, von kunstvollen Schnörkeln und sich windenden Linien umrahmt und durchwoben. Phoebe, Piper und Paige tauschten beeindruckte Blicke. Allmählich wurde die Sache interessant.

»Das ist doch das gleiche Symbol, das du auf deinen Arm tätowiert hast«, sagte Paige. Sie streckte die Hand aus und berührte die Schnitzerei mit ihren Fingerspitzen.

»Das Wappensymbol meines Landes«, bestätigte ihr Colin.

»Hey. Und ich dachte, irgend so ein Tattoofuzzi unten in der Haight Street hätte es entworfen«, gab Paige mit ironischem Grinsen zurück.

Colin lächelte und griff nach dem runden Knauf an der Pforte. »Wenn ihr gestattet«, sagte er. Denn drehte er ihn herum und zog.

Die Tür gab ein lautes Ächzen von sich, als sie aufschwang, so als ob sie schon seit Jahrhunderten da gewesen wäre, fest verschlossen für die Welt. Gleich hinter der Öffnung, die sich vor ihr auftat, konnte Phoebe eine gepflasterte Straße und ein paar Grasbüschel erkennen, doch darüber hinaus nichts. Sie zögerte einen Moment lang, bevor sie durch die Pforte trat. Sie hatte in ihrem Leben genug Fallen gesehen, um auf eine fast natürliche Art und Weise vorsichtig zu sein. Wer mochte schon wissen, auf was sie sich hier gerade wieder einließen? Doch als Corinne unbekümmert durch das geheimnisvolle Grenztor schritt, fühlte sie sich ein kleines bisschen besser. Dann betrat Paige, stets die furchtlose Abenteurerin, in Corinnes Kielwasser das magische Reich.

»Kommt ihr, Leute?«, fragte sie über ihre Schulter hinweg.

Phoebe zuckte die Schultern. »Warum nicht?«, meinte sie und heftete sich mit Leo und Piper an Paiges Fersen.

»Oh ... mein ... Gott!«, stieß Paige langsam aus, während sie mit staunend aufgerissenen Augen um sich blickte und den Kopf weit in den Nacken legte.

Ein aufgeregtes, mädchenhaftes Grinsen machte sich auf Phoebes Gesicht breit. Selbst in den lebhaftesten Träumen ihrer Kindheit hatte sie sich niemals etwas ausgemalt, das auch nur annähernd an die Wirklichkeit Tarsinas herangereicht hätte. Direkt vor ihr erstreckte sich eine große, breite Straße, auf der es nur so wimmelte von herumwuselnden Menschen, die an Marktständen ihre Einkaufskörbe füllten oder lachend und plappernd an Schaufensterauslagen vorüberflanierten. Überall hingen Werbeanschläge an den Geschäften, auf denen alle nur erdenklichen Dinge angepriesen wurden, von maßgeschneiderten Anzügen über Pasteten bis hin zu leckeren Naschereien. Schmalere Gassen bogen in abenteuerlichen Winkeln von der Hauptstraße ab und kreuzten ihren Weg zwischen den Häusern hindurch, die in jedweder Größe und Form aus weißem Stein errichtet worden waren. Auf allen Dächern tanzten Flaggen im Wind, und zahlreiche Fenster waren mit Bannern geschmückt, auf denen verschlungene Symbole in leuchtenden, prunkvollen Farben erstrahlten. Das verschnörkelte »T« schien allgegenwärtig zu sein.

»Wow«, entfuhr es Phoebe. »Das ist ja wie –«

»In einem richtigen Märchen«, vollendete Piper den Satz für sie.

Irgendwo in der Nähe wieherte ein Pferd, und ein paar Kinder lachten hell auf. Phoebe konnte das Trappeln der Hufe auf Pflasterstein und das Knarzen von Wagenrädern hören. Knapp fünf Meter vor ihnen feilschte eine Frau mit einem älteren Mann lautstark um eine Schachtel brauner und weißer Eier. Eine Schar kleiner Mädchen in Wollkleidern hüpfte vorbei, trieb mit einem Stöckchen einen Holzreif vor sich her und kicherte ohne Unterlass. Phoebe schien es beinahe unmöglich, zu glauben, dass sie dies alles nicht träumte.

»Ganz schön cool, was?«, meinte Corinne, während sie ihr blondes Haar zu einem Zopf zusammenband.

»Das ist noch maßlos untertrieben«, erwiderte Phoebe.

»Los, kommt. Wir gehen die Hauptstraße hoch zum Palast«, sagte Colin und übernahm in der stark belebten Straße die Führung.

»Habe ich da wirklich gerade jemanden sagen hören, wir gingen hoch zum Palast?«, meinte Piper, während sie sich zu Phoebes Ohr hinüberneigte.

»Ich weiß!«, erwiderte Phoebe mit einem albernen Grinsen. »Das alles kommt einem so unwirklich vor.«

Dicht beieinander schritten die Zauberhaften und Leo voran, wobei sie ihre Blicke nach links und rechts wandern ließen, als seien sie in ein Freilichtmuseum geraten und die Frauen mit ihren den ganzen Körper bedeckenden Kleidern und Kopftüchern allesamt dem Mittelalter entsprungen. Doch hin und wieder konnte Phoebe auch den einen oder anderen Blick auf eine junge Frau in T-Shirt und Khakihosen oder einen Typen in ausgewaschenen Jeans und Doc Martens erhaschen. Sie sah eine Frau in seidenem Gewand auf einen Gemüseverkäufer zugehen, der ein Grateful-Dead-T-Shirt und Freundschaftsbändchen trug. Und der kleine Junge zu ihren Füßen, obgleich in Weste und Knickerbocker gezwängt, war völlig in das Display seines piepsenden, plärrenden Gameboy vertieft.

»Ich schätze, das sind die Einflüsse des Fortschritts, von denen sie sprachen«, sagte Piper und deutete mit dem Kopf auf einen knatschgelben Geländewagen, der direkt vor der Herrenschneiderei stand.

»Jetzt sieh sich einer *das* an«, staunte Phoebe und zeigte nach oben. »Satellitenempfang haben die auch.«

Und tatsächlich – auf dem spitzen Schieferdach eines Türmchens waren drei Satellitenschüsseln befestigt, die nach innen gewölbten Flächen gen Himmel gerichtet. Direkt unter ihnen, in einem kleinen, abgerundeten Fenster, hing ein rotblauer Wimpel der *Red Sox*.

»Die *Red Sox*?«, wunderte sich Leo. »Doch nicht etwa die *Boston Red Sox*?«

»Oh, das Volk von Tarsina ist völlig *vernarrt* in das Team«, sagte Corinne lächelnd.

»Auf den *Red Sox* lastet nämlich genau wie auf unserem Königreich ein Fluch«, führte Colin aus. »Das Volk von Tarsina empfindet daher eine besondere Verbundenheit zu ihnen. Und wir alle waren völlig aus dem Häuschen, als sie die letzte Meisterschaft gewonnen haben ...«

Phoebe lachte prustend auf, und Piper schüttelte den Kopf. Dieser Ort war voller Überraschungen.

»Prinz Colin!«, keuchte in diesem Augenblick eine ältere Frau, die sich im gleichen Moment ehrerbietig verbeugte. Energisch wischte sie sich die Hände an ihrer Schürze als befürchtete sie, dass sich Colin durch den Schmutz beleidigt fühlen könnte.

Ein Raunen ging durch die Menge, und ringsum hielten alle Leute in ihren Tätigkeiten inne und senkten ergeben den Kopf. Phoebe, Piper, Paige und Leo blieben angesichts der jäh eingetretenen Stille abrupt stehen. Plötzlich überragten sie jeden Einzelnen in der dicht bevölkerten Straße und starrten auf die Nacken zahlloser gebeugter Häupter hinab.

»Ich bitte euch! Euch alle! Geht wieder zurück an eure Arbeit!«, rief Colin mit erhobenen Händen. »Ich zeige meinen neuen Freunden nur unsere Stadt.«

Zögerlich richtete sich alles wieder auf, doch einige Leute verbeugten sich ein weiteres Mal, bevor sie sich, nicht ohne vorher ein paar neugierige Blicke auf die neuen Freunde des Prinzen geworfen zu haben, wieder ihrem Tagewerk zuwandten. Ein kleines Mädchen kam auf Paige zugerannt, das Gesicht von lustig auf- und abwippenden Locken umrahmt.

»Bist du es? Bist du diejenige, die Prinzessin werden und unser Königreich retten soll?«, fragte sie Paige. Ihre blauen Augen waren voller Hoffnung.

Paiges Herz sank, und sie schaute Colin an.

»Äh … wir werden sehen, meine Süße«, sagte sie und beugte sich zu dem Blondschopf hinab.

»Diana! Komm sofort hierher zurück!«

Die Mutter des kleinen Mädchens wühlte sich aus dem Gedränge hervor, das auf dem Bürgersteig herrschte, eilte herbei und nahm ihre Tochter auf den Arm.

»Es tut mir sehr Leid«, sagte sie, das Mädchen fest an sich drückend. »Sie ist manchmal einfach nicht zu bändigen. Ich bitte vielmals um Entschuldigung, falls sie Euch belästigt haben sollte, Euer Eminenz«, sagte sie mit einem kleinen Knicks in Richtung Colin.

»Sie hat uns nicht belästigt«, erwiderte Colin mit einem flüchtigen, doch irgendwie traurig wirkenden Lächeln. Er streckte die Hand aus und strich dem Mädchen über die Locken, woraufhin es sogleich das Gesicht in der Brust seiner Mutter vergrub. »Sie ist wunderschön.«

»Habt Dank, Euer Hoheit«, entgegnete die Frau, vor Freude errötend. Sie bedachte ihrerseits die drei Zauberhaften mit einem hoffnungsvollen Blick, verbeugte sich ein weiteres Mal und hastete sodann mit ihrer Tochter die Straße hinunter davon.

»Ihr seht, sie alle blicken voller Zuversicht auf uns«, sagte Colin, nachdem sie sich wieder in Bewegung gesetzt hatten. »Sie alle wissen, dass bald mein fünfundzwanzigster Geburtstag ist. Und sie alle verlassen sich darauf, dass ich sie rette. Ich bin sicher, dass sie die Ankunft von Fremden als Zeichen dafür nehmen, dass ich an einer Lösung des Problems arbeite. Bestimmt werden sie sich nun fragen, wer ihr seid und woher ihr kommt.«

Phoebe konnte die Unruhe und Angst, die die Straßen erfüllten, förmlich spüren, und dieses Gefühl verursachte auch bei ihr ein nervöses Flattern im Magen. Aufgrund ihrer empathischen Kräfte war sie in der Lage, die Emotionen derjenigen zu empfinden, die sich in ihrer Nähe aufhielten. Manchmal war es eine tolle Erfahrung, so wie vor wenigen Augenblicken zum Beispiel, als sich alle vor Colin verbeugt hatten und ihm die Liebe seines Volkes zugeflogen war. Doch die heimlichen Erwartungen, die sie nun rings um sich herum wahrnahm, beunruhigten sie und lösten bei ihr ein leichtes Schwindelgefühl aus. Gleichwohl empfand sie große Sympathie für diese Leute, die offensichtlich um ihr Leben und das ihrer Kinder bangten. Die Bürger Tarsinas nahmen diesen Fluch überaus ernst.

»Sie sind alle vollkommen verängstigt«, flüsterte Phoebe Piper zu.

»Wenn das, was Colin uns erzählt hat, stimmt, haben sie auch allen Grund dazu«, entgegnete Piper. Freundlich lächelte sie ein paar kleinen Jungen zu, die mit offenen Mündern zu ihnen herübergafften.

Phoebe folgte dem Beispiel ihrer Schwester und warf ebenfalls den Menschen, die ihnen auf ihrem Weg begegneten, ein Lächeln zu, um ihnen Zuversicht zu vermitteln. Einige lächelten höflich zurück, und ein paar Frauen machten sogar einen Knicks, als die Neuankömmlinge an ihnen vorübergingen. Phoebe kam sich vor, als würde sie in einer kleinen Parade mitmarschieren, die zu sehen jedermann herbeigeeilt war.

»Als ob wir irgendwelche Berühmtheiten wären«, meinte Paige.

»Blödsinn. Wir sind nur ein paar Fremde, die zufällig hinter einem berühmten Kerl herstiefeln«, stellte Piper klar.

Phoebe fiel ein alter, ganz in Schwarz gekleideter Mann auf, der am Straßenrand stand und zu ihr herüberstarrte. Sie lächelte ihm zu, doch er starrte nur weiter, mit einem harten, unversöhnlichen Ausdruck in seinem wettergegerbten Gesicht. Seine stahlblauen Augen wurden immer schmaler, je länger sie ihn ansah. Phoebe lief es plötzlich eiskalt den Rücken hinab, und zwar mit einer solchen Heftigkeit, dass es ihr beinahe den Atem raubte. Sie erschauerte und ergriff Pipers Arm.

»Phoebe? Was hast du?«, fragte Piper, die sie mit beiden Händen festhielt.

»Dieser Mann«, sagte Phoebe und holte tief Luft. »Es geht ein solcher Hass von ihm aus. Und es fühlte sich … es fühlte sich so an, als richtete er sich direkt gegen uns.«

»Welcher Mann?«, fragte Leo. Suchend ließ er seinen Blick über die Menge streifen.

Phoebe schaute auf die Stelle, wo der Mann in Schwarz gestanden hatte, doch es war niemand mehr da.

»Er ist weg«, sagte sie und schluckte schwer. In ihren Adern dröhnte noch immer der Widerhall seines Hasses.

»Das muss einer von den Loyalisten gewesen sein«, meinte Colin, während er angespannt die Menschen ringsum beobachtete.

»Den Loyalisten?«, fragte Piper nach.

»Ja. Es gibt ein paar unter uns, die loyal zu dem Fluch meiner Urahnin stehen«, klärte Colin sie auf. »Sie wollen nicht, dass ich heirate. Sie halten es für besser, wenn der Fluch sich erfüllt.«

»Trotz all der Menschen, die dann sterben müssten?«, empörte sich Phoebe.

Colin nickte gewichtig. »Sie würden ein Land zurücklassen, dessen Volk ausschließlich aus reinblütigen, magiebegabten Tarsiniern bestünde.«

»Das ist einfach teuflisch«, sagte Paige.

»Ja, es ist teuflisch, aber nichtsdestotrotz Teil unserer Realität. Die loyalistische Tradition reicht bis in Zeiten zurück, die lange vor der Verhängung dieses Fluches liegen«, teilte Colin ihnen mit. Seine Züge hatten einen grimmigen Ausdruck angenommen. »Kommt. Wir haben noch ein ganzes Stück vor uns.« Er wandte sich um und lenkte, mit Corinne und Paige an je einer Seite, seine Schritte weiter die Straße hinauf.

»Bist du okay?«, fragte Leo und legte Phoebe besorgt eine Hand auf den Rücken.

»Ja. Mir geht es gut«, beruhigte ihn Phoebe. Sie schaute sich um und riss sich zusammen. »Und es wird mir auch weiterhin gut gehen. Vorausgesetzt, ich muss nicht wieder solche Emotionen verkraften.«

Während sie, Piper und Leo weitereilten, um zu den anderen aufzuschließen, warf Phoebe noch einmal einen Blick über die Schulter und versuchte, den Mann in der Menschenmenge zu entdecken. Dieses Fleckchen Erde war so wunderschön und friedlich und so voller Liebe, dass sie sich fragte, wie Herzenskälte und Hass hier überhaupt Fuß fassen konnten. Doch zum ersten Mal, seit sie die Pforte nach Tarsina durchschritten hatte, vermochte Phoebe sich vorzustellen, dass tatsächlich geheimnisvolle finstere Mächte dabei waren, sich über diesem Ort zusammenzubrauen. Eine Hand voll Typen wie der, und ein alter Fluch noch dazu? Das Königreich hätte keinerlei Chance.

»Da ist es«, sagte Colin, als die kleine Reisegruppe am oberen Ende der Hauptstraße angelangt war. »Home sweet home.«

Etwa einen Kilometer von ihnen entfernt, jenseits einer weiteren breiten Straße, und von makellos gepflegten Gärten umsäumt, die vor roter und violetter Blumenpracht schier zu bersten schienen, erhob sich ein mächtiges Schloss in den Himmel. Staunend starrte Paige auf die Mauern des Palastes, und ihr Herz schlug vor Aufregung schneller. Türme und spitze Dachgiebel wuchsen hoch in die Lüfte empor, einzig überragt von den schneebedeckten Gipfeln der Bergkette ringsum. Wachen patrouillierten auf den Zinnen und ließen die Straße am Fuße der Mauer nicht aus den Augen. Der Kopf einer Magd tauchte an einem der Fenster auf, dann beugte sie sich weit hinaus, um mit einem stoffumwickelten Stock einen großen, purpurroten Teppich auszuklopfen. Um den Palast herum erstreckte sich ein See mit tiefblauem Wasser, und Paige brauchte einen Moment, um zu begreifen, dass es sich dabei um einen Burggraben handelte. Einen wirklichen und wahrhaftigen Burggraben.

»Der helle Wahnsinn«, stieß sie mit gepresster Stimme hervor.

»Du glaubst, das ist Wahnsinn? Dann schau dir erst mal das da an«, sagte Piper und deutete mit ihrem Blick die Straße hinunter.

Paiges Augen weiteten sich, als sie die prunkvoll vergoldete und von vier tänzelnden weißen Rössern gezogene Kutsche entdeckte, die soeben um eine Straßenecke wankte. Hoch oben auf dem Bock thronte der Kutscher in purpurroter, seidener Livree. Der bauschige schwarze Hut war mit einem Federbusch geschmückt. Als er die Zügel anzog und die Karosse direkt vor dem Prinzen zum Stehen brachte, wieherten die Pferde laut auf.

»Willkommen daheim, Euer Majestät«, sagte der Kutscher und tippte leger mit dem Finger an seinen Hut.

»Danke, Jonathan«, entgegnete Colin und nickte ihm zu. Ein Diener sprang vom hinteren Teil der Kutsche und eilte herbei, um ihnen die Türen zu öffnen.

»Meine Damen?«, sagte Colin. »Nach Ihnen, bitte.«

»Wo kommt das Ding denn so plötzlich her?«, fragte Paige, während Phoebe in die königliche Droschke kletterte.

»Die Wachen auf den Schlosstürmen haben sogleich nach den Pferden geschickt, als sie mich kommen sahen«, erklärte ihr Colin. »Ich hab den Palast noch kein einziges Mal in meinem Leben auf Schusters Rappen betreten. Es entspräche einfach nicht der Etikette.«

»Aha. Wie kommt es bloß, dass ich das Gefühl habe, so *einiges* hier entspricht nicht der Etikette?«

Colin wurde rot und schaute betreten auf seine Füße. »Du weißt doch, wie es ist, wenn man sich in seinem Leben an bestimmte Regeln halten muss.«

»Ja, weiß ich«, entgegnete sie. »Und genau das ist der Grund dafür, dass wir sie ständig brechen.«

Sie schaute ihn einen Moment lang stirnrunzelnd an und stieg dann zu den anderen in die Kutsche. Sie war sich völlig darüber im Klaren, dass die Konsequenzen, die Colin zu tragen hatte, wenn er gewisse Regeln missachtete, um ein Vielfaches schwerer wiegend waren als die, mit denen sich die Zauberhaften in vergleichbaren Fällen auseinander zu setzen hatten, aber manchmal musste man es eben einfach versuchen. Piper und Leo hatten gegen jegliche Widerstände den Bund fürs Leben geschlossen, und sie waren deshalb durch so manche Hölle gegangen, doch am Ende hatte sich alles zum Guten gewendet. Und die vielen Male, die sich die Zauberhaften gegen die *Ältesten* oder irgendeinen mystischen Rat gestellt und die Meinung verfochten hatten, dass *ihr* Weg der bessere war, vermochte sie inzwischen nicht mehr zu zählen. Wie sehr hatten sich Colin und Corinne wirklich bemüht?

»Okay, hier trennen sich erst einmal unsere Wege«, sagte Corinne, die von unten zu ihnen emporschaute.

»Du kommst nicht mit in den Palast?«, fragte Paige und lehnte sich aus dem Fenster.

»Du wirst gleich deinen zukünftigen Schwiegereltern vorgestellt«, erwiderte Corinne mit traurigem Blick. »Ich glaube nicht, dass meine Anwesenheit dabei angebracht wäre.«

Paige empfand aufrichtiges Mitgefühl mit Corinne. Die ganze Sache war wirklich alles andere als fair. Und ungeachtet dessen, dass sie diese Scharade zunächst weiter mitzuspielen gedachte, war dies der Moment, in dem sie sich schwor, falls sich ihr eine Gelegenheit bieten sollte, Corinne und Colin zu ihrem Glück zu verhelfen, diese ohne Zögern zu ergreifen. Es musste einfach etwas geben, das sie beide übersehen hatten.

»Wir sehen dich dann später«, versprach sie Corinne. Dann zog sie sich diskret zurück, damit Colin und seine Geliebte sich ungestört voneinander verabschieden konnten.

Schließlich stieg auch Colin in die Kutsche; der Diener schlug hinter ihm die Tür zu und verriegelte sie. Mit jähem Ruck setzten sich die Pferde in Bewegung, und Corinne hob winkend die Hand, während Paige und die anderen in Windeseile in Richtung Schloss davongetragen wurden. Paige schaute unverwandt aus dem Fenster der Karosse, um alles in sich aufzunehmen, während sie über die Zugbrücke hinweg und durch das Schlosstor ratterten. Sie konnte immer noch nicht glauben, dass es einen Ort wie diesen tatsächlich gab, geschweige denn, dass sie selbst sich wirklich dort befand.

Plötzlich hellte sich Colins Miene merklich auf, und er setzte sich gerade auf. »Mein Vater ist gekommen, um uns zu begrüßen.«

Paige richtete ihren Blick aus dem anderen Fenster der Kutsche und bekam somit Gelegenheit, sich einen ersten, flüchtigen Eindruck vom König von Tarsina zu verschaffen. Er erwartete die Ankömmlinge vor einer gewaltigen Pforte, links und rechts von je einer Reihe Bediensteter flankiert, die sich in perfekter Habtachtstellung präsentierten. Der Regent war ein schon etwas betagter, gleichwohl heiter wirkender Mann mit weißem Haar und kurz geschorenem Bart. Obwohl er sich augenscheinlich bereits im goldenen Herbst seines Lebens befand, war an seiner Haltung nicht ein einziger Makel. Groß und aufrecht stand er mit strahlenden Augen da, die Lippen von einem glücklichen Lächeln umspielt. Als die Karosse anhielt, empfing er seinen Sohn mit weit ausgebreiteten Armen.

Colin sprang mit einem eleganten Satz aus der Kutsche und umarmte seinen Vater. »König Philip von Tarsina«, sagte er. »Ich möchte Euch meine voraussichtliche Braut, Paige Matthews, vorstellen.«

Paige schaute Piper und Phoebe an und runzelte die Stirn, bevor auch sie aus dem Gefährt ausstieg. Zumindest hatte Colin sie als seine »voraussichtliche« Braut eingeführt. Demnach war also noch gar nichts entschieden … bis jetzt.

»Paige! Willkommen in Tarsina!«, rief König Philip aus; seine Stimme dröhnte in Paiges Ohren, als er sie ebenfalls umarmte. Dann schob er sie auf Armeslänge von sich weg und ergriff mit sanftem Griff ihre Hände. »Lasst mich Euch anschauen«, sagte er. Nach einem prüfenden Blick wandte er sich lächelnd an Colin. »Ich denke, sie passt ganz hervorragend hierher.«

»Vielen Dank«, erwiderte Paige, während sie sich gleichzeitig fragte, wie man wohl einen König angemessen begrüßte. »Ihr habt wirklich ein sehr schönes … Königreich.«

König Philip lachte laut auf und klopfte Colin auf die Schulter. Alsdann hielt er ihnen beiden auffordernd je einen Arm hin, um sie in den Palast zu führen. »Kommt. Die Königin erwartet euch schon.«

Erst jetzt bemerkte er Phoebe, Piper und Leo, die in diesem Moment der Staatskarosse entstiegen. »Und wen haben wir hier?«, fragte er, während er sich wieder von Colin und Paige befreite.

»Das sind meine Halbschwestern, Phoebe und Piper«, erwiderte Paige. »Und das ist Pipers Mann, Leo.«

»Hallo, Euer Majestät«, sagte Piper. »Es ist uns ein Vergnügen, Euch kennen zu lernen.«

König Philips Augen weiteten sich ein wenig, und er neigte kaum merklich den Kopf. »Die Zauberhaften! Alle drei auf einmal. In meinem Palast!«, entgegnete er, ein anerkennendes Lächeln auf den Lippen. »Welch Ehre.«

Piper, Paige und Phoebe wechselten verblüffte Blicke. Ihr Ruf war ihnen in ein Land vorausgeeilt, von dem sie bisher nicht einmal gewusst hatten, dass es überhaupt existierte. Das war allerdings stark.

»Die Ehre ist ganz auf unserer Seite«, sagte Phoebe schließlich, nachdem sie sich von ihrer Überraschung erholt hatte.

»Ich danke Euch. Doch nun lasst uns hineingehen«, erwiderte König Philip, klatschte in die Hände und verfiel wieder in ein eher zwangloses Gebaren. »Die Königin wird Augen machen, wenn sie sieht, welch hohen Besuch wir haben.«

Während der König sie durch eine riesige, nach oben offene Vorhalle und in den breiten, mit Gobelins behangenen Schlosskorridor führte, verfielen er und Colin in eine angeregte Plauderei über die Abenteuer, die der Prinz in Amerika erlebt hatte. Paige ließ sich ein wenig zurückfallen, um neben den anderen zu gehen; beeindruckt wanderte ihr Blick über die Fackeln, die die Wände erhellten, und über die Gemälde früherer Regenten.

»Kaum zu glauben, dass es einen solchen Ort gibt«, sagte Piper, als sie an einem Zimmer vorbeikamen, vor dem, reglos wie Marmorstatuen, zwei Schildwachen standen.

»Jedenfalls scheint der König ganz in Ordnung zu sein«, meinte Paige.

»Es ist nicht der König, um den wir uns Sorgen machen müssen«, erwiderte Phoebe mit einem bedeutungsvollen Flüstern. »Es ist die Königin. Es ist *immer* die Königin.«

Die Gruppe gelangte an ein mächtiges Doppelportal aus Holz, und augenblicklich sprangen zwei Männer herbei, um es für den König und seinen Sohn zu öffnen. Sie betraten einen großen Saal, der von hellem Sonnenlicht durchflutet wurde, das durch dutzende von hohen Fenstern hereinfiel. Menschen liefen umher, unterhielten sich mit gedämpfter Stimme oder lauschten den Klängen eines Flötenspielers, der in einer Ecke nahe dem Eingang stand. Am anderen Ende des Saals waren vier Thronsessel zu sehen, zwei von ihnen prunkvoll und groß, die anderen beiden ein wenig schlichter gehalten. Eine hoch gewachsene Frau saß auf einem der feudaleren Sitze und lächelte mild, während einige Zofen ihr verschiedene Leinenstoffe zur Ansicht und Billigung vorlegten.

»Meine Liebe, unser Sohn ist zurückgekehrt, und denkt Euch, er hat eine Braut mitgebracht«, verkündete der König.

»Voraussichtliche Braut«, korrigierte Paige rasch. Doch der König sah keine Veranlassung, sich zu verbessern.

Die Königin schaute auf und schickte die Zofen mit einer flüchtigen Handbewegung fort. Paige hatte erwartet, dass sie aufstehen und ihnen entgegeneilen würde, doch stattdessen schnippte sie nur in Richtung ihres Gemahls mit den Fingern. Dieser räusperte sich daraufhin und führte seinen Sohn und dessen Gäste zum Thron. Paige wurde von einer düsteren Vorahnung erfasst, die ihren Puls jäh schneller schlagen ließ.

»Was habe ich euch gesagt?«, flüsterte Phoebe.

»Jaja, wir wissen, dass du dich mit Märchen bestens auskennst, Schwesterherz«, erwiderte Paige ironisch.

Während sie sich der Königin weiter näherten, wurde deren außerordentliche Schönheit immer deutlicher. Sie war mindestens zehn Jahre jünger als ihr Gemahl. Ihr blondes Haar war streng nach hinten gekämmt, was ihre hohen Wangenknochen und die stechend blauen Augen unterstrich. Die stark aufgetragene Schminke ließ sie wie eine Filmdiva aussehen, indes ein eng geschnürtes Mieder ihre Wespentaille betonte. Ihr Kleid war komplett aus schwerem purpurrotem Brokat angefertigt und an den Säumen mit Gold abgesetzt. Sie hätte ein wirklich atemberaubender Anblick sein können, wäre da nicht diese Aura von Herzlosigkeit und Kälte gewesen, die sie verströmte.

»Welche von Euch ist die Auserwählte meines Sohnes?«, fragte sie. Ihr Blick fiel auf Piper.

»Schaut nicht mich an«, sagte Piper und ergriff Leos Hand. »Ich bin schon vergeben.«

Die kalten Augen der Königin richteten sich auf Leo und musterten ihn geringschätzig, so als ob er kaum mehr als ein Staubfussel wäre. Dann ruhte ihr Blick einen flüchtigen Moment lang auf Phoebe, um im nächsten Augenblick zu Paige weiterzuwandern. Paige schaute kurz ihre Halbschwestern an, bevor sie sich Auge in Auge der Königin stellte. Ihr Herz klopfte wie verrückt vor Nervosität, was sie einigermaßen irritierte. Für gewöhnlich ließ sich Paige nicht so leicht von irgendwelchen Leuten einschüchtern, und sie sah nicht ein, warum das bei Colins Mom anders sein sollte. Also reckte sie ihr Kinn und versuchte, so cool und gefasst auszusehen wie möglich.

»Mutter, darf ich Euch Paige Matthews vorstellen?«, sagte Colin, nahm Paiges Hand und nötigte sie, einen Schritt nach vorn zu treten. »Sie hat sich bereit erklärt, mit mir nach Tarsina zu kommen und über mein Angebot nachzudenken. Paige, meine Mutter, Königin Ramona von Tarsina.«

Die akkurat gezupften Augenbrauen der Königin schossen sogleich in die Höhe. »Um über sein Angebot *nachzudenken*? Ist mein Sohn Euch etwa nicht gut genug?«

»Doch. Natürlich ist er das«, erwiderte Paige. »Ich dachte nur, ich sollte mir vielleicht vorher das Land, in dem ich leben soll, ansehen und sein Volk kennen lernen, bevor ich eine solche Entscheidung fürs Leben treffe … Eure Hoheit.«

Die Königin sah sie einen kurzen Augenblick lang aus zu Schlitzen verengten Augen an. Dann nickte sie knapp. »Ein kluges Mädchen«, sagte sie. »Das gefällt mir.«

Paige warf Piper und Phoebe einen triumphierenden Blick zu. So viel zum Thema böse Schwiegermutter.

Die Königin erhob sich von ihrem Thron, nahm ihr großes goldenes Kollier ab, in dessen Mitte ein einzelner roter Edelstein eingearbeitet war, und reichte es Paige.

»Was ist das?«, fragte Paige.

»Die Rune der Königin«, klärte Colin sie auf. »Das Kollier wird stets von der herrschenden Königin an die neue Prinzessin zu deren Verlobung weitergereicht.«

»Ich habe verstanden, dass Ihr noch über die Sache *nachdenken* möchtet, meine Liebe, aber mein Volk bedarf eines deutlichen Zeichens für Colins Verlöbnis«, sagte die Königin. »In diesem Land muss endlich wieder Ruhe und Frieden einkehren. Wenn Ihr Euch gegen diese Vermählung entscheiden solltet, könnt Ihr mir die Rune immer noch zurückgeben.«

Paige schluckte und betrachtete den funkelnden Stein in der Form eines Schriftzeichens. Geschichten von verfluchten Juwelen schossen ihr durch den Kopf. Wenn man eine Hexe war, verhielt es sich mit von Fremden angenommenen Edelsteinen in etwa so wie mit den Bonbons, die man sich als Kind von irgendeinem netten Onkel zustecken ließ: Es war ausgesprochen gefährlich. Aber sie vertraute darauf, dass Colin niemals zulassen würde, dass ihr jemand etwas Böses antat, und als er ihr mit einem Nicken bedeutete, das Kollier entgegenzunehmen, neigte sie vor der Königin den Kopf.

Im nächsten Moment glitt das Kollier über ihr Haar und legte sich schwer um ihren Hals. Sie berührte die Rune mit der Hand und sah die Königin lächelnd an.

»Ich danke Euch«, erklärte sie feierlich.

»Seid willkommen in unserer Heimat«, entgegnete die Königin, ihr Lächeln kaum merklich erwidernd. Sie wandte ihren Blick den anderen zu, und der freundliche Zug um ihre Lippen wurde etwas breiter. »Ihr alle … seid willkommen.«

Noch bevor irgendjemand etwas erwidern konnte, schnippte die Königin mit den Fingern, um ihre Zofen zurückzubeordern, und setzte sich wieder auf ihren Thron. Verunsichert schaute Paige Colin an, doch der König legte ihr bereits seinen Arm um die Schultern und drehte sie sanft in Richtung Ausgang.

»Mach Euch nichts daraus«, sagte er. »Meine Frau ist bis über die Ohren mit den Vorbereitungen für den Ball beschäftigt, den wir Euch zu Ehren heute Abend geben.«

»Ein Ball?«, meinte Piper. »Solltet Ihr den nicht lieber für das Mädchen aufsparen, das Colin tatsächlich heiraten wird?«

»Piper«, zischte Paige.

»Was? Bisher ist noch nichts entschieden, oder?«, entgegnete Piper. »Ich will doch bloß nicht, dass der König sich all diese Mühe macht, wenn wir morgen möglicherweise schon wieder nach San Francisco heimkehren«, fügte sie hinzu, mit vielleicht ein wenig *zu* süßlicher Stimme. Paige wusste, dass Piper die ganze Angelegenheit eher als eine Art Spiel ansah. Für sie war es schlichtweg unmöglich, sich vorzustellen, dass die Familie tatsächlich auseinander brechen könnte. Für sie stand völlig außer Frage, dass sie alle am nächsten Tag wieder nach San Francisco zurückkehren würden. Paige selbst war sich da nicht so sicher. Für sie gab es immer noch einiges zu überdenken.

Sie wandte sich Colin und dem König zu. »Also ist es wirklich wahr, König Philip?«, fragte sie. »Wenn Colin nicht bis Mittwoch geheiratet hat, müssen all die Menschen, die wir in den Straßen gesehen haben, alle dort in dem Saal …?«

Die Miene des Königs verfinsterte sich, als er traurig nickte. »Ja, es ist wahr. Viele von ihnen sind dem sicheren Tode geweiht, falls Colin kein reines magisches Wesen zur Frau nehmen sollte«, sagte er. »Ich will Euch nicht unter Druck setzen, meine Liebe, aber möglicherweise seid Ihr unsere einzige Hoffnung.«

»Ja, genau. Bloß keinen unter Druck setzen«, presste Phoebe leise hervor.

»Ich versuche nur, Euch die Wahrheit zu sagen«, setzte König Philip hinzu. »Was Ihr damit macht, sei Euch überlassen.«

Paige stieß seufzend den Atem aus, als ein paar Kinder vorbeigehopst kamen und um die Beine des Flötenspielers liefen.

An einem der Fenster standen zwei Jugendliche, sichtlich ineinander verliebt, flirteten miteinander und küssten sich. Nicht weit von ihnen saß eine ältere Dame auf einem Stuhl und lauschte friedvoll lächelnd den Klängen der Musik. Der Gedanke, dass in einer Woche um die gleiche Zeit viele dieser Menschen einfach nicht mehr da sein sollten, überstieg schlichtweg Paiges Vorstellungsvermögen.

Sie straffte die Schultern und schaute dem König direkt in die Augen. »Lasst uns über diesen Ball sprechen, Euer Majestät.«

5

»Dies hier ist eure Unterkunft für die Dauer eures Besuches«, sagte Colin und breitete, in der Mitte eines Zimmers vom Ausmaß eines mittleren Grottendoms stehend, die Arme aus. »Natürlich sind die Gemächer der Prinzessin um einiges geräumiger.«

»Noch geräumiger als dies hier?«, fragte Paige, während Phoebe ein beeindrucktes Pfeifen von sich gab.

Das komplette Erdgeschoss von Halliwell Manor hätte problemlos in dieses gigantische Zimmer gepasst. Dicke Holzbalken stützten die gewölbte Decke, und von den Wänden hingen kostbare Seidenstoffe herab, die auch das riesige Himmelbett umrahmten. Mehrere Sofas und scheinbar wahllos verstreute Kissen waren in dem Raum verteilt, auf denen es sich nach Herzenslust herumfläzen ließ, und der Ankleidebereich in der Ecke bot einem großen Kosmetiktisch mit einem imposanten dreiteiligen Frisierspiegel darüber Platz. An einem Ständer gleich neben dem Tisch hingen fünfzehn atemberaubend herrliche Ballkleider bereit, die für die drei Frauen herbeigeschafft worden waren.

Daran könnte ich mich gewöhnen, dachte Paige und runzelte die Stirn.

»Paige, ich möchte, dass du weißt, falls du dich für die Hochzeit mit mir entscheidest, dass ich alles in meiner Macht Stehende tun werde, damit du dein Leben so fortführen kannst, wie es dir richtig erscheint«, sagte Colin. Er trat einen Schritt auf sie zu, nahm ihre Hände und blickte ihr tief in die Augen. »Du müsstest nicht einmal hier leben. Mit deinen übernatürlichen Kräften könntest du einfach nur hierher orben, wenn irgendwelche offiziellen Anlässe oder Feiertage anstehen.«

»Ist das wirklich das Leben, das du dir wünschst?«, fragte

Paige ihn mit sanfter Stimme. »Ein Leben mit einer Frau, die ihres nicht an deiner Seite verbringen möchte?«

»Es geht nicht darum, was ich mir wünsche«, entgegnete Colin mit einem Ausdruck von Entschlossenheit. »Es geht um meine Pflicht. Und mein Gefühl sagt mir, dass du und ich einen gemeinsamen Weg finden könnten«, fügte er mit dem Anflug eines Lächeln hinzu.

Paige wandte sich ab und überdachte sein Angebot. Es war wunderschön an diesem Ort, und Colin war ein wunderbarer Mann. Das Opfer, das er seinem Volk zu bringen bereit war, beeindruckte sie zutiefst. Ihr war klar, dass auch sie einiges aufzugeben hätte, sollte sie sich für diese Hochzeit entscheiden, aber schließlich hatte sie keinen Freund oder auch nur einen für diesen Job infrage kommenden Kandidaten. Vielleicht konnte sie wirklich –

»Und natürlich müssten wir für einen Thronerben sorgen«, sagte Colin plötzlich.

Paige rutschte schlagartig das Herz in die Hose. »Was?«, rief sie aus und zog reflexartig ihre Hände zurück. »Einen Thronerben? Du meinst ein … ein Baby?«

»Oh, nicht sofort!«, schwächte Colin seine Aussage rasch ab. »Ich meine, in den nächsten ein, zwei Jahren oder so.«

»Ich glaube, ich muss mich setzen«, sagte Paige. Unsicher schwankte sie ein paar Schritte zurück. Sogleich sprang Leo hinzu und stützte sie, während sie sich auf die Bettkante sinken ließ.

Ein Baby?, dachte sie, während ihre Gedanken heillos durcheinander wirbelten. Klar, sie wollte Kinder, natürlich. Wyatt hatte definitiv mütterliche Instinkte in ihr geweckt. Aber irgendwann in den nächsten zwei Jahren? Sie konnte nicht behaupten, dass das ihrer Lebensplanung entsprach.

»Paige? Alles in Ordnung mit dir?«, fragte Colin besorgt.

»Ja, sicher. Mir ist nur ein bisschen … heiß«, erwiderte Paige. »Gibt's hier irgendwo ein Glas Wasser?«

»Ich werde das Dienstmädchen rufen«, bot Colin an.

»Nein, nein. Das ist nicht nötig«, meinte Piper. »Vielleicht solltest du uns einfach eine Weile alleine lassen. Es gibt da ein paar Dinge, über die wir reden müssen.«

Colin schaute Paige an und sah aus, als wollte er noch irgendetwas sagen, doch dann schien er es sich anders überlegt zu haben. Ohne ein weiteres Wort verbeugte er sich und ging rasch hinaus. Paige ließ sich zurück auf das weiche Himmelbett sinken und legte sich erschöpft eine Hand auf die Stirn.

Prinzessin Paige erwartet ein Kind!, hörte sie ein gutes Dutzend imaginärer Zeitungsjungen rufen.

Und das, nachdem noch vor wenigen Tagen ihr größtes Problem ein paar Pingpongbälle gewesen waren.

»Okay, das war's. Bis hierher und nicht weiter!«, verkündete Piper und warf genervt die Arme in die Luft. »Paige, das kannst du nicht machen!«

Sie baute sich vor dem Fußende des Bettes auf und sah zu, wie sich Paige in eine sitzende Haltung hochquälte. Obwohl Paiges Gesicht ganz rot und voller Flecken war und sie offensichtlich mit einem starken Schwindelgefühl zu kämpfen hatte, schaute sie Piper mit ernstem und festem Blick an.

»Warum nicht? Ich meine … natürlich gehört es dazu, dass wir für einen Stammhalter sorgen«, sagte Paige. »Es ist immerhin die königliche Familie, nicht wahr? Solchen Leuten geht es immer um den künftigen Herrscher. Ich hatte mir darüber bislang noch gar keine Gedanken gemacht, aber … besser, ich erfahre es jetzt als später … oder?«

»Vergiss die Sache mit dem Baby. Davon rede ich überhaupt nicht«, ereiferte sich Piper. »Ich rede davon, dass du im Begriff bist, dich um die Chance zu bringen, irgendwann einmal aus Liebe heiraten zu können. Warum bist du bloß so versessen darauf, dich dermaßen unter Preis zu verkaufen?«

»Sie hat Recht, Liebes«, mischte sich Phoebe ein. Sie setzte sich neben Paige auf das Bett, strich ihr eine Haarsträhne hinter das Ohr und nahm ihre Hand. »Wenn du dich auf diese Sache einlässt, gibst du zu viele andere Möglichkeiten auf.«

»Und davon mal abgesehen, schau dich doch bloß einmal an!«, regte sich Piper weiter auf. »Du bist ja fast in Ohnmacht gefallen, als er nur erwähnt hat, dass ihr für Nachwuchs sorgen müsst. Du bist doch überhaupt noch nicht bereit dafür, eine Ehefrau zu sein, geschweige denn eine Mutter.«

Zu Pipers übergroßer Erleichterung nickte Paige schwach. Sie ergriff Phoebes Hand, stand auf und wirkte von einem Moment auf den anderen wieder gefasster.

»Ihr habt Recht«, sagte sie. »Ich kann nicht irgendeinen x-beliebigen Fremden heiraten. Und schon gar nicht dieses Kind von ihm bekommen. Und Corinne … vergeht fast vor Kummer.«

»Ich hasse es, auf das Offensichtliche hinweisen zu müssen, aber wenn du die Sache knickst, werden tausende von Menschen sterben«, bemerkte Leo.

»Leo!«, fuhr Piper ihn völlig frustriert an.

»Tut mir Leid. Ich sag nur, wie es ist«, entgegnete Leo und hob in einer Geste der Abwehr die Hände. »Glaubst du etwa, mir gefällt die Vorstellung, Paige zu einer Heirat zu bewegen, die sie gar nicht will? Natürlich nicht! Aber ich kann nicht behaupten, dass mir der Gedanke, uns am Tod von tausenden von Menschen mitschuldig zu machen, besser gefällt.«

»Er hat Recht«, meinte Phoebe betreten. »Wir müssen etwas unternehmen.«

Paige stöhnte verhalten auf und schaute von Phoebe zu Piper. Piper wusste den Ausdruck in ihren Augen wohl zu deuten. Sie brauchte Hilfe. Und obwohl Piper nicht den leisesten Schimmer hatte, *wie* sie ihr helfen sollte, war sie fest entschlossen, es zu tun.

»Wir müssen ein paar von diesen Leuten finden, die zu dem Fluch stehen«, sagte Piper schließlich.

»*Wen* denn bitte schön?«, fragte Paige ungläubig.

»Die Loyalisten, erinnerst du dich?«, entgegnete Piper. »Wenn hier irgendwelche Typen rumrennen, die ganz verrückt darauf sind, dass der Fluch sich erfüllt, dann wissen sie möglicherweise mehr darüber als jeder andere im Land. Vielleicht können sie uns etwas über ein etwaiges Hintertürchen verraten.«

»Da ist was dran«, meinte Leo. »Gut möglich, dass sie irgendein Geheimnis bewahren. Zum Beispiel das Wissen darüber, wie der Fluch zu brechen ist.«

In diesem Moment war ein leises Klopfen zu hören, und ein hübsches junges Mädchen, kaum älter als fünfzehn, steckte seinen Kopf zur Tür herein. Auf ihrem zu einem dicken Zopf zurückgebundenen Haar thronte eine schneeweiße Haube.

»Verzeiht, dass ich störe, gnädiges Fräulein, aber wir sind hergeschickt worden, um Euch und Euren Schwestern beim Ankleiden für den Hofball zu helfen«, sagte sie und biss sich auf die Lippe.

Paige seufzte. »Kein Problem. Immer herein.«

Das Mädchen trat ein, im Schlepptau eine Schar Frauen, die allesamt zielstrebig auf die Ankleideecke zusteuerten und dort sogleich geschäftig herumzuhantieren begannen. Piper schaute mit offenem Mund dabei zu, wie sie die zahlreichen Reifröcke abbürsteten und aufschüttelten und diverse Schminkpinselchen bereitlegten.

»Das ist unsere Chance«, sagte sie, die Stimme zu einem Flüstern gesenkt. »Paige, du gehst mit Leo zu diesem Ball. In der Zwischenzeit werden Phoebe und ich eine kleine Exkursion unternehmen und sehen, ob wir in den Straßen der Stadt einen von diesen alten Kerlen auftreiben können.«

»Exkursion? Ach nö, ich hätte doch so gern mal eines von diesen Ballkleidern anprobiert«, maulte Phoebe.

»Möchtest du jetzt Anziehpüppchen spielen oder lieber Paige retten?«, fragte Piper sie.

»Jaja, schon gut«, erwiderte Phoebe und fügte sich mit gespielter Resignation den Erfordernissen des Augenblicks, was ihr seitens Paige einen Knuff auf den Oberarm bescherte.

»Lady Paige«, rief in diesem Moment eine der Zofen. »Wir sollten anfangen.«

»Lady Paige? Ist ja irre«, sagte Paige.

»Okay, dann lass dich mal fein machen«, drängte Piper sie. »Beschäftige sie irgendwie, und wir schleichen uns raus.«

»Alles klar«, erwiderte Paige. Sie warf ihr langes Haar in den Nacken und ging zu den ungefähr zehn Frauen hinüber, die in der Ankleideecke herumwuselten. »Wer von euch Hübschen möchte denn die zukünftige Prinzessin von Tarsina ankleiden?«, rief sie aus und löste damit etliche Ohs und Ahs und einiges Gekicher aus. Alles drängelte nach vorn, um sich freiwillig zu melden.

»Viel Glück«, sagte Leo zu Phoebe und Piper. »Und passt auf euren Rücken auf.«

»Tun wir doch immer«, entgegnete Piper.

Und während Paige bereits in ein kostbares blaues Ballkleid schlüpfte, schlüpften Piper und Phoebe schnell aus der Tür.

Die Sonne war soeben im Begriff, hinter den mächtigen Mauern des Königreichs zu verschwinden, als Phoebe und Piper durch die Straßen Tarsinas liefen. Phoebe zog sich die Kapuze des schwarzen Umhangs, den sie trug, über den Kopf. Sie und Piper hatten die Capes in einer Garderobe in der Nähe des Schlosseingangs stibitzt, um zu verhindern, dass jemand, der bei ihrem morgendlichen Einzug auf der Hauptstraße zugegen gewesen war, sie wiedererkannte. Es würde sich bestimmt als schwierig erweisen, die Loyalisten dazu zu bewegen, ihnen ihr Vertrauen zu schenken, wenn diese wussten, dass Phoebe und Piper die zauberhaften Halbschwestern der zukünftigen Prinzessin waren. Zudem hatte Piper zu bedenken gegeben, dass sich die Loyalisten, die alle Menschen hassten, die von außerhalb ihrer Welt kamen, kaum für Jeans und Tops mit Spagettiträgern erwärmen würden.

»Okay, wohin also?«, fragte Piper, als sie den Bürgersteig betraten.

»Keine Ahnung. Das hier ist *dein* Plan«, erinnerte sie Phoebe.

Sie bogen um eine Ecke und fanden sich inmitten eines von Menschen wimmelnden Straßenfestes wieder. Jahrmarktbuden säumten die Straße, mit zahllosen kleinen Flaggen geschmückt und mit Schildern behangen, die zu harmlosen Vergnügungen und Spielchen einluden oder die unterschiedlichsten Süßigkeiten anpriesen. Kinder rannten mit Luftballons in den Händen und dicken Wolken von Zuckerwatte vor dem Gesicht umher. Zwei kleine Jungen sausten an Phoebe vorbei und warfen sie fast über den Haufen.

»Tristan! Michael! Bleibt stehen! Bleibt sofort stehen!«, schrie ihre Mutter hinter ihnen her. »Oh, wartet! Wenn ihr nicht sofort stehen bleibt!«

Schließlich streckte sie resigniert die Hände aus und richtete die gespreizten Finger auf die davonlaufenden Jungen. Im gleichen Augenblick waren sie zu Standbildern erstarrt, die Münder zu einem Lachen gefroren und die Füße noch in der Luft. Phoebe blieb vor Schreck buchstäblich das Herz stehen. Diese Frau praktizierte Magie auf offener Straße! Und alle konnten es sehen!

»Tut mir Leid wegen eben«, sagte die Frau und lüpfte ihr langes Kleid, als sie an Phoebe vorbeistakste. »Meine Jungs haben einfach keine Manieren.«

»Ja … äh … ist schon okay«, entgegnete Phoebe, deren Puls wieder zu schlagen begann.

Sie stieß ein heiseres Lachen aus und schaute Piper an, während die Frau ihre beiden Kinder beim Schlafittchen packte und diese daraufhin im Griff der Mutter zu zappeln und wieder zu laufen anfingen, allerdings ohne von der Stelle zu kommen. Die Leute ringsum gingen ungerührt weiter ihren Beschäftigungen nach, als sei überhaupt nichts geschehen. Nicht einer von ihnen riss ungläubig die Augen auf oder rannte vor Entsetzen davon.

»Ganz schön abgefahren, was?«, meinte Piper mit ironischem Grinsen. »Sieh dir mal den Typ da an.«

Sie deutete auf einen Mann, der auf der anderen Straßenseite geröstete Erdnüsse feilbot. Gerade war er dabei, das Feuer unter einem der Bleche zu entfachen – nur kraft seiner Finger. Nicht weit davon entfernt trieb eine weitere Gruppe von Kindern einen deutlich jüngeren Spielkameraden vor sich her, bewarf ihn mit Kieselsteinchen und triezte ihn nach allen Regeln der Kunst. Der kleine Junge flüchtete sich hinter eine Abfalltonne und schrumpfte jäh auf die Größe einer Maus. Dann versteckte er sich flugs in einer ausgedienten Popcornschachtel und wartete, bis die anderen Jungen an ihm vorbeigetrabt waren, nur um im nächsten Moment wieder auf Normalmaß anzuwachsen und sein Heil in der Flucht zurück zu suchen.

»Wow. Vielleicht sollte Paige tatsächlich hierher ziehen«, meinte Phoebe, nachdem sie und Piper sich wieder in Bewegung gesetzt hatten. »Vielleicht sollten wir *alle* hierher ziehen.«

»Phoebe –«

»Nein! Stell dir das doch bloß mal vor! Wir könnten hier unsere Zauberkräfte so oft nutzen, wie wir wollen, und niemand würde deshalb auch nur mit der Wimper zucken«, würgte Phoebe ihre Schwester ab, während sie sich vor Begeisterung fast überschlug. »Stell dir doch nur mal diese Freiheit vor, Piper! Nie wieder müssten wir uns darüber Sorgen machen, dass uns irgendjemand als die Zauberhaften entlarven könnte. Nie wieder!«

»Mami! Mein Luftballon!«, schrie ein kleines Mädchen in der Nähe.

Phoebe sah, wie das Mädchen mit dem Finger in den Himmel zeigte, und als sie nach oben schaute, fiel ihr Blick auf einen großen roten Luftballon, der gemächlich in die Lüfte entschwebte. Sie grinste Piper an, tat es dem Ballon mithilfe ihrer Levitationskräfte gleich und schnappte sich, neben dem Ballon angekommen, dessen Schnur. Phoebe fühlte sich so unbeschwert und leicht wie ein Vogel, und dies in mehr als nur einer einzigen Hinsicht. Es hatte etwas unglaublich Befreiendes für sie, ihre magische Fähigkeit vor aller Augen zu nutzen.

»Bitte sehr«, sagte sie, als sie wieder mit den Füßen auf dem Straßenpflaster stand und den Ausreißer seiner Besitzerin aushändigte.

»Danke«, erwiderte das Mädchen und strahlte.

Keine Tränen der Angst, kein Ausdruck des Grauens auf dem Gesicht. Einfach nur »danke«.

Die Mutter des Mädchens lächelte Phoebe an, und dann verschwand die kleine Familie in der Menge.

»Na, war das nicht cool?«, fragte Phoebe mit albernem Grinsen.

»Ja, unheimlich cool«, erwiderte Piper und musste ebenfalls grinsen. »Und jetzt komm, Supergirl, wir haben hier noch mehr als nur Luftballons zu retten.«

Phoebe und Piper gingen bis zum Ende des Blocks und ließen das Straßenfest hinter sich. Der Himmel über ihnen hatte sich zusehends verfinstert. Überall um sie herum flammten altmodische Straßenlaternen auf, von irgendeiner unsichtbaren Zeitschaltuhr auf magische Weise zum Leben erweckt. An der Straßenecke blieben die beiden stehen, um sich einen Überblick zu verschaffen.

»Okay, wenn du irgend so ein teuflischer Loyalist wärst, wo würdest du abends rumhängen?«, fragte Piper.

Phoebe schaute die Straße zu ihrer Linken hinunter, und es lief ihr eiskalt den Rücken hinab. Ein paar Haustüren weiter konnte sie ein dunkles Schild mit goldenen Lettern erkennen. Ein paar Männer in schwarzen Umhängen öffneten die Tür neben dem Schild und schauten sich verstohlen um, bevor sie hineinhuschten. Alles an ihrem paranoiden Gebaren schrie »schuldig!«.

»*St. John's Pub* sieht viel versprechend aus«, meinte Phoebe und deutete die Straße hinunter. »Nicht gerade die nobelste Kundschaft.«

»Hört sich gut an«, entgegnete Piper. Sie zog ihren Umhang enger um sich. »Gehen wir.«

Ein Blick durch eines der schmutzstarrenden Fenster, und Phoebe wusste, dass ihr Instinkt sie nicht im Stich gelassen hatte. Der kleine Pub war gerammelt voll mit schwarz gekleideten Männern und Frauen, die zusammengekauert um niedrige Holztische saßen, die Gesichter nur von spärlichem Kerzenlicht erhellt. An der rechten Wand befand sich eine Theke, vor der einige Gäste nur noch mit Mühe auf ihren Barhockern hingen und irgendwelches Gebräu in sich hineinschütteten. Nirgends ließ sich ein Anzeichen von Frohsinn oder Geselligkeit entdecken. Ohne Frage ein stockfinsterer Ort.

»Können wir, Schwesterherz?«, fragte Piper und deutete mit dem Kopf auf die Tür.

Phoebe holte tief Luft. Irgendwie hatte sie das Gefühl, dass an diesem Ort ein paar ziemlich heftige Emotionen auf sie einstürzen würden. Sie würde auf der Hut sein müssen.

»Alles klar«, antwortete sie.

Piper stieß die Tür auf und steuerte zielstrebig einen freien Tisch in der Mitte des Raumes an. Phoebe wäre entschieden wohler gewesen, wenn sie sich in eine der Ecken verdrückt hätten, doch sie wusste genau, warum ihre Schwester diesen Tisch vorgezogen hatte. Alle möglichen Leute befanden sich um sie herum und tuschelten. Wenn sie etwas in Erfahrung bringen wollten, dann war dies genau der richtige Platz.

»Was darf's denn sein?«, fragte eine Kellnerin. Der Kragen

ihres Kleides war so weit ausgeschnitten, dass ihre Schulter entblößt war.

Phoebe schaute sich um. Dies hier schien nicht die Art von Laden zu sein, in denen man einen Cosmopolitan-Cocktail bestellte. »Zwei Bier«, sagte sie.

»Kommt sofort«, erwiderte die Frau und verschwand.

»Haste schon die neue Prinzessin gesehen?«, fragte ein Mann am Nebentisch, die knarzige Stimme zu einem Flüstern gesenkt. »Ist 'ne echt heiße Braut. Sogar für so einen wie Colin.«

Phoebe schaute Piper an und grinste. Offenbar hatte Paige bereits einige Verehrer.

»Man weiß ja, dass diese Weiber von draußen nix anbrennen lassen«, sagte ein anderer Mann. Ein anzügliches Gelächter brach am Nebentisch aus. Laut ließen die Männer ihre Bierkrüge aneinander krachen, bevor sie das Gebräu runterkippten.

Phoebe klappte die Kinnlade herunter. Das war alles, was sie tun konnte, um sich selbst davon abzuhalten, dem Typen auf der Stelle ins Gesicht zu springen und ihm ein paar Takte über Paige zu erzählen. Piper legte ihr unter dem Tisch beschwichtigend eine Hand auf das Knie. Sie konnten es schwerlich mit einer ganzen Kneipe voller magiekundiger Wesen aufnehmen. Nun ja, sie konnten schon, aber war es das wert?

»Sieht aus, als hätte er's geschafft«, meinte ein drahtiger Mann, der an einem anderen Tisch saß. »Er hat sich eine der Zauberhaften geangelt. Mehr reine Magie kann man kaum finden.«

»Das war's dann wohl mit dem Fluch«, warf die Frau auf seinem Schoß ein.

»Nicht so voreilig«, entgegnete der muskelbepackte Typ, der ihnen gegenüberhockte. »Noch ist die Sache nicht unter Dach und Fach. Wir können sie immer noch dazu bringen, die Hochzeit abzublasen.«

»Wie denn?«

»Ich sag euch, wir sollten uns auf *sie* konzentrieren«, schlug der Mann vor und stützte seine kräftigen Arme auf den Tisch. »Immerhin ist sie nicht von hier. Ich wette, es ist ganz einfach, sie so zu vergraulen, dass sie auf Nimmerwiedersehen verschwindet.«

Oh, oh, das gefällt mir gar nicht, dachte Phoebe. Ihr Magen zog sich zusammen, und sie schaute Piper an. Hier waren sie eindeutig richtig.

»Und wie sollen wir an sie herankommen?«, fragte der drahtige Mann.

»Ja, sie wohnt im Palast«, stimmte ihm seine Begleiterin zu. »Sie wird sicher rund um die Uhr von der Schlossgarde bewacht.«

»Nun, es ist ja nicht so, dass wir bisher noch nie in den Palast hineingekommen wären. Hab ich Recht, meine Freunde?«, fragte der Mann mit der Ringerstatur und grinste boshaft. »Das kriegen wir doch mit Leichtigkeit ein weiteres Mal hin, was?«

Phoebe schlug das Herz bis zum Hals. Diese Leute machten bestimmt keinen Spaß. Und wenn es ihnen schon einmal gelungen war, in den Palast einzudringen, wer vermochte dann zu sagen, ob Paige sich nicht gerade in diesem Moment in großer Gefahr befand?

»Wir sollten mit Sinjin sprechen«, meinte der drahtige Mann. »Vielleicht hat er bereits einen Plan.«

»Sinjin hat immer einen Plan«, pflichtete die Frau ihm bei.

»Auf zu Sinjin!«, rief der Muskelmann aus.

Alle in der Kneipe erhoben ihr Glas und donnerten wie mit einer Stimme: »Auf zu Sinjin!«

Phoebe beugte sich zu ihrer Schwester hinüber. »Schätze, wir suchen also jetzt diesen Sinjin, stimmt's?«

»Sieht ganz danach aus«, erwiderte Piper.

In diesem Moment wurden zwei riesige Bierkrüge vor ihnen auf den Tisch geknallt. Phoebe und Piper ruckten reflexartig zur Seite und schauten zu der Kellnerin auf. Ihr wässriger Blick wanderte von Piper zu Phoebe und wieder zurück, und sie verschränkte die Arme vor ihrer stattlichen Brust.

»Wisst ihr, ich hab mal ein bisschen über euch nachgedacht, und ich glaube, ich kann mich nicht daran erinnern, euch schon mal hier gesehen zu haben«, sagte sie.

An den Nebentischen verstummte jäh jedes Gespräch, und alles starrte Phoebe und Piper an. Phoebes Herz hämmerte wie verrückt, doch nach außen hin blieb sie ganz gelassen. Nach all den Jahren der Konfrontation mit den Schrecken erregendsten Kreaturen auf Erden und der Unterwelt war sie darin ziemlich gut. Doch die anfängliche Angst wich rasch der in ihr aufsteigenden Wut. Wer waren diese Leute eigentlich, dass sie da herumhockten und sich ihre Spatzenhirne darüber zermarterten, wie sie Paige irgendeinen Schaden zufügen konnten?

»Darf ein Mädchen sich nicht einfach mal einen kleinen Drink genehmigen?«, fragte Phoebe und schaute der Frau direkt in die Augen.

»Sinjin mag es nicht, wenn Fremde sich hier bei uns herumtreiben«, raunzte ein ruppiger alter Mann hinter Piper und verschüttete die Hälfte seines Biers auf dem Tisch, als er den Krug anhob. »Er traut ihnen nicht.«

»Nun, vielleicht sollten wir in dem Fall diesen Sinjin mal kennen lernen«, meinte Piper. Wie Phoebe blieb auch sie dem Anschein nach vollkommen ruhig. »Dann sind wir keine Fremden mehr für ihn.«

»Er ist nicht hier«, erwiderte die Kellnerin. »Und ich schätze, ihr zwei möchtet bestimmt auch nicht mehr lang bleiben.« Sie nahm die beiden Bierkrüge wieder vom Tisch und trat, Piper und Phoebe Platz machend, einen Schritt zurück.

Mit großen Augen sah Phoebe ihre Schwester an. Hier konnten sie im Augenblick angesichts des etwa guten Dutzends sie wütend anstarrender Leute nicht mehr viel tun.

»Wir kommen wieder«, sagte Piper schließlich und stand auf.

»Ja, das hab ich mir fast gedacht, dass du das sagen würdest«, entgegnete die Kellnerin spöttisch.

Während Phoebe und Piper machten, dass sie auf schnellstem Wege zur Tür hinauskamen, rechnete Phoebe fest damit, dass jeden Moment ein Feuerball oder irgendein anderes magisches Geschoss direkt vor ihrer Nase explodieren würde, doch nichts dergleichen geschah. Und kaum hatte sich die Tür hinter ihnen wieder geschlossen, schallte tobendes Gelächter aus der Kneipe zu ihnen hinaus. Ganz offensichtlich empfand man in Loyalistenkreisen zwei kleine Hexen nicht wirklich als potenzielle Bedrohung.

»Sie halten uns für Witzbudenfiguren«, stellte Piper fest, ernsthaft gekränkt.

Phoebe hakte sich bei ihrer Schwester unter und zog sie mit sich wieder die Straße hinauf. »Scheint so. Na ja, sie wissen halt nicht, mit wem sie sich da eingelassen haben.«

Auf der Tanzfläche drehte sich Paige in Colins Armen wie schwerelos im Kreise, die weiten Röcke ihres Kleides flogen rauschend empor. Die Gesichter der Menge verschwammen zu vagen Konturen, wahrend sie an ihnen vorüberwirbelte, doch sie hätte schwören können, dass ein jeder im Saal seinen Blick lächelnd auf ihr und Colin ruhen ließ. Tatsächlich konnten die Ballgäste ihre Augen gar nicht mehr von dem königlichen Paar abwenden. Sie war der unangefochtene Star dieses Abends.

»Amüsierst du dich gut?«, fragte Colin, während er sie im Walzerschwung fest an sich drückte.

»Oh ja, allerdings«, erwiderte sie grinsend. »Obwohl ich zugeben muss, dass ich keine Ahnung habe, wie ich das hier eigentlich mache. Ich bin nie in einer Tanzschule gewesen.«

»Der Ballsaal ist verzaubert«, klärte Colin sie auf. »Jeder, der durch diese Tür dort tritt, wird im gleichen Moment zu einem perfekten Tänzer.«

Paige nickte beeindruckt. »Netter Einfall. Vielleicht sollte ich den Spruch mal im *P3* ausprobieren.«

»Es ist ein ganz einfacher Zauber«, erwiderte Colin. »Erinnere mich daran, dass ich ihn dir beibringe.«

»Mach ich«, versprach Paige.

Der Walzer näherte sich seinem Schlussakkord, und Colin wirbelte sie ein letztes Mal herum und zog sie mit einer wunderbar weichen Bewegung mit sich hinab auf die Knie. Paiges Lächeln wurde breiter, als alle im Saal spontan Beifall klatschten. Colin half ihr auf, und beide erhoben die Hände, um sich für den Applaus zu bedanken. Dann führte er sie von der Tanzfläche.

»Wir sind so glücklich darüber, dass Ihr hier seid«, sagte eine Frau in einem hochgeschlossenen Kleid zu Paige, als sie an ihr vorübergingen.

»Ihr seid unsere Retterin«, sagte ein Herr neben ihr.

»Lang lebe Prinzessin Paige!«, erhob ein junger Mann die Stimme und löste damit eine Flut von Hochrufen aus.

Paige spürte, wie sie rot wurde und ihr das Herz sank. Ein Teil von ihr erzitterte förmlich angesichts dessen, wie aufregend das Ganze war und dass sie wirklich und wahrhaftig die Möglichkeit besaß, all diese Menschen vor einem grausamen Schicksal zu bewahren. Ein anderer Teil von ihr kam sich vor wie ein Lump. Sie fühlte sich schuldig und schlecht und unehrenhaft. Diese Leute hier setzten all ihre Hoffnungen in sie, und sie war eines solchen Vertrauens einfach nicht würdig. Immerhin hatte sie ja den Gedanken, Colins Antrag abzulehnen, noch nicht gänzlich verworfen. Sie verdiente die Liebe also gar nicht, die man ihr entgegenbrachte.

»Du siehst aus, als könntest du etwas frische Luft vertragen«, meinte Colin. Er nahm ihre Hand und führte sie zu einer riesigen gläsernen Doppeltür.

Zwei Männer der Schlossgarde öffneten die Tür für das Paar, und Paige trat auf eine große Veranda hinaus, von der aus man auf den ausgedehnten Rosengarten hinter dem Schloss blickte. Sie ging zu der kleinen Marmormauer, die die Veranda umsäumte, und sog tief die kühle Abendluft ein.

»Ist alles in Ordnung mit dir? Kann ich dir irgendetwas bringen?«, fragte Colin sie mit sanfter Stimme.

»Nein. Mir geht es gut«, erwiderte Paige, froh, den erwartungsvollen und hoffnungsfrohen Gesichtern entkommen zu sein. »Colin … ich weiß einfach nicht, ob ich das hier tun kann.«

Colins wurde zwar ein wenig blass, doch er nickte. »Ich verstehe.«

Mit einem Mal spürte Paige einen schweren Kloß in ihrem Hals, und sie schluckte. Ihre Augen begannen sich mit heißen, kummervollen Tränen zu füllen. Sie hasste die Situation, in die er sie gebracht hatte. Entweder sie gab ihr eigenes Leben auf oder das von tausenden anderer Menschen.

»Ich kann dich verstehen, Paige. Wirklich«, fuhr Colin fort. »Du hast Angst. Du kannst dir eine Zukunft nicht vorstellen, die so völlig anders ist als dein bisheriges Leben. Aber ich … ich kann mir eine Zukunft in diesem Königreich nicht vorstellen, wenn ich wüsste, dass all diese Menschen hätten gerettet werden können, wenn ich nicht versagt hätte.«

»Colin –«

»Du bist auf der Welt, um die Unschuldigen zu schützen«, sagte Colin. »Genau wie ich. Nur aus diesem einen Grund wurden wir geboren. Du weißt, was von jeher deine Bestimmung gewesen ist. Alles, worum ich dich bitte, ist, ihr gerecht zu werden. Du hast die Chance, für mein Volk zu einer Heldin zu werden. Du hast die Chance, ein ganzes Königreich zu retten.«

Paige holte tief Luft. Plötzlich waren ihre Tränen verschwunden.

»Ich weiß, dass dir dieser Ort unwirklich vorkommt. Nichts hier erscheint real«, sprach Colin mit eindringlicher Stimme weiter. »Doch für mich ist es real. Bis vor nicht allzu langer Zeit war es die einzige Wirklichkeit, die ich kannte. Stell dir einfach mal vor, das hier wäre San Francisco – und wenn du mich nicht heiraten würdest, müsste die Hälfte der Menschen in San Francisco sterben – was würdest du tun?«

Paiges Herz verkrampfte sich und sie sah Colin an. Nun schwammen *seine* Augen in Tränen. Die Liebe zu seinem Volk war so groß, dass die ganze Sache ihn buchstäblich entzweiriss. Sie riss ein komplettes Volk entzwei.

»Ich weiß, dass das nicht der ideale Heiratsantrag ist. Ich weiß, es ist kein Antrag aus Liebe. Aber ich wäre immer für dich da und würde dich achten und dir ein treu sorgender Ehemann sein«, sagte Colin. »Komm schon, bin ich denn tatsächlich so schlimm?«, fragte er mit dem Anflug eines Lächelns.

Paige ließ ein Lachen hören, das mehr nach einem Schluchzen klang. »Nein. So schlimm bist du wirklich nicht«, sagte sie. Erneut trübten Tränen ihren Blick.

Colin schaute sie unsicher an, straffte sich und holte tief Luft. »Okay, dann werde ich dich jetzt noch einmal fragen, und ich verspreche dir, es wird das letzte Mal sein.«

Er zog den Verlobungsring aus der Tasche und sank vor ihr auf die Knie. Dicke Tränen rannen Paiges Wangen hinab, und es war ihr unmöglich zu sagen, ob es Tränen des Kummers oder der Freude waren oder des Abschieds oder Stolzes.

»Paige Matthews, willst du mich heiraten?«, fragte Colin und schaute voller Hoffnung zu ihr auf. »Willst du meine Prinzessin sein?«

Paige nickte und kniete ebenfalls nieder, um ihm geradewegs in die Augen zu sehen. »Ja, Colin«, sagte sie mit fester Stimme. »Ja, ich will.«

6

»Hi! Ihr meintet, wir sollen am nächsten Morgen wiederkommen, und da sind wir also«, sagte Piper und stakste zielstrebig auf die Schlosswache zu, die vor Paiges Schlafgemächern postiert war. »Lasst Ihr uns nun hinein, damit wir endlich unsere Schwester besuchen können?«

Piper war so erschöpft und müde, dass sie sich fühlte, als wäre sie die ganze Nacht hindurch mit Mehlsäcken an Armen und Beinen marschiert. Ihre Augen brannten, und sie war sich nicht sicher, ob sie überhaupt in der Lage war, einen klaren Gedanken zu fassen. Seit sie und Phoebe am vergangenen Abend aufgebrochen waren, hatten sie nicht mehr mit Paige gesprochen, und nach einer schlaflos durchwachten Nacht befand sie sich nun am Rande einer mittleren Panikattacke.

Und das alles nur wegen dieses Wachmannes, der nun mit Brotkrümeln im Bart und dem in der Sonne glitzernden silbernen Helm hier vor ihr stand.

»Es besteht kein Grund, mir Vorhaltungen zu machen«, entgegnete der Wachmann mit mühsam unterdrücktem Ärger in leicht ungeduldigem Ton. »Ich sagte Euch bereits, dass es Lady Paige selbst war, die mir diesen Befehl erteilte. Sie wünschte, nicht gestört zu werden.«

»Nun denn, wir würden sie jetzt dann doch ganz gern stören, wenn's recht ist, Kamerad«, sagte Phoebe und blitzte ihn an. »Geruhte *Lady Paige* schon aufgestanden zu sein?«

Der Wachposten, der Piper und Phoebe um mehr als einen Kopf überragte, grinste. »Die Dienstmagd hat ihr soeben das Frühstück gebracht. Ihr könnt hinein.«

»Hey, super, Mann, herzlichen Dank«, erwiderte Phoebe und verengte ihre Augen zu schmalen Schlitzen, während der Wachmann ihnen die Tür öffnete.

Piper huschte hinein und stieß einen Seufzer der Erleichterung aus, als sie Paige gesund und munter in ihrem Bett sitzen sah, vor sich ein großes Frühstückstablett. Etwa zur Hälfte verschwand sie zwischen den riesigen weichen Kissen und einer Satindecke und machte alles in allem den ausgeruhten Eindruck, der sich für eine Prinzessin geziemte. Sie war in ein wunderschönes pinkfarbenes Nachtgewand gekleidet, mit weißer Spitze an dem tiefe Einblicke gewährenden Ausschnitt. Die Rune der Königin, die sie um den Hals trug, funkelte und glitzerte im Licht der morgendlichen Sonne, das durch die Fenster hereinfiel. Paige war in einem wahren Märchenparadies aufgewacht, während Piper sich eine unruhige Nacht lang die schlimmsten Sorgen um sie gemacht hatte. Etwa fünf Sekunden, nachdem ein Gefühl der Erleichterung sie erfasst hatte, machte sich in Piper zunächst einmal wieder Verärgerung breit.

»Paige! Was fällt dir ein, den Wachen zu befehlen, uns abends nicht mehr zu dir hineinzulassen?«, platzte Piper heraus, während sie direkt auf das Bett zustürmte.

Paige nahm eine Gabel voll von ihren pochierten Eiern und verzog das Gesicht zu einem säuerlichen Grinsen. »Dir auch einen schönen guten Morgen, Piper.«

»Du weißt doch, dass wir gestern Abend noch unterwegs gewesen sind«, entgegnete Piper unbeirrt. Ihr Magen begann zu knurren, als ihr Blick Paiges Frühstück streifte, doch sie versuchte, es zu ignorieren. »Ist dir nicht mal die *Idee* gekommen, dass wir vielleicht gern noch was mit dir besprochen hätten?«

»Wenn es dir so wichtig war, hier hereinzukommen, warum hast du die Wachen dann nicht ganz einfach eingefroren?«, meinte Paige.

»Alle hier können ziemlich gut zaubern«, beklagte sich Piper. »Die lassen sich nicht so einfach von mir einfrieren. Und weißt du was? Es sollte auch gar nicht notwendig sein. Es sollte selbstverständlich sein, dass ich ohne Probleme in das Zimmer meiner eigenen Schwester komme.«

Phoebe setzte sich neben Paige auf die Bettkante, stibitzte sich eine Scheibe Toast und biss krachend hinein. Piper hatte Mühe, nicht die Augen zu verdrehen. War sie denn hier die Einzige im Raum, die den Ernst der Lage begriff?

»Hör zu, ich habe ihnen nicht explizit befohlen, euch nicht in mein Zimmer zu lassen«, stellte Paige klar, während sie eine weitere Gabel mit Ei in sich hineinschaufelte. »Ich habe ihnen lediglich gesagt, dass ich nicht gestört werden möchte. Der Ball gestern ging bis spät in die Nacht. Ich war einfach todmüde.«

»Oooh, erzähl mal, wie war's denn auf dem Ball?«, fragte Phoebe. Sie kuschelte sich näher an Paige. »Gab es viele schicke Kleider? Irgendwelche total tollen Typen? Was hatte die Königin an?«

»Phoebe!«, schimpfte Piper.

»Piper, entspann dich«, meinte Paige. »Reg dich mal ein bisschen ab. Nimm dir was von meinem Frühstück. Hier, so etwas wie diese Früchte hier hast du in deinem Leben noch nicht gegessen.«

Piper warf den Kopf in den Nacken, seufzte und gab schließlich auf. Sie setzte sich zu Paiges Füßen, beugte sich vor, schnappte sich ein Stück Melone vom Tablett und biss hinein. Sogleich breitete sich fast explosionsartig ein unglaublich süßes Aroma in ihrem Mund aus, und wie köstlicher Nektar rann ihr der kühle Fruchtsaft die Kehle hinab.

»Wow«, sagte sie kauend. »Du hast nicht übertrieben.«

»Siehst du«, meinte Paige.

»Aber jetzt mal im Ernst, Paige, Piper hat Recht«, sagte Phoebe. Sie legte ihre Toastscheibe wieder auf das Tablett zurück. »Wir haben gestern Abend ein paar nicht ganz so erfreuliche Dinge erfahren.«

»Zum Beispiel?«, fragte Paige, die sich auch weiterhin nicht von ihrem Frühstück abhalten ließ.

»Zum Beispiel, dass sie dich irgendwie aus dem Land vergraulen wollen, damit Colin nicht heiraten kann. Zum Beispiel, dass die üblen Kerle bereits schon einmal in den Palast eingedrungen sind«, teilte Piper ihr mit. »Diese Leute sind wie unzufriedene Ferienlagergäste, Paige. Und du bist die böse Leiterin des Camps, die sie aus der Stadt hinausjagen wollen.«

»Ferienlagergäste? Komischer Vergleich. Meinst du nicht, du bringst da was durcheinander, Liebes«, erwiderte Paige.

»Sind das die einzigen Sorgen, die du hast?«, regte sich Piper auf. »Paige, diese Leute meinen es ernst.«

»Ach was. Es gehört einiges dazu, mich zu vergraulen«, erwiderte Paige und winkte ab. »Abgesehen davon, wie ihr beiden ja bereits mitgekriegt habt, werde ich ziemlich gut beschützt.«

Piper schaute Phoebe an. Paige schien von dieser ganzen Angelegenheit eher gelangweilt zu sein, aber nicht wirklich eine Gefährdung ihrer Sicherheit zu sehen. Und bildete sich Piper das nur ein, oder klang das tatsächlich so, als hätte Paige allen Ernstes die Absicht, an diesem verrückten Ort zu *bleiben*? Unwillkürlich wanderte Pipers Blick zu Paiges linker Hand. Es drehte ihr beinahe den Magen um, als sie einen riesigen, feisten Diamanten an Paiges Ringfinger funkeln sah.

»Paige, warum trägst du diesen Ring?«, fragte Phoebe, die den Stein im selben Moment wie Piper bemerkt hatte.

Paige hob ihre Hand und schaute auf den Diamanten, als hätte sie völlig vergessen, dass sie ihn trug.

»Sag mir nicht, du hast dich entschieden, diese Sache durchzuziehen«, sagte Piper. Ihr Mund fühlte sich wie ausgetrocknet an, als die Worte über ihre Lippen purzelten.

Paige holte tief Luft und stieß sie vernehmlich wieder aus. »Doch, habe ich«, sagte sie. »Um euch die Wahrheit zu sagen, in einer Viertelstunde habe ich einen Termin mit der königlichen Hofschneiderin, um mit ihr über das Hochzeitskleid zu sprechen.«

Piper verschlug es beinahe den Atem. Was war während dieser Ballnacht mit Paige passiert? Hatte man sie vielleicht irgendeiner Art von Gehirnwäsche unterzogen? Wie hatte Leo es nur so weit kommen lassen können? Und wo, zur Hölle, steckte er überhaupt?

Okay, eins nach dem anderen, mahnte sie sich zur Ruhe.

»Paige –«

»Piper, ich weiß, dass du das alles für völlig hirnrissig hältst, aber ich habe meine Entscheidung getroffen«, sagte Paige und setzte sich aufrecht hin. »Ich wurde gebeten, hier etwas ungeheuer Bedeutendes zu tun. Man bat mich, das Leben tausender Unschuldiger zu retten. Ist das nicht genau das, wozu wir eigentlich da sind?«

»Nun ja, schon, aber –«

»Ich bitte euch wirklich inständig, mir bei dem, wozu ich mich entschlossen habe, zu helfen«, sagte Paige mit fester Stimme. »Aber selbst wenn ihr es nicht tut, lasse ich mich nicht davon abbringen. Ihr habt sie nicht gesehen gestern Abend – all diese dankbaren, hoffnungsvollen und erleichterten Gesichter. Ich möchte diesen Menschen helfen. Ich muss es einfach tun.«

Es folgte ein langer Augenblick des Schweigens, während dessen Piper das Gefühl hatte, als müsse sie an ihrem eigenen Herzen ersticken. Noch bevor sie die Gedanken, die ihr plötzlich durch den Kopf schossen, in passende Worte zu kleiden vermochte, war von der Tür her ein Klopfen zu hören. Corinne kam mit drei Dienerinnen im Schlepptau herein.

»Guten Morgen!«, rief sie ihnen entgegen, ein wenig blass zwar, doch guter Dinge. »Ich hab mir gedacht, du könntest bei all den Terminen, die du heute Morgen hast, vielleicht ganz gut Unterstützung gebrauchen. Jemanden, der sich mit den Sitten und Gebräuchen am Hof auskennt.«

»Danke«, sagte Paige.

»Lady Paige? Seid Ihr fertig?«, fragte ein junges Mädchen und trat an das Bett heran.

»Ja, vielen Dank«, erwiderte Paige. Rasch schnappte sich Phoebe noch eine weitere Scheibe Toast, bevor das Mädchen das Tablett wegräumte.

»Mach schon. Sehen wir zu, dass du ein ordentliches Hochzeitskleid bekommst«, sagte Corinne, während sie Paige und die beiden anderen Zauberhaften anlächelte.

Mit einem Satz sprang Paige aus dem Bett und folgte Corinne in die Ankleideecke, wo die Dienerinnen schon bereitstanden und warteten. Piper fühlte sich vollkommen hilflos. Wie sollte sie Paige die Schnapsidee ausreden, Prinzessin von Tarsina zu werden, wenn sich eine der Personen, die eben dadurch gerettet werden würde, mit im Zimmer befand?

»Paige? Meinst du nicht, wir sollten noch einmal über die Sache reden?«, schlug Piper vor.

Paige blieb stehen und drehte sich langsam um. Im Glanz des Sonnenlichts, das hinter ihr durchs Fenster flutete, und mit ihrem hoch erhobenen Kinn hatte sie, wie Piper zugeben musste, in der Tat bereits etwas durchaus Königliches an sich.

»Es gibt nichts mehr zu reden«, entgegnete Paige kategorisch.

Dann wandte sie sich ihren Bediensteten vor dem Ankleidespiegel zu, um sich für ihren ersten Tag als designierte königliche Braut ausstaffieren zu lassen. Derweil schauten sich Piper und Phoebe über einen Berg von zerwühlten Kissen, Laken und Bettdecken hinweg betreten an.

»Glaubst du, sie steht unter irgendeinem magischen Bann?«, fragte Phoebe.

»Ich wünschte, es wäre so«, erwiderte Piper, sichtlich bedrückt. »Nein, ich glaube, dass sie sich wirklich dazu entschlossen hat, diese Sache hier durchzuziehen. Und wir wissen ja alle – wenn Paige sich erst einmal etwas in den Kopf gesetzt hat ...«

»Führt kein Weg mehr zurück«, beendete Phoebe den Satz.

»Es ist so schön hier«, sagte Paige. Tief sog sie die frische, nach Rosen duftende Luft in sich ein.

»Ja. Uns gefällt's auch«, entgegnete Colin lächelnd.

Paige ließ sich in dem satten, weichen Gras nach hinten auf die Ellenbogen sinken. Sie trug ein wundervolles, gleichwohl den Etiketten entsprechendes Kleid und wurde das Gefühl nicht los, dass eine »Lady« sich normalerweise nicht in solcher Weise der Länge nach auf einer Wiese herumzufläzen pflegte, doch im Moment war das Einzige, was sie interessierte, so viel Wärme und Sonnenlicht zu tanken wie möglich.

Corinne und ihr Vater Richmond nahmen die letzten Teller aus dem Picknickkorb und ließen sich links und rechts neben ihr nieder. Noch bis vor wenigen Jahren war Richmond Colins Hauslehrer gewesen, und durch ihn hatten sich Corinne und Colin kennen gelernt. Paige hatte seine Bekanntschaft gemacht, als sie, Colin und Corinne sich mit ihrem Lunch in den Schlosspark zurückgezogen hatten. Er war ein gut aussehender älterer Herr mit angegrauten Haaren und klugen braunen Augen. Außerdem hatte Paige festgestellt, dass er höchst wissbegierig war.

»So, Paige, jetzt erzählt doch mal, wie man Hexen in Eurem Teil der Welt so behandelt«, sagte er und schlug die Beine unter.

»Gar nicht«, erwiderte sie, während sie sich wieder aufsetzte. »Eigentlich weiß niemand dort, dass es uns gibt.«

»Sie müssen sich verstecken«, erklärte Corinne und biss in einen Apfel. »So tun, als wären sie wie jeder andere.«

Colin griff nach einer Serviette und wischte Corinne den Apfelsaft vom Kinn, bevor er auf ihr Kleid tropfen konnte. Beide lächelten sich an, und er neckte sie mit einer Geste der

Vertrautheit, bis ihm bewusst wurde, dass Paige zusah, und er begann, das Essen auszupacken.

»Es ist entsetzlich«, sagte Colin. »Die drei Zauberhaften können ihre magischen Fähigkeiten nicht offen ausüben.«

»Klingt ziemlich deprimierend«, gab Richmond ihm Recht. »Aber manchmal ist es besser, wenn niemand weiß, wer man in Wirklichkeit ist.«

»Hm, kann nicht behaupten, dieses Argument schon einmal gehört zu haben«, meinte Paige.

»Ich weiß, es entspricht absolut nicht der gängigen Meinung«, entgegnete Richmond mit dem Anflug eines Lächeln. »Aber wie oft habe ich mir in der Vergangenheit gewünscht, dass es irgendeine Möglichkeit gäbe, meine wahre Herkunft und die meiner Tochter zu verbergen. Als magiekundige Wesen angesehen zu werden …«

»Um dem Fluch zu entgehen«, sagte Paige langsam.

»Genau«, entgegnete Richmond mit kummervollem Blick.

Paige konnte die Angst, die alle erfüllte, als sie den Fluch erwähnte, an ihren Gesichtern ablesen. Diese Menschen waren verdammt, und sie wussten genau, wann der Tod seine Krallen nach ihnen ausstrecken würde. Paige vermochte sich nicht einmal vorzustellen, wie es sein musste, ein solches Leben zu führen.

»Ich begreife einfach nicht, wie sie uns so etwas antun konnte«, sagte Corinne. Sie legte ihren Apfel beiseite. »Wie kann jemand sein eigenes Volk so grausam misshandeln?«

»Nun wird alles gut werden«, versprach ihr Colin. »Paige wird uns helfen.«

Paige versuchte zu lächeln, doch ohne Erfolg; der Schmerz hatte auch ihre Züge vollkommen im Griff. Aber Corinne schaute sie ohnehin nicht einmal an. Es schien so, als sei sie dazu plötzlich nicht mehr in der Lage, obwohl sie doch den ganzen Vormittag zusammen gewesen waren und miteinander gelacht und geredet hatten.

Colin beugte sich vor und ergriff Corinnes Hand. Als er sah, dass das nicht ausreichte, um sie zu trösten, rückte er näher an sie heran und schloss sie in seine Arme. Sofort presste Corinne ihr Gesicht an sein T-Shirt und schmiegte sich an ihn. Paige spürte die Liebe, die sie füreinander empfanden, und es brach ihr fast das Herz. Diese beiden Menschen hatten sich gefunden, hatten ihre große Liebe entdeckt, nur um nun auf grausamste Art und Weise wieder auseinander gerissen zu werden.

Paige sah, dass Colin Corinne etwas ins Ohr flüsterte, und sie wandte sich ab. Sollte sie mit ansehen, wie der Mann, den sie heiraten würde, einen solch intimen Moment mit seiner wahren Liebe teilte? Sie schaute Richmond an, der seinen Blick mit Tränen in den Augen auf den beiden Liebenden ruhen ließ. Das war beinahe mehr, als Paige ertragen konnte.

»Ich mache mit Corinne einen kleinen Spaziergang um den Teich«, sagte Colin. Er stand auf. »Es macht dir doch nichts aus, Paige?«

»Natürlich nicht«, erwiderte Paige mit belegter Stimme.

Nachdem Corinne sich ebenfalls erhoben hatte, legte Colin ihr einen Arm um die Schultern und führte sie fort. Paige fühlte sich, als würde ihr das Herz aus der Brust gerissen. Richmond sah sie mit undefinierbarem Blick an.

»Ihr hasst mich wahrscheinlich«, meinte Paige, während sie den Saum ihres Kleides betrachtete.

»Ganz im Gegenteil«, erwiderte er. »Ihr seid meine Retterin. Und die Retterin meiner Tochter. Unser Volk verdankt Euch alles.«

»Ich bin keine Retterin«, entgegnete sie sarkastisch. »Und das Einzige, was ich im Augenblick tue, ist, das Herz Eurer Tochter zu brechen.«

Richmond streckte seinen Arm aus und nahm Paiges Hand in seine. Sie sah ihm in die Augen, und sein Blick war aufrichtig und fest.

»Corinne weiß, dass es die einzige Möglichkeit ist«, sagte er. »Wir alle wissen das. Wir alle haben es akzeptiert. Und wir sind dankbar dafür.«

Paige lächelte traurig und schaute an dem verständigen Mann vorbei zu dessen Tochter hinüber. Sie und Colin standen auf der anderen Seite des glitzernden Teichs und blickten sich in die Augen. Colin hob die Hand, um Corinne sanft eine Träne von der Wange zu wischen, dann presste er seine Lippen auf die Stelle, wo die Träne gewesen war. Einen schier endlosen Augenblick lang standen sie da und hielten einander in den Armen.

Paige atmete tief durch. Sie wusste, was sie zu tun hatte.

»Ich glaube, ich verstehe nicht ganz, Leo«, ereiferte sich Piper. Wütend rannte sie in Paiges Schlafgemach auf und ab. »*Willst* du vielleicht, dass Paige uns verlässt? Dass die Macht der Drei zerschlagen wird?«

»Piper, du weißt, dass Leo das *nicht* möchte«, wandte Phoebe in dem Versuch ein, ihre Schwester zu beruhigen.

»Halt dich da raus, Phoebe«, fuhr Piper sie mit böse blitzenden Augen an.

Phoebe schloss augenblicklich den Mund und schaute Leo hilflos an. Sie wussten beide, dass es wenig gab, was sie tun konnten, wenn Piper erst einmal so richtig in Fahrt gekommen war, solange sie nicht ordentlich Dampf abgelassen hatte.

»Du solltest doch während unserer Abwesenheit auf sie aufpassen«, schimpfte Piper weiter und fuchtelte mit den Händen vor Leos Nase herum. »Dafür bist du doch schließlich da. Es ist dein *Job*. Seit wann tust du das nicht mehr?«

»Piper, ich *habe* auf sie aufgepasst«, erwiderte Leo mit besänftigender Stimme.

»Warum zum Teufel hast du die beiden dann alleine gelassen?«, stellte ihn Piper zur Rede.

»Was hätte ich denn deiner Meinung nach tun sollen? Dem Prinz vor den Augen des ganzen Königreiches eins über den Schädel ziehen?«, verteidigte sich Leo.

»Wenn es anders nicht ging«, erwiderte Piper. Sie wandte ihm ihr Profil zu.

»Die Wahrheit ist, dass es völlig gleichgültig gewesen wäre, was ich auch unternommen hätte«, sagte Leo. Er ging einen Schritt auf Piper zu. »Uns allen war klar, dass Paige diese Sache ganz allein mit sich selbst ausmachen musste. Und ich glaube, im Grunde genommen weißt du auch, dass sie die richtige Entscheidung getroffen hat.«

»Nein, weiß ich nicht«, widersprach Piper und schaute ihn eine winzige Sekunde lang an, doch ihr Tonfall war milder geworden.

Phoebe war bewusst, dass auch Piper sich letztlich nicht der Erkenntnis verschließen konnte, die niemand von ihnen hinwegzuleugnen vermochte. Bis zu Colins Geburtstag waren es nur noch wenige Tage. Die Zeit lief ihnen davon, und die Menschen hier zählten darauf, dass Paige sie rettete. Es war die einfache, jahrhundertealte Regel: Friss oder stirb. Nur dass Letzteres diesmal tausende von Menschen betraf.

»Ich bin nach wie vor der Meinung, dass wir noch einmal mit ihr reden sollten«, sagte Piper schließlich seufzend.

»Das werden wir, Liebes. Sobald sie wieder zurück ist«, versprach Phoebe und ging zu den beiden anderen, die am Fußende des Bettes standen. Stirnrunzelnd warf sie einen Blick auf die Uhr. »Es ist schon nach vier. Seit wann dauert ein Mittagspicknick fünf Stunden?«

In diesem Moment vernahm Phoebe vom Schlosskorridor her Stimmen, die sich nach Corinne und Colin anhörten. Von einer plötzlichen, undefinierbaren Unruhe erfasst, stürmte sie aus Paiges Schlafgemach, bevor das Paar in einem der zahlreichen und sich immer wieder aufs Neue verzweigenden Palastgänge verschwinden konnte.

»Prinz Colin!«, rief sie aus. Laut hallte ihre Stimme von den Schlosswänden wider.

Schuhsohlen scharrten auf dem groben Sandsteinboden, und wenige Augenblicke später tauchten Colin und Corinne aus einem Seitengang auf. Ihre Gesichter waren von der Sonne gerötet, und Corinnes zuvor zu einem Zopf zusammengebundenes Haar hing offen herab. Jeder musste in ihnen sofort das Liebespaar sehen, das gerade von einem romantischen Tête-à-Tête zurückkehrte. Von Paige weit und breit keine Spur. Phoebe bedachte die Wachen, die vor der Tür postiert waren, mit einem kurzen, misstrauischen Blick, dann rannte sie Colin entgegen. Nach der kleinen Konspiration, deren Zeuge sie und Piper in der vergangenen Nacht geworden waren, durften sie niemandem mehr im Schloss trauen.

»Gibt's irgendwelche Probleme, Phoebe?«, fragte Colin besorgt. Über ihre Schulter hinweg sah er Piper und Leo entgegen, die ebenfalls herbeigeeilt waren.

»Nein, nein, alles in Ordnung«, entgegnete Phoebe mit einem raschen Blick nach hinten. Die Wachen schienen nicht einmal Notiz von ihnen zu nehmen. »Wir wollten dich nur fragen, ob du Paige vielleicht irgendwo gesehen hast.«

Colins Gesichtszüge verdüsterten sich. »Sie hat sich vor etwa einer halben Stunde von uns getrennt«, erwiderte er und schaute, Bestätigung heischend, Corinne an.

»Sie hat gesagt, dass sie sich auf die Suche nach euch machen wollte«, fügte Corinne sichtlich beunruhigt hinzu.

Phoebes Herz begann wie wild zu schlagen, und sie fuhr herum, um Piper und Leo anzuschauen. Dies war nicht die Art von Auskunft, die sie gerne hören wollte, wenn irgendeine teuflische Allianz ihr Unwesen trieb, deren erklärtes Ziel es war, Paige zu »vergraulen«. »Wo ist sie?«

Leo schloss einen kurzen Moment lang die Augen, dann entspannten sich seine Züge in einer Art Erleichterung. »Kommt. Ich weiß, wo sie ist«, sagte er und ergriff Phoebes und Pipers

Hände. »Macht euch keine Sorgen«, fügte er an Colin gerichtet hinzu. »Wir sind gleich wieder zurück.«

Die beiden Schwestern und der *Wächter des Lichts* orbten aus dem Palast, und im nächsten Moment fand Phoebe sich auf dem Speicher von Halliwell Manor wieder. Paige stand in einem leuchtend roten Kleid in der Nähe des Fensters und blätterte in einem solchen Tempo durch das *Buch der Schatten*, als stünden dessen Seiten in Flammen. Die Verzweiflung im Raum war fast greifbar.

»Paige?«, sprach Phoebe sie vorsichtig an.

»Kann jetzt nicht. Bin beschäftigt«, entgegnete Paige, ohne auch nur aufzuschauen.

»Bist du wieder nach Hause gekommen?«, fragte Piper sanft. »Ich meine, endgültig?«

»Nicht ganz«, antwortete Piper mit einem leichten Schniefen. »Ich wollte nur … ich muss einen Weg finden, wie Colin und Corinne heiraten können. Ich meine, es *muss* doch eine Möglichkeit geben. Diese ganze Diskriminierung nicht magiebegabter Wesen ist doch absoluter Schwachsinn, und ich kann einfach nicht glauben, dass in diesem blöden Buch hier nichts steht, wodurch sich die Sache wieder hinbiegen lässt.«

Frustriert knallte sie das *Buch der Schatten* zu und starrte es dann an, als hätte es sie soeben schändlich verraten. Phoebe empfand tiefes Mitgefühl mit ihr. Ganz offensichtlich hatte sich an diesem Nachmittag etwas zugetragen, das ihr ziemlich an die Nieren gegangen war.

»Paige, komm her und setz dich erst mal hin«, sagte Phoebe, ging zu ihrer Halbschwester und nahm ihre Hand. Die Berührung ließ Paige bewusst werden, wie heiß ihr eigentlich war, und mit einem Mal fühlte sie sich unendlich schwach – völlig geschlagen. Mit schweren Schritten schleppte sie sich zur Couch und ließ sich in die Sitzpolster sinken; wie ein riesiger Fächer ergoss sich ihr voluminöses Kleid zu ihren Füßen über den Boden. Phoebe und Piper setzten sich zu beiden Seiten neben sie, während Leo mit sorgenvoller Miene vor dem Sofa verharrte.

»Also, was hast du? Was ist passiert?«, fragte Piper.

»Ach, es ist nur ... ihr hättet die beiden zusammen sehen sollen«, sagte Paige. »Sie sind so verliebt. Das alles ist nicht fair, Piper. Sie sollten zusammen sein dürfen. Ich meine, wir schreiben das einundzwanzigste Jahrhundert! Welcher Mensch käme auf die Idee, seine eigenen Nachkommen mit einem solchen Fluch zu belegen?«

»Sie lebte in einer völlig anderen Zeit«, gab Leo zu bedenken. »Ich bin sicher, dass sie in erster Linie Angst vor Veränderungen hatte. Wahrscheinlich hat sie eher geglaubt, ihren Leuten einen Dienst zu erweisen, als ihnen zu schaden.«

»Ja, genau, meine Stimme für die Wahl zur edelmütigsten Hexe aller Zeiten ist ihr gewiss«, grummelte Paige. Sie lehnte sich zurück und starrte an die Decke. »Es muss doch irgendetwas geben, das wir tun können.«

»Paige, es fällt mir nicht leicht, das zu sagen, aber es gibt nichts«, stellte Phoebe fest. »Colin hat es ja selbst gesagt. Sie haben alles versucht. Er kann Corinne nicht heiraten und gleichzeitig Tarsina retten.«

»Aber, Paige, das heißt noch lange nicht, dass du dein ganzes Leben wegwerfen musst«, sagte Piper mit sanfter Stimme. »Schließlich hast *du* nicht den Fluch über Tarsina verhängt, und kein Mensch kann von dir erwarten, dass du die Last, das Problem zu lösen, ganz allein auf deinen Schultern trägst. Das wäre wohl ein bisschen viel verlangt von einer einzigen Person.«

»Ich weiß«, erwiderte Paige und hob wieder den Kopf. »Aber ich habe gesagt, dass ich es tue, und nun tue ich es auch. Und wenn ich erst einmal verheiratet bin, werde ich wohl die einzige Ehefrau der Welt sein, die mit der Geliebten ihres Mannes durch die allerbeste Freundschaft verbunden ist«, fügte sie mit einem dünnen, etwas verbissenen Lächeln hinzu.

Phoebe wurde von einem Gefühl überwältigt, dass ihr beinahe das Herz übergehen ließ. Sie war so stolz auf ihre tapfere Halbschwester. Paiges Bereitschaft, schlichtweg alles zu opfern, nötigte ihr mehr ab als lediglich Respekt. Doch zugleich war sie ein wenig besorgt. Was sollte aus den Zauberhaften werden, wenn Paige verheiratet war und Prinzessin in einem magischen Königreich wurde? Sie würde praktisch auf einer völlig anderen Daseinsebene leben. Würde jemals alles wieder so sein, wie es war?

»Was denkt ihr gerade?«, fragte Paige und schaute von Phoebe zu Piper.

Pipers Augen schwammen in Tränen, doch sie lächelte. »Ich denke gerade, dass du eine sehr starke Hexe bist«, sagte sie.

»Und ich, wie stolz ich auf meine kleine Schwester bin«, fügte Phoebe hinzu.

»Danke, Leute«, sagte Paige; eine Träne kullerte ihre Wange hinab. »Ihr habt ja gar keine Ahnung, wie viel mir das bedeutet.«

Gleichzeitig schlangen Phoebe und Piper von beiden Seiten ihre Arme um Paige und drückten sie an sich. Phoebe kniff die Augen zusammen wider den Schmerz in ihrer Brust und schwor sich, Paige in den nächsten Tagen ohne Rücksicht auf Verluste zur Seite zu stehen, komme da, was da wolle! Denn dazu waren die Schwestern einer zukünftigen Prinzessin ja schließlich da.

7

Die Hofschneiderin der königlichen Familie besaß ein eigenes Atelier im obersten Stockwerk des Palastes.

Eine komplette Front des Raumes bestand aus vom Boden bis zur Decke reichenden Fenstern, die die Arbeitsstätte wohl zu dem hellsten Zimmer des gesamten Königreiches machten. Die prachtvollsten Stoffe, die in allen erdenklichen Farben changierten, bedeckten nahezu jede freie Fläche. Überall standen Kleiderpuppen mit den exakten Maßen der königlichen Familie herum, die einen mehr, die anderen weniger vollständig verhüllt. Und in der Mitte des fast saalgroßen Raumes war ein kleines rundes Podium zu sehen, um das mindestens zehn riesengroße Spiegel im Halbkreis gruppiert waren.

Und auf eben diesem Podium stand Paige. Und steckte in einem Kleid, das jenseits von allem lag, das sie sich mit der hyperaktiven Fantasie ihrer Kindheit jemals vorzustellen vermocht hätte. Jedes einzelne Detail konnte sie aus allen Blickwinkeln betrachten, und jedes Mal raubte der Anblick ihr aufs Neue den Atem. So also fühlte es sich an, eine Prinzessin zu sein.

»Oh, Paige. Das Kleid ist wie für dich geschaffen«, sagte Corinne, eine Hand auf ihrer Brust. Sie stand zwar hinter Paige, doch Paige konnte sie in den Spiegeln gleich mehrere Male sehen. Ein Ausdruck von Schmerz und Bedauern lag in Corinnes Blick, während sie Paige von Kopf bis Fuß anschaute und sich zu einem Lächeln zwang.

Paige konnte sich gut vorstellen, wie Corinne sich in diesem Moment fühlte, und sie wandte sich zu ihr um, um sie direkt anzusehen. Ihre Unterröcke bauschten sich rauschend auf bei der halben Drehung, die sie vollzog, und sanken dann wie federleichte kleine Wolken wieder um sie herum zu Boden.

»Bist du sicher, dass du dir das hier antun willst?«, fragte Paige sie mit sanfter Stimme. »Wenn mein Lover im Begriff stünde, eine andere zu heiraten, würde ich mich von dem ganzen Hochzeitsrummel so fern halten wie möglich.«

»Nein, ich denke, dass es nur gut für mich ist«, entgegnete Corinne. Sie holte tief Luft und reckte das Kinn. »Je mehr ich davon mitbekomme, umso leichter fällt es mir zu akzeptieren, dass dies alles Wirklichkeit ist, dass ich ihn wirklich aufgeben muss.«

Bei den letzten Worten versagte ihre Stimme fast, dennoch gelang es ihr, sich ein Lächeln abzuringen.

Paige nickte, von Corinnes tapferer Haltung beeindruckt, doch innendrin war ihr hundeelend zumute. Wenn Liebe mit einem solchen Leid einhergehen konnte, dann war sie vielleicht doch nicht so toll wie gemeinhin behauptet.

»Abgesehen davon könnte ich nicht als eine der Ersten diesen fantastischen Anblick genießen, wenn ich nicht hier wäre«, sagte Corinne und zeigte auf Paige. »Du siehst einfach umwerfend aus.«

»Ach, das macht doch nur das Kleid«, meinte Paige, etwas verlegen, doch froh, das Thema wechseln zu können. Dass sie sich in einer unmöglichen Situation befanden, war jedem der Beteiligten klar. Es nützte niemandem etwas, die Misere immer wieder aufs Neue durchzudiskutieren.

Paige wandte sich Marjorie zu, der schmächtigen, grauhaarigen Hofschneiderin, die um sie herumwuselte und jeden Saum, jede Naht und jeden Faltenwurf einer genauen Inspektion unterzog. Marjorie selbst trug ein unprätentiöses, in schlichtem Schwarz gehaltenes Kleid mit weißer Spitze um den Kragen. Aus einem kleinen Nadelkissen, das sie mit einem dicken roten Band an ihrem Handgelenk befestigt hatte, ragten lauter kleine Stecknadeln hervor. Paige war sich nicht ganz sicher, wozu sie sie eigentlich brauchte. Bisher jedenfalls hatte Marjorie an diesem Nachmittag alle notwendigen Anpassungen mittels Magie vorgenommen. Nicht eine einzige Nadel war dabei zum Einsatz gelangt.

»Dieses Kleid ist einfach fantastisch, Marjorie«, sagte Paige. Irgendetwas an ihrem Mieder zwickte sie empfindlich in die Seite, doch sie versuchte, es zu ignorieren. Die Frau hatte sich so viel Mühe gegeben bis jetzt, und Paige wollte sich ihr gegenüber nicht wie die Prinzessin auf der Erbse aufführen.

»Noch nicht. Noch nicht ganz«, erwiderte Marjorie. Sie hielt, eine Hand unter dem Kinn, in ihrer Tätigkeit inne und kniff die Augen zusammen. »Es fehlt noch irgendwas …«

Dann ließ sie mit einer herrischen Bewegung ihre knöcherne Hand in die Höhe schießen, und sogleich erschienen darin wie aus dem Nichts etwa ein Dutzend pinkfarbene Bänder. Mit einem Ausdruck höchster Konzentration betrachtete sie die Satinstoffe in ihrer Hand. Diese Frau gab wirklich ihr Bestes. Paiges und Corinnes Blicke trafen sich in einem der Spiegel, und beide konnten sich ein Grinsen nicht verkneifen.

»Ah ja«, sagte Marjorie und öffnete ihre Hand. Die Bänder erhoben sich in die Lüfte, als würden sie an den Enden unsichtbarer Fäden tanzen. Sie wirbelten um Paige wie um einen Maibaum herum, und Paige lachte laut auf, als die samtweichen Stoffe sie am Hals kitzelten. Schließlich sanken die Bänder unter Marjories gestrengen Blicken herab und legten sich um Paiges Taille, um von dort aus in exakt gleichmäßigen Abständen weiter hinabzufließen und sich in die Falten des Kleides zu schmiegen.

Paige begutachtete das Ergebnis und riss vor Staunen die Augen auf. Auch wenn sie niemals gedacht hätte, dass so etwas möglich sein könnte, wirkte das Kleid nun noch um einiges perfekter.

»Ein bisschen Farbe, das hat gefehlt«, sagte Marjorie, sichtlich zufrieden. »Wie gefällt es Euch, Lady Paige?«

»Es ist fantastisch«, wiederholte Paige. Sie atmete tief ein und zuckte zusammen. Okay, diese etwas zu eng geratene Stelle an der Seite ließ sich wohl auf Dauer nicht ignorieren. Nicht, wenn sie in diesem Kleid vor tausende von Tarsinier treten wollte.

»Hier zwickt es allerdings noch ein bisschen«, fügte sie hinzu und deutete auf die Naht zwischen den Röcken und ihrem Mieder. »Aber vielleicht dehnt sich das ja noch.«

»Hier?«, fragte Marjorie. Sie legte Paige beide Hände auf die Hüften.

Paige nickte, und einmal mehr zogen sich Marjories Augenbrauen zusammen. Für den Bruchteil einer Sekunde wurde das Mieder von jäher Hitze durchströmt, und dann war das unangenehme Zwicken und Zwacken weg.

»Wow. Super«, sagte Paige. Sie holte ein weiteres Mal tief Luft und seufzte erleichtert auf. »Was habt Ihr gemacht?«

»Nur das Fischbein verkürzt«, erwiderte Marjorie und klatschte in die Hände. »Eine Kleinigkeit.«

In diesem Moment war ein drängendes Klopfen an der riesigen Ateliertür zu hören, und mit lautem Knarren schwang sie auf. Zielstrebigen Schrittes trat ein hoch gewachsener Herr in den Raum und machte vor Paige eine tiefe Verbeugung.

»Verzeiht die Störung, Lady Paige ... meine Damen«, sagte er, während er flüchtig Corinne und Marjorie zunickte. »Paulo Partina, königlicher Florist«, stellte er sich vor. »Ich hätte einige Dekorationsvorschläge für die Hochzeitsfeierlichkeiten zu machen und wäre Euch aufs Äußerste verbunden, wenn Ihr die Güte hättet, sie einmal anschauen zu wollen.«

»Äh ... sicher«, erwiderte Paige schulterzuckend.

Sie kam aus dem Staunen gar nicht mehr heraus, als eine ganze Schar von Bediensteten hereinspazierte. Jeweils zwei Personen trugen ein riesiges Blumenarrangement, eines schöner als das andere. Binnen kurzem war der ganze Raum von den verschiedenartigsten berauschenden Blumendüften erfüllt, die beinahe Paiges Sinne betäubten.

»Wow, Paulo«, sagte Corinne beeindruckt. »Diesmal hast du dich wirklich selbst übertroffen.«

»Nun ja, der erlauchte Kronprinz unseres Reiches vermählt sich schließlich nicht jeden Tag«, erwiderte Paulo lächelnd. »Nun, Lady Paige, welche Farbkomposition erfreut am ehesten Euer Auge?«, fragte er.

Paige ließ ihre Blicke über die Blumenarrangements wandern, die ihr zur Begutachtung der Reihe nach vorgeführt wurden. Das erste bestand aus rosé und weißen Rosen, die eher klassische Variante. Das zweite aus einer wahren Flut von purpurroten Hortensien, rosa Nelken und lavendelfarbenen Akzenten. Das dritte war gänzlich in Weiß gehalten, bestehend aus Lilien aller Art. Das vierte und letzte, aus Chrysanthemen, Gänseblümchen und Wildblumen gemacht, kam in satten Orange- und Rottönen daher und sah aus wie ein explodierender Stern. »Sie sind alle wunderschön«, sagte Paige. Sacht berührte sie eine der Rosenblüten mit der Hand. Plötzlich, angesichts dieser herrlichen Auswahl, wurde ihr bewusst, wie schnell alles gegangen war. Noch vor einer Woche hatten sich ihre schwierigsten Entscheidungen darum gedreht, ob sie lieber Truthahnpanini oder doch besser einen gemischten Salat zum Mittagessen nahm. Und nun stand sie hier und suchte Blumen für ihre *Hochzeit* aus.

Paige schluckte schwer und trat einen Schritt zurück. Alles um sie herum begann sich zu drehen. Der Duft der Blumen überwältigte sie, und sie spürte, wie ihre Knie nachgaben. Plötzlich kam, dank Marjorie, ein großer Sessel von der anderen Seite des Ateliers zu ihr herübergeflogen, und dankbar ließ Paige sich hineinsinken.

»Bist du okay?«, fragte Corinne besorgt, die beinahe im selben Moment neben ihr stand.

»Jaja, alles in Ordnung«, beruhigte Paige sie. »Es ist nur … es stürmt so vieles gleichzeitig auf mich ein.« Langsam atmete sie ein und aus und versuchte, ihre Verwirrung unter Kontrolle zu bringen. »Was denkst du, Corinne? Welche würdest *du* nehmen?«

»Oh … es ist … es ist *deine* Hochzeit, Paige. Nicht meine«, entgegnete Corinne.

»Ich weiß, aber ich möchte, dass du sie aussuchst«, erwiderte Paige. »Nun komm schon, du wirst als die Frau, die die Farben für die Hochzeit des Jahrhunderts ausgesucht hat, in die Geschichte eingehen.«

Corinne biss sich auf die Lippe und schaute zu Paulo hinüber. »Die Wildblumen«, sagte sie ohne Zögern. »Die mag Colin am liebsten. Er liebt die Felder draußen vor dem Palast. Das Gefühl von Freiheit, das sie einem vermitteln.«

Paulo nickte, obwohl er immer noch Paige anblickte und auf ihre Zustimmung wartete. Für einen Moment brachte er Paige damit fast aus der Fassung. Sie war es nicht gewohnt, bei allem das letzte Wort zu haben. Doch wie es aussah, würde sie sich damit wohl abfinden müssen. Trotzdem gefiel es ihr nicht, mit welcher Missachtung man Corinne hier begegnete.

»Ihr habt es gehört. Wildblumen«, sagte Paige. »Danke, Paulo.«

»Ich habe Euch zu danken, Lady Paige«, entgegnete er und machte einen weiteren Bückling.

Er klatschte in die Hände, und seine Träger marschierten hinaus. Paulo folgte ihnen auf dem Fuße und schloss die Tür hinter sich. Im selben Augenblick lösten sich die pinkfarbenen Bänder, die Marjorie dem Kleid hinzugefügt hatte, in Luft auf und wurden durch hellgelbe ersetzt. Fragend sah Paige Marjorie an.

»Damit sie zu den Blumen passen«, erklärte die Hofschneiderin mit einem freundlichen Lächeln.

»Danke«, erwiderte Paige matt. Wenn diese Leute hier eines waren, dann unheimlich auf Zack.

»Bist du sicher, dass du okay bist?«, fragte Corinne Paige und kauerte sich neben sie auf den Boden.

»Ja, bin ich«, sagte Paige, und ihr wurde das Herz schwer, als sie zu dem Mädchen zu ihren Füßen hinunterblickte, das eigentlich dieses Kleid tragen sollte, vor dem die Diener eigentlich ihr Haupt neigen sollten, dem, bei allem, was heilig war, die Rolle der wahren Prinzessin zufiel. »Ich bin wirklich froh, dass du hier bist.«

Entschlossen legte Phoebe ihre Hand um den schweren Knauf der Eingangstür des *St. John's Pub* und zog daran. Der Dunst von schalem Bier und Zigarettenrauch schlug ihr entgegen und verpestete die Straße.

»Hübsche Gegend«, meinte Leo mit gedämpfter Stimme.

»Hast du etwa gedacht, diese üblen Burschen treiben sich in so 'ner Art Wellness-Center herum?«, entgegnete Piper trocken.

Phoebe grinste und verdrehte die Augen. In Pipers und Leos Welt herrschte immer noch dicke Luft. Sie hoffte nur, dass sie sich nicht vor Sinjin herumzukabbeln begannen. Phoebe hatte diesen Typ zwar noch nie zu Gesicht bekommen, aber sie nahm an, dass er nicht zu der Sorte von Leuten gehörte, die gesteigerten Wert darauf legten, ihre Zeit mit zankenden Liebespärchen zu vergeuden.

»Setzt eure Pokerfaces auf, Kinder«, sagte Phoebe. »Wir gehen rein.«

Sie betrat die Kneipe. Die Tische waren nicht ganz so umlagert wie in der vergangenen Nacht, dennoch lungerten auch jetzt einige zwielichtige Gestalten und Betrunkene herum. Hoch erhobenen Hauptes ließ Phoebe die Blicke all derer an sich abprallen, die sich erdreisteten, in ihre Richtung zu sehen. Schon vor langer Zeit hatte sie gelernt, dass der einzige Weg, sich Respekt zu verschaffen, darin bestand, sich so zu benehmen, als gehörte einem jeder Raum, den man betrat. Selbst das Wohnzimmer des Teufels.

Phoebe, Piper und Leo traten an die beinahe völlig entvölkerte Theke, und Leo räusperte sich. Die Barfrau, die den Schwestern am vorigen Abend die Bierkrüge wieder weggenommen hatte, ließ davon ab, die Gläser zu spülen, und hob den Kopf. Ihr ohnehin schon gereizter Gesichtsausdruck verfinsterte sich um ein paar weitere Nuancen, als sie die neuen Gäste erblickte.

»Ihr schon wieder«, meinte sie spöttisch.

»Wir haben doch gesagt, dass wir wiederkommen«, sagte Piper, die Ruhe selbst.

»Wir wollen Sinjin sehen«, setzte Phoebe hinzu.

»Was ihr nicht sagt«, entgegnete die Frau und stellte ein schmutziges Glas vor sich ab. Dann stützte sie sich mit ihren fleischigen Händen auf dem Thekenrand ab und beugte sich weit vor, was Phoebe einen durchaus entbehrlichen Blick auf ihre beachtliche Oberweite verschaffte. »Und was macht euch so sicher, dass er *euch* sehen will?«

»Wir haben etwas für ihn«, sagte Leo. »Ein paar Informationen, die ihn vielleicht interessieren könnten.«

Sehr gut, dachte Phoebe. Immer ein bisschen unkonkret bleiben.

Die Barfrau schaute Leo mit ihren Kulleraugen an und musterte seinen durchtrainierten Körper. Sie schien nicht sonderlich beeindruckt, aber immerhin speiste sie ihn nicht ab.

»Ihr findet ihn hinten«, erwiderte sie und wies mit dem Kopf in die bezeichnete Richtung. »Aber sie lassen nicht jeden hinein. Ihr müsst ihnen schon beweisen, dass ihr zu ihnen gehört.«

Was zum Teufel bedeutet das denn schon wieder?, dachte Phoebe, hielt aber wohlweislich den Mund. Jedes Anzeichen von Verwirrung und Unsicherheit wäre in diesem Moment definitiv fehl am Platz gewesen. Also behielt sie weiter ihren gleichgültigen Gesichtsausdruck bei und ging, Piper und Leo voran, quer durch die Kneipe zu einem düsteren Durchgang im hinteren Bereich des Etablissements. Fast am Ende des

Gangs angelangt, blieb sie stehen, als sie den hünenhaften Wachposten erblickte, der dort aufgestellt war. Er war etwa doppelt so breit wie Leo und überragte ihn um mindestens fünfzehn Zentimeter. Sein schwarzer Waffenrock und die ebenso schwarze Lederhose trugen nicht eben dazu bei, seine Erscheinung liebenswürdiger aussehen zu lassen. In dem Moment, als er die Besucher bemerkte, trat er einen Schritt vor und versperrte ihnen den Weg zu der Tür, die er bewachte.

»Was habt ihr hier zu suchen?«, sprach er sie mit einer Stimme an, die in etwa so klang, als ob er gerade von einem Rockkonzert käme, bei dem er den ganzen Abend lang johlend seine Stimmbänder malträtiert hatte.

»Wir sind hier wegen des Treffens«, erwiderte Phoebe. »Wir wollen zu Sinjin.«

»Beweist mir erst eure Kräfte«, entgegnete der Wachposten ungerührt. »Hier kommt nur rein, wer über echte Magie verfügt.«

Phoebe schaute Piper über die Schulter hinweg an, und diese bedeutete ihr mit einer kaum merklichen Kopfbewegung, dass sie bereit war. In der nächsten Sekunde schwebte Phoebe knapp einen Meter in die Höhe und verharrte dort in scheinbarer Schwerelosigkeit. Der Wachposten nickte. Dann erhob Piper die Hände und ließ einen in der Nähe stehenden Stuhl mit einem lauten Knall in seine Einzelteile zerbersten. Und schließlich verschwand Leo in einem Strudel aus bläulichem Licht. Zum ersten Mal zeigte sich der Wachposten aufrichtig überrascht und schaute sich irritiert um. Kaum drei Sekunden später tauchte Leo hinter ihm wieder auf und tippte ihm auf die Schulter. Der Wachposten wirbelte herum, sah Leo und grinste.

»Nicht schlecht«, meinte er.

»Vielen Dank«, entgegnete Leo mit einem bescheidenen Schulterzucken.

Der Wachposten griff an ihm vorbei, um ihnen die Tür zu

öffnen, und trat einen Schritt zur Seite. Aufgeregtes Stimmengemurmel drang in den Gang, unterbrochen von donnerndem Applaus. Mit einem letzten Blick über ihre Schulter huschte Phoebe an der Wache vorbei und in den Raum hinein, in dem das Treffen stattfand.

Ein Teil von ihr rechnete fest damit, dass sich bei ihrem Eintreten eine kinoreife Szene abspielen würde, in der der gesamte Saal urplötzlich verstummte und die Augen aller sich auf die Neuankömmlinge richteten. Doch glücklicherweise war davon keine Rede. Der Raum war voller Leute, die in Grüppchen an Tischen saßen, vereinzelt an den Seiten standen oder sich auf einer erhöht angebrachten Galerie herumdrückten, doch niemand nahm überhaupt Notiz davon, als Phoebe, Piper und Leo hereinkamen und sich eine ruhige Ecke im hinteren Bereich des Versammlungsortes suchten. Aller Augen waren auf den Redner gerichtet, der im vorderen Teil des Kneipensaals gestikulierend auf und ab tigerte.

Groß und kräftig, mit blondem Haar, kantigen Zügen und einem Blick in den stechenden Augen, der ihn beinahe wie besessen aussehen ließ, zog der Mann, der dort sprach, die Aufmerksamkeit sämtlicher Zuhörer auf sich. Schweißperlen traten ihm auf die Stirn, während er hin und her lief und sich über das unreine Blut ausließ, von dem das Königreich von Tarsina vergiftet wurde. Immer wieder wurde eine seiner Äußerungen mit heftigem Applaus quittiert. Eine gewisse Stärke und Macht ging von ihm aus, ein Charisma, das ihm tatsächlich auf eine bestimmte Art so etwas wie erotische Anziehungskraft verlieh.

Zu schade, dass er außerdem ein Psychopath ist, dachte Phoebe, die jede seiner Bewegungen mit ihren Blicken verfolgte. Jedes Wort aus seinem Munde klang entweder fanatisch oder beleidigend oder war offenkundig in dem Vorsatz gesagt, die Menge aufzustacheln.

»Sinjin?«, meinte Piper flüsternd.

»Ich schätze, ja«, erwiderte Phoebe.

»Und jetzt ist auch noch diese fremde *Lady* … diese *Zauberhafte* hier aufgetaucht, in der angeblichen Absicht, uns alle zu retten«, hetzte Sinjin in spöttischem Ton, während er seine Blicke über die Menge wandern ließ. »Hat sie denn überhaupt eine Ahnung davon, *was* sie eigentlich rettet? Man sollte doch meinen, dass ein Mitglied der ehrwürdigsten Königsfamilie auf Erden in der Lage ist zu begreifen, dass unsere Ziele einem höheren Zweck dienen!«

Dröhnender, wütender Applaus folgte seinen Worten, und Phoebe spürte, wie sich ihr Herz verkrampfte. Wie konnte jemand nur annehmen, dass die Drei dabei zusehen würden, wie tausende von Menschen starben? Wenn diese so genannten Tarsinier »reinen magischen Blutes« auch nur die geringste Ahnung von den Zauberhaften hätten, dann wüssten sie, dass es deren Bestimmung war, das Leben Unschuldiger zu retten, ohne Ansehen der Person. Der Gedanke, dass diese Leute bereit waren, gut die Hälfte ihrer Mitbürger über die Klinge springen und krepieren zu lassen, machte Phoebe buchstäblich krank.

»Diese Paige steht unseren Plänen im Weg«, fuhr Sinjin fort. »Sollten sie und der Prinz tatsächlich morgen heiraten, bleibt in Tarsina alles so, wie es war. Und es wird kein Tag vergehen, an dem unsere Gesellschaft nicht weiter ausgehöhlt wird, so lange, bis sich alles, was in unserem Leben von Wert und Bedeutung ist, in Nichts aufgelöst hat. In nichts anderes als den Staub unter unseren Füßen.«

Ein paar Leute schauten tatsächlich mit ausdruckslosen Gesichtern auf ihre Schuhe.

»Wollen wir das etwa zulassen?«

»*Niemals*!«, brüllte der ganze Saal, und alle reckten ihre Fäuste in die Höhe.

»Wir müssen etwas unternehmen!«, rief der drahtige Mann, der schon am vergangenen Abend in der Kneipe gewesen war, und erhob sich in der Nähe des Redners vom Stuhl. »Wir sollten dieser Paige mal zeigen, wie der Hase hier läuft. Ihr einen solchen Schrecken einjagen, dass sie Hals über Kopf davonläuft und sich nie wieder bei uns blicken lässt.«

Die begeisterten Zurufe und der Applaus, die seinen Worten folgten, waren nur unwesentlich verhaltener als der Beifallssturm zuvor, und Sinjin hob seine Hände, um die Menge zu beruhigen.

»Die Zeit für harmlose Späße ist vorbei«, sagte er. »Wir haben versucht, mit subtileren Mitteln zu Werke zu gehen, doch es hat nicht funktioniert. Die Idee, eine Sterbliche zu entsenden, um das Herz des Prinzen zu stehlen, schien damals durchaus nicht schlecht, aber es hätte uns klar sein müssen, dass Prinz Colin die Bedürfnisse seines Volkes jederzeit über die seines Herzens stellen würde.«

Phoebe hatte das Gefühl, als entwiche mit einem Schlag alle Luft aus ihren Lungen. *Eine Sterbliche zu entsenden …*

Irgendjemand neben ihr spuckte aus und traf fast Phoebes Fuß, doch sie nahm kaum Notiz davon. Zu viele Gedanken schossen ihr gleichzeitig durch den Kopf. Sie sah Piper und Leo an und wusste im selben Moment, dass auch sie es gehört hatten – dass sie nicht irgendwelchen Wahnvorstellungen zum Opfer gefallen war.

»Corinne?«, flüsterte Phoebe mit heiserer Stimme. »Corinne eine Betrügerin?«

»Doch sie wird ihren Zweck noch erfüllen«, fuhr Sinjin fort, ein bösartiges Grinsen im Gesicht.

»Aber wie?«, fragte der hagere Mann mit weit aufgerissenen Augen. »Colin hat doch bereits seine Verlobung mit Lady Paige bekannt gegeben.«

»Oh, sie hat eine neue Aufgabe bekommen«, sagte Sinjin. »Ich habe ihr heute Morgen eine Nachricht geschickt. Wenn Corinne ihr Leben – und das ihres Vaters – etwas wert ist, wird sie tun, worum ich sie gebeten habe.«

»Worum hast du sie denn gebeten?«, rief jemand von der Galerie.

Sinjin nahm einen tiefen Schluck aus seinem schwarzen Bierkrug, leckte sich in aller Ruhe den Schaum von der Oberlippe und hob dann den Blick zur Galerie. »Ich habe sie gebeten … die Hexe zu töten.«

Phoebe schnappte hörbar nach Luft, doch niemand bekam es mit. Alle waren viel zu sehr damit beschäftigt, wild durcheinander zu brüllen, zu applaudieren, zu tanzen und zu lachen. Den grandiosen Einfall zu feiern, ihre, Phoebes, Halbschwester zu ermorden. Noch bevor sie sich klar darüber war, was sie eigentlich tat, stapfte Phoebe los. Piper versuchte sie noch am Arm zu erwischen, aber Phoebe schlug die Hand ihrer Schwester zurück. Das hier ging entschieden zu weit. Sie konnte nicht einfach herumstehen und Däumchen drehend die Klappe halten, während hunderte von Leuten bei der Aussicht auf den baldigen Tod von Paige vor Begeisterung schier aus dem Häuschen gerieten.

»Nein!«, schrie Phoebe so laut, wie sie konnte. »Nein! Nein! Nein!«

Nach und nach ebbte das Lärmen der Leute um Phoebe herum ab. Sie drehten sich zu ihr um und schauten sie bestürzt und erschrocken an. Weiter vorn schnappte sich Sinjin einen Stuhl und stellte sich auf die Sitzfläche, um die Person besser sehen zu können, die es wagte, ihm Paroli zu bieten. Seine Züge verfinsterten sich, als er Phoebe entdeckte.

»Wer bist du?«, fragte er.

Phoebe schluckte. Sie konnte ihm wohl schwerlich ihren Namen nennen. Allen hier waren die Zauberhaften ein Begriff.

»Jemand, der dieser Sache dienen will, mein Herr«, sagte sie, und ihr kam fast die Galle hoch, als sie sich vor dem elenden Bastard verbeugte.

»Ist das so?«, meinte Sinjin. Er stieg wieder von dem Stuhl herunter, und die Menge teilte sich, als er auf Phoebe zuging.

»Und warum, wenn ich fragen darf, stellst du dann meinen Plan in Frage?«

Ein unruhiges Raunen ging durch die Menge. Phoebe war sich bewusst, dass sie alle nur danach gierten, zu sehen, was Sinjin mit ihr anstellen würde.

»Ich stelle dich nicht in Frage«, entgegnete Phoebe, straffte sich und schaute ihm geradewegs in die Augen. Sie versuchte, angesichts der Bösartigkeit, die aus jeder seiner Poren troff, nicht zu erschaudern. »Ich traue nur dieser Corinne nicht über den Weg.«

Über die Schulter hinweg warf sie einen Blick zu Piper und Leo hinüber, um ihnen einen stummen Hilferuf zu schicken. Sofort bewegte sich Leo auf sie zu, während Piper sich in der Menge verbarg. Eine kluge Entscheidung, denn wie rasch ließ sich eins und eins zusammenzählen, wenn sich außer Paige noch zwei weitere neue Hexen im Lande befanden – selbst in einem Königreich, in dem Hexerei etwas völlig Selbstverständliches war.

»Sie hat Recht«, sagte Leo und baute sich neben Phoebe auf. »Das Mädchen hat bereits bei seinem ersten Auftrag versagt. Aus welchem Grund sollten wir annehmen, dass die Kleine diesmal erfolgreicher sein wird?«

»Sie wird. Wenn ihr ihr Leben lieb ist«, entgegnete Sinjin. Mit einer wegwerfenden Handbewegung wandte er sich ab und ließ die beiden stehen.

Wir müssen irgendetwas tun, dachte Phoebe und suchte verzweifelt nach einer zündenden Idee. Doch das Einzige, was ihr im Augenblick einfiel, war, dass sie so schnell wie möglich zu Paige zurückkehren mussten. Sie mussten sie beschützen. Und sie mussten Corinne ausfindig machen.

»Dann sollten wir aber auf jeden Fall jemanden ins Schloss schicken, der sich vergewissert, dass alles reibungslos verläuft«, schlug Phoebe vor. »Jemanden, der ein Auge darauf hat, dass das Mädchen seinen Auftrag auch wirklich erfüllt.«

»Und wie sollen wir deiner Meinung nach da hineinkommen?«, fragte Sinjin und drehte sich wieder zu ihr um.

»Mein Bruder ist in der Garde des Prinzen«, sagte Phoebe. Sie ergriff Leos Arm. »Er kann kommen und gehen, wie es ihm passt. Er könnte uns dabei helfen, in den Palast zu gelangen.«

»Wirklich?«, meinte Sinjin und musterte Leo misstrauisch. »Du dienst dem Prinzen und bist dennoch unserer Sache treu ergeben?«

»Der Prinz weiß selbst nicht, was er will«, erwiderte Leo kaltschnäuzig. »Ihm ist überhaupt nicht klar, was er dem Königreich eigentlich antut.«

Sinjins Augen verengten sich zu schmalen Schlitzen, während er Phoebe und Leo prüfend ansah und ihren Plan überdachte. Schließlich nickte er unsäglich langsam.

»Einverstanden. Ihr beide geht ins Schloss und erstattet mir Bericht, wenn die Sache erledigt ist«, sagte Sinjin und schlug Leo mit der Hand auf die Schulter. »Die königliche Familie wird den Teufel tun und Lady Paiges Tod im ganzen Reich herumposaunen. Die Sterblichen würden in eine heillose Panik ausbrechen«, fügte er lachend hinzu.

Seine Gefolgsleute teilten geflissentlich seinen Heiterkeitsausbruch.

»Und jetzt geht!«, befahl Sinjin Phoebe und Leo. »Ich erwarte euch heute Abend zurück. Und zwar mit guten Neuigkeiten.«

Phoebe und Leo deuteten eine leichte Verbeugung an und eilten davon in Richtung Tür, dicht gefolgt von Piper.

»Orbe uns zurück«, sagte Piper, als sie außer Hörweite des Wachpostens waren, und ergriff Leos Arm. »Wir müssen Paige erwischen, bevor Corinne es tut.«

Leo nickte und orbte sie aus dem Pub. Bevor der Wirbelwind aus blauweißem Licht Phoebe erfasste und sie davongetragen wurde, hatte sie nur noch einen Gedanken:

Ich hoffe bloß, es ist nicht zu spät …

8

»Paige!«, rief Piper im selben Moment, als sie in Paiges Schlafgemach im Schloss materialisierte.

Ihr Puls war auf hundertachtzig und ihr Adrenalinspiegel dermaßen hoch, dass sie den ganzen Palast mit einer einzigen Handbewegung hätte in die Luft sprengen können.

»Paige! Wo steckst du?«

Piper, Phoebe und Leo schwärmten aus und stellten jede einzelne Ecke des riesigen Zimmers auf den Kopf. Während Phoebe in dem begehbaren Kleiderschrank verschwand, um sich dort in bis zum Äußersten voll gehängte Kleiderständer zu stürzen, schaute Piper im Badezimmer nach, und Leo nahm sich das angrenzende Wohnzimmer vor. Plötzlich schwang die Tür hinter ihnen auf, und der Wachposten der Schlossgarde, der draußen auf dem Gang gestanden hatte, trat ein.

»Wie seid Ihr hier hereingekommen?«, fragte der Uniformierte verblüfft.

»Das ist jetzt völlig uninteressant. Wo ist meine Schwester?«, herrschte Piper ihn an.

»Alles, was ich weiß, ist, dass sie nicht anwesend ist«, erwiderte er und schaute verwundert an Piper vorbei, als er Phoebe aus dem Kleiderschrank kommen sah. »Ihr könnt also damit aufhören, ihre Gemächer auseinander zu nehmen.«

»Ihr habt also keine Ahnung, wo sie hingegangen ist?«, fragte Leo.

»Nein, es tut mir außerordentlich Leid, mein Herr. Wenn ich an Eurer Stelle wäre, würde ich mich bei dem Prinzen erkundigen«, entgegnete die Wache und straffte die Schultern. »Immerhin werden Seine Durchlaucht und Lady Paige sich bald schon vermählen. Wenn jemand etwas über ihr Verbleiben weiß, dann gewisslich Prinz Colin.«

Piper sah den Wachmann mit zusammengekniffenen Augen an und kämpfte gegen das Verlangen an, ihm an die Gurgel zu springen. *Er* war es schließlich, der darüber Bescheid wissen sollte, wo sich Paige befand. Nicht irgend so ein dahergelaufener Kerl, der vor kaum mehr als einer Woche in ihr Leben spaziert war. Diese ganze Geschichte war inzwischen völlig aus dem Ruder gelaufen.

»Na gut«, sagte sie und warf ihr Haar in den Nacken. »Fragen wir den Prinzen. Komm, Phoebe.«

Piper eilte Phoebe und Leo voran auf den Gang hinaus und stakste von dort aus schnurstracks weiter in Richtung des Thronsaals, wo der König, seine Gemahlin und Colin sich anscheinend die meiste Zeit aufzuhalten pflegten. Die Wachen traten beiseite, um sie einzulassen, und Piper stürmte in den von grellem Sonnenlicht durchfluteten Raum. Etliche Hofdamen saßen in Grüppchen herum, lachten, plauderten, arbeiteten an ihren Gobelinstickereien und lauschten den Musikanten, die eine heitere, gefällige Volksweise spielten. In einer der Ecken waren ein paar Zofen damit beschäftigt, Wandbehänge in Körbe zu falten. Die Mitglieder der königlichen Familie saßen auf ihren Thronsesseln und steckten die Köpfe zusammen, als würden sie sich leise über irgendetwas unterhalten.

Plötzlich sah Piper rot. An dieser ganzen Misere trug allein Colins Familie die Schuld – sie und ihre bescheuerten, sadistischen, mit Vorurteilen behafteten Ahnen. Und nun hockten sie da und taten, als ob alles in schönster Ordnung wäre. Als ob ihr Königreich nicht ein einziger riesengroßer, kranker Organismus mit eklatanten Funktionsstörungen wäre. Als hätten sie niemals eine unschuldige Hexe mit in diesen Schlamassel gezogen, nur um ihre eigene Haut retten zu können. In diesem Moment, da sie um Paiges Leben fürchten musste, hätte Piper sie allesamt umbringen können. Warum konnte dieses Pack nicht einfach seinen eigenen Dreck wegräumen und ihre Familie in Ruhe lassen?

»Colin! Wo ist Paige?«, brüllte Piper und preschte quer durch den Saal.

Colin erhob sich und schaute sie bestürzt an.

»Ich verbiete Euch, so mit dem Prinzen von Tarsina zu sprechen!«, fuhr die Königin sie mit blitzenden Augen an.

Alle ignorierten sie, einschließlich Colin, der offenbar spürte, dass etwas nicht in Ordnung war. »Sie ist ausgeritten. Mit Corinne.«

Piper hatte das Gefühl, als hätte ihr jemand den steinernen Boden unter den Füßen weggezogen. Das ist nicht wahr, dachte sie, von plötzlicher Panik gepackt. Das ist einfach nicht wahr!

»Wohin?«, fragte Phoebe. »Wohin könnte sie Paige gebracht haben?«

»Sie hat sie nirgendwohin *gebracht*«, ging Colin, dem der anklagende Tonfall in Phoebes Stimme nicht entgangen war, sogleich in die Defensive. »Sie sind zusammen fortgeritten.«

»Worum geht es hier eigentlich?«, mischte sich der König ein, der hinter seinen Sohn getreten war.

»Darum, dass Paige in Lebensgefahr schwebt«, klärte Piper ihn auf. Sie schaute Colin an. »Und deine kleine Freundin ist diejenige, die sie umbringen soll.«

Die Königin erblasste, und auf Colins Gesicht machte sich Fassungslosigkeit breit. »Corinne? Nein. Völlig unmöglich. Sie könnte niemals jemandem etwas zu Leide tun.«

Leo entfernte sich ein paar Schritte von der Gruppe und schloss die Augen, um sich besser konzentrieren zu können. Noch nie war Piper so froh darüber gewesen, dass ihr Mann über diese spezielle Fähigkeit verfügte, Personen zu orten. Im Moment schien dies jedenfalls so ziemlich das Einzige zu sein, was ihnen in dieser Situation noch helfen konnte.

»Ja, klar, hoffen wir für dich, dass du Recht behältst«, zischte Piper Colin an.

»Ich hab sie«, sagte Leo hinter ihrem Rücken. »Ich weiß, wo sie ist. Los, Leute, auf geht's.«

Piper schleuderte der königlichen Familie über die Schulter hinweg einen letzten zornigen Blick zu und ergriff Leos Hand.

»Falls Paige irgendetwas zustoßen sollte, werdet ihr euch wünschen, nicht mehr hier zu sein, wenn ich wiederkomme«, sagte sie. Dann war sie, von einer Sekunde auf die andere, verschwunden.

»Danke, dass du mit mir hier herausgeritten bist«, sagte Paige und sog die köstliche, frische Luft tief ein. Das Schloss lag so weit hinter ihnen in der Ferne, dass es mehr wie ein Landhaus mit lauter kleinen Fensterchen wirkte. Und je weiter Paige ritt, desto befreiter fühlte sie sich. »Ich musste einfach mal raus aus diesem ganzen Trubel wegen der Hochzeit.«

»Nichts zu danken«, erwiderte Corinne lächelnd. »Ich bin selbst schon seit Wochen nicht mehr so weit vom Schloss entfernt gewesen.«

»Wirklich?«, fragte Paige und zog die Zügel etwas straffer, als ihr Pferd einen seichten Bach überquerte. »Warum nicht?«

»Na ja, für gewöhnlich bin ich regelmäßig hier herausgeritten. Reiten ist für mich fast so etwas wie Meditation, verstehst du? Meine Art, einfach mal alles hinter mir zu lassen«, sagte Corinne. Sie beugte sich vor und streichelte die Mähne ihres Pferdes. »Doch in den letzten Wochen haben Colin und ich nichts anderes gemacht, als nach einer Lösung für dieses Problem mit dem Fluch zu suchen. Ich hatte einfach keine Zeit für lange Ausritte.«

»Und jetzt habt ihr mich gefunden«, entgegnete Paige. Sie wurde rot. »Die Lösung.«

»Ja. Ich nehme an«, erwiderte Corinne leise und wandte ihren Blick ab.

»Corinne, ich möchte dir sagen, dass ich dich, egal was auch passiert, niemals daran hindern werde, Colin zu sehen«, sagte

Paige, während ein leichter Windstoß ihr das Haar aus dem Gesicht wehte. »Das weißt du doch, oder?«

Corinne lächelte schwach. »Ja, das weiß ich«, sagte sie. »Aber trotzdem ist es beruhigend, es noch einmal von dir zu hören.«

Paige erwiderte ihr Lächeln und schaute den Pfad entlang, der vor ihnen lag. Der schmale Feldweg, dem sie folgten, schlängelte sich durch Wiesen und Äcker hindurch und verschwand dann in einem dichten Gehölz. Paige fragte sich, wie weit Corinne wohl noch mit ihr reiten wollte, sagte jedoch nichts. Sie genoss diesen Ausflug in vollen Zügen.

»Kannst du dir vorstellen, dass du morgen heiraten wirst?«, fragte Corinne.

Eine leichte und nicht gänzlich angenehme Empfindung von Schwerelosigkeit überfiel Paige, und sie umfasste ihre Zügel fester, um nicht das Gleichgewicht zu verlieren. Dies war nicht die Art und Weise, wie sie sich am Tag vor ihrer Hochzeit fühlen wollte – so verunsichert und verängstigt. Aber sie wusste, dass sie das Richtige getan hatte, so wenig es auch dem glich, was sie sich immer erträumt hatte.

»Nein, nicht wirklich«, antwortete sie. »Aber lass uns über was anderes reden. Erzähl mir von dir und Colin.« Aus irgendeinem Grund war ihr auf einmal nach einer romantischen Liebesgeschichte.

»Was möchtest du wissen?«, fragte Corinne.

»Zum Beispiel … wie ihr euch kennen gelernt habt«, schlug Paige vor.

Ein versonnenes, glückliches Lächeln machte sich in Corinnes Mundwinkeln breit, und sie blickte auf ihre Hände hinab. »Mein Vater ist viele Jahre lang Colins Lehrer gewesen, doch ich war niemals im Palast«, sagte sie. »Die Königin hielt nicht viel davon, dass ihr Sohn von meinem Vater unterrichtet wurde, also hat er mich nie mit zur Arbeit genommen. Er hatte die Befürchtung, dass sie nur darauf wartete, ihn beim geringsten Anlass endlich hinauswerfen zu können.«

»Was hatte sie denn gegen deinen Dad?«, fragte Paige und runzelte die Stirn. »Auf mich macht er den Eindruck, als würde er einen ganz ordentlichen Lehrer abgeben.«

»Oh, das tut er«, erwiderte Corinne. »Er ist äußerst klug und liebenswert und geduldig. Er ist einer der besten Lehrer Tarsinas. Aber er ist nichtmagischen Blutes.«

Paiges Herz schien einen unheilschwangeren Moment lang auszusetzen. »Du meinst, die Königin gibt etwas auf diesen Quatsch?«

»Na ja, ich kann's ihr nicht mal verübeln«, meinte Corinne achselzuckend. »Es gibt im Königreich eine Menge Leute, die der Meinung sind, dass in den alten Zeiten alles besser war. Selbst unter denen, die sich nicht wünschen, dass der Fluch sich erfüllt … einige von ihnen unterweisen ihre Kinder ausschließlich in der Geschichte Tarsinas und halten alle Einflüsse von außen weitestgehend von ihnen fern. Ich schätze, es fällt ihnen einfach nur schwer, loszulassen.«

»Aber trotzdem ist diese Frau eine der mächtigsten Personen des Königreichs«, entgegnete Paige. »Da wäre es doch schön, wenn sie sich ein bisschen aufgeschlossener zeigte.«

»Schon richtig. Aber ich glaube, dass sie nur tut, was sie für das Beste hält«, erwiderte Corinne.

»Hm, wenn sie tatsächlich so denkt … wieso hat dein Vater dann überhaupt diesen Job bekommen?«, fragte Paige.

»Colin und sein Vater wollten ihn unbedingt haben, und ich schätze, der König hat letzten Endes einmal kräftig mit der Faust auf den Tisch gehauen«, sagte Corinne lachend. »Es kommt selten genug vor, dass er seiner Frau gegenüber ein Machtwort spricht. Offenbar hebt er sich das für die wirklich wichtigen Entscheidungen auf.«

»Wow«, entfuhr es Paige, als sie am Saum des Waldes angekommen waren. »Und was hat das alles mit dir und Colin zu tun?«

»Nun, eines Tages kam mein Vater nach Hause und teilte

mir mit, dass im Schloss eine neue Dienstmagd benötigt würde«, erklärte ihr Corinne. Ihr Gesicht wurde von den hohen Bäumen überschattet. »Er sagte, seine Vorgesetzten hätten angedeutet, dass ich diesen Job übernehmen könnte. Also begleitete ich ihn am folgenden Tag in den Palast und bekam auf Anhieb eine der begehrtesten Anstellungen im Schloss. Kurz: Ich hatte mich um Colins Garderobe zu kümmern.«

»Ah, ich verstehe«, meinte Paige grinsend. »Du hast ihm jeden Morgen und Abend die Klamotten gebracht, und dann hat es plötzlich zwischen euch gefunkt.«

»So ungefähr«, erwiderte Corinne. »Colin hatte nie sonderlich großen Wert auf sein äußeres Erscheinungsbild gelegt, und als er mit einem Mal anfing, sich fünf- bis sechsmal am Tag umzuziehen, wusste ich, da war was im Gange.«

Paige und Corinne lachten.

»Das ist doch verrückt, oder?«, sagte Paige. »Da machst du ewig und drei Tage lang einen möglichst großen Bogen um das Schloss, und dann, so Knall auf Fall, bist du auf einmal da, und ihr verknallt euch ineinander. Als ob das Schicksal euch zusammengeführt hätte.«

Corinnes Lachen verebbte, und sie schaute geradeaus auf den Pfad. Tiefer und tiefer ritten sie in den Wald, und die Bäume um sie herum ragten immer mächtiger empor. Die Äste und Blätter hoch oben ließen kaum noch einen Sonnenstrahl hindurch. Um sie herum herrschte völlige Stille, nur das gelegentliche Rascheln des Windes in den Zweigen war noch zu hören. Paige war weiß Gott nicht der furchtsame Typ, doch wäre sie es gewesen, hätte ihr dieser Ort zweifellos Angst eingejagt.

»Vielleicht sollten wir allmählich umkehren«, schlug Paige vor, als ihr Pferd an einer Wegfurche seine Schritte verlangsamte. »Piper und Phoebe fragen sich bestimmt schon, wo ich abgeblieben bin.«

»Paige … es gibt da etwas, das ich dir sagen muss«, sagte Corinne und brachte ihr Pferd zum Stehen.

Paige zog ebenfalls die Zügel an. Einen Moment lang glaubte sie in der Ferne leises Hufgetrappel wahrzunehmen. Plötzlich, aus irgendeinem unerfindlichen Grund, begann ihr Herz schneller zu schlagen.

»Und was?«, fragte sie, beunruhigt über den ernsten Eindruck, den Corinne plötzlich machte. »Ist alles okay?«

»Nein«, erwiderte Corinne. Sie hob den Blick. Tränen standen ihr in den Augen, und in ihrem Gesicht zeichneten sich Zornesflecken ab. »Nein, nichts ist okay.«

Nun konnte Paige auch das Geräusch, das sie gehört hatte, genauer bestimmen. Mehrere Pferde galoppierten in halsbrecherischem Tempo auf sie zu. Corinne griff in ihre Satteltasche. Paige hielt den Atem an. Was ging hier vor?

»Paige, es tut mir so ... unendlich ... Leid –«

Plötzlich materialisierten Leo, Piper und Phoebe zwischen den beiden Pferden. Paiges Pferd wieherte erschrocken und bäumte sich auf. Paige hielt sich am Sattelknauf fest, um nicht herunterzufallen, während sie gleichzeitig versuchte, wieder zu Atem zu kommen.

»Paige! Bring dich in Sicherheit!«, schrie Piper.

»Was? Was ist los?«, keuchte Paige und zerrte an den Zügeln, um ihr Pferd unter Kontrolle zu bringen. Es preschte in die Bäume auf der anderen Seite des Pfades, wo es mit zitternden Flanken und ein gutes Stück von Corinne entfernt stehen blieb.

»Pass auf Corinne auf! Sie will dich umbringen!«, warnte Phoebe.

»Bitte was?!«, brüllte Corinne über den inzwischen ohrenbetäubenden Lärm der herangaloppierenden Pferde hinweg. »Niemals! Ich würde doch im Leben nicht –«

In diesem Moment kamen etwa ein Dutzend Mitglieder der königlichen Garde auf gewaltigen dampfenden Rössern auf die kleine Lichtung gesprengt. Sie umstellten Corinne und zückten ihre Schwerter, deren metallisches Klirren durch den

Wald hallte und einige Vögel in den Baumwipfeln auffliegen ließ. Aus Corinnes Gesicht wich jegliche Farbe, und einen Augenblick lang befürchtete Paige, dass ihre neu gewonnene Freundin ohnmächtig von ihrem Pferd sinken würde.

»Corinne van Den Pelt! Ihr seid des Verbrechens der Verschwörung gegen das Königshaus angeklagt und steht hiermit unter Arrest!«, verkündete der Reiter an der Spitze der Trupps laut.

Corinne öffnete den Mund, um etwas zu sagen, doch es kam nur ein erbärmliches Wimmern heraus. Paige dirigierte ihr Pferd wieder zurück auf den Pfad und sprang aus dem Sattel.

»Sie hat nichts getan!«, schrie sie die Gardesoldaten an. »Sie würde niemals Colin oder seiner Familie irgendein Leid zufügen!«

»Nehmt sie in Gewahrsam«, befahl der Anführer seinen Männern, ohne Paige auch nur die geringste Beachtung zu schenken.

»Nein! Lasst sie los!«, rief Paige, als zwei der Soldaten Corinne von ihrem Pferd herunterzerrten und ihr die Arme auf dem Rücken festbanden. »Ich befehle euch, sie augenblicklich loszulassen!«

Paige bezweifelte, dass sie mit Befehlen weiterkommen würde, aber etwas Besseres fiel ihr nicht ein. Diese Leute hatten kein Recht, Corinne in einer solchen Weise zu behandeln. Sie hatte alles aufgegeben, um Colin und sein Volk zu retten. Sogar ihre einzige wahre Liebe.

»Ihr habt hier nichts zu befehlen, Lady Paige«, teilte ihr der Mann rundheraus mit. Der Blick seiner Augen war so hart wie Granit. »Noch nicht.«

»Piper! So tu doch etwas!«, schrie Paige ihre Halbschwester an, während Corinne auf den Rücken eines der Streitrösser verfrachtet wurde. Bittere Tränen liefen ihr über das Gesicht, als sie sich von Paige abwandte. »Leo!«

»Paige, es tut mir Leid, Liebes, aber es stimmt, was er sagt«, erwiderte Phoebe mit sanfter Stimme an Pipers Stelle. »Corinne ist eine Loyalistin. Sie hatte die Absicht, dich zu töten.«

Paiges Herz sank. »Nein. Das ist nicht wahr«, sagte sie langsam. »Sie ist meine Freundin. Colin vertraut ihr.«

»Wir haben aus allererster Quelle von dem Plan erfahren, Paige«, entgegnete Piper. Sie legte einen Arm um Paige. »Sie ist nicht das, was du in ihr siehst.«

Paige schaute zu Boden. Der Lehm und die Steine auf dem Waldweg verschwammen ihr vor den Augen. Sie konnte nicht fassen, dass dies alles tatsächlich geschah. Konnte nicht glauben, dass kaum fünf Minuten zuvor noch alles in Ordnung gewesen war und nun nichts mehr von dem, was sie gedacht hatte, stimmte.

Die Gardesoldaten wendeten einer nach dem anderen ihre Pferde und ritten mit ihrer Gefangenen zurück zum Palast. Erschüttert hob Paige den Kopf und schaute ihnen hinterher, in den Augen unvergossene Tränen der Bestürzung und Wut. Corinne war ihr in den vergangenen Tagen eine solche Stütze gewesen. Sie hatten gemeinsam Pläne geschmiedet, miteinander gelacht und so viele Dinge zusammen unternommen. Es war unmöglich für Paige zu glauben, dass Corinne etwas anderes sein sollte als ihre Freundin. Dieses eine Mal mussten Piper und Phoebe sich irren. Es musste einfach so sein.

Die steinernen Kerkerwände fühlten sich kalt und feucht an. Vorsichtig stützte sich Paige mit einer Hand an dem Gemäuer ab und stieg Schritt für Schritt die schmalen, eng gewundenen Stufen zum Schlossverlies hinab. Die glitschige und tückische Treppe, die nur spärlich von dem Licht sporadisch angebrachter Wandfackeln erhellt wurde, schien nicht enden zu wollen und wand sich hinab in die Tiefen der Erde. Hinter ihr ging Luka, der Gardesoldat, der normalerweise ihr Schlafgemach bewachte. Colin hatte darauf bestanden, dass sie Luka zu ihrem Schutz in das Verlies mitnahm, und zuerst hatte Paige vehement protestiert. Noch immer mochte sie nicht glauben, dass Corinne ihr etwas antun wollte, und wie sie das aus ihrer Kerkerzelle heraus hätte anstellen sollen, konnte Paige erst recht nicht erkennen. Doch inzwischen war sie froh, dass Luka mitgekommen war, denn es war ein langer Marsch.

»Wir sind fast da«, sagte Luka, als hätte er ihre Beklommenheit gespürt.

»Ich nehme an, viele erfolgreiche Fluchtversuche hat es hier noch nicht gegeben«, meinte Paige über die Schulter hinweg. Im gleichen Moment, als ihre Aufmerksamkeit nachließ, glitt sie auf der Kante einer Stufe aus und wäre um ein Haar in die Tiefe gestürzt. In letzter Sekunde packte Luka sie am Arm und hielt sie fest.

»Nicht einen«, erwiderte er mit einem schwachen Lächeln.

Paige dankte ihm mit einem knappen Nicken und setzte ihren Abstieg fort.

Schließlich erreichten sie ein staubiges und völlig verdrecktes Kellergewölbe am Ende der Treppe. Paige hatte erwartet, hier unten eine abgesperrte Zelle neben der anderen vorzufinden, doch stattdessen sah sie sich nun mit einem riesengroßen Kerkerraum konfrontiert, an dessen Wände mehrere Gefangene gekettet waren. Es war ein Burgverlies, wie es dem tiefsten Mittelalter entsprach. Nirgendwo war auch nur das geringste Anzeichen irgendeiner Annehmlichkeit zu sehen, und es stank bestialisch nach Schweiß, menschlichen Ausscheidungen und verfaulendem Essen. Es kostete Paige einige Kraft, sich nicht übergeben zu müssen.

»Was ist Euer Begehr?«, raunzte sie ein hagerer, in einen schwarzen Umhang gekleideter Mann an und kam auf sie zu. Seine blasse Gesichtshaut war so gespannt, dass Paige deutlich die Schädelumrisse erkennen konnte. Es sah eher wie ein mittelalterlicher Scharfrichter denn wie ein Kerkermeister aus.

»Wir wollen zu Corinne«, sagte Paige und ignorierte das

Herzflattern in ihrer Brust, wie sie es so oft in ihrer Branche tun musste.

»Paige!«

Blinzelnd spähte Paige in die finsteren Schatten und konnte weiter hinten flüchtig Corinnes weißes Kleid aufblitzen sehen, das nun allerdings reichlich zerrissen und schmutzig war. Sie wollte an dem verhinderten Scharfrichter vorbei auf die Gefangene zustürzen, doch der packte sie am Arm und wirbelte sie herum. Augenblicklich bekam der Kerkermeister Lukas schraubstockartigen Griff im Nacken zu spüren.

»Vor dir steht Lady Paige, deine zukünftige Prinzessin«, sagte Luka. »Ich würde vorschlagen, du nimmst sofort deine schmutzigen Pfoten von ihr.«

Unverzüglich und mit einem Ausdruck ehrfürchtigen Staunens nahm der Kerkermeister seine Hand von Paiges Arm.

»Bitte verzeiht, gnädiges Fräulein«, stammelte er mit einer raschen Verbeugung. »Ich bitte untertänigst um Vergebung.«

Paige grinste Luka an. Wie es schien, hatte es durchaus seinen Vorteil, diesen Typ in der Nähe zu haben.

»Bist du okay?«, rief Paige, zu Corinne hinübereilend.

»Ja, mir geht es gut«, beruhigte sie Corinne. »Ich bin nur ein wenig die Treppe hinuntergestolpert, das ist alles. Paige … was machst du hier? Ich dachte, du würdest mich nie wiedersehen wollen.«

»Machst du Witze? Es tut mir nur Leid, dass ich die anderen im Wald nicht habe aufhalten können«, erwiderte Paige. »Nicht zu fassen, dass sie tatsächlich glauben, du könntest irgendetwas mit den Loyalisten zu tun haben. Ich hab ihnen gesagt, dass es sich nur um ein Missverständnis handeln kann –«

»Es ist kein Missverständnis, Paige«, sagte Corinne ruhig.

Paige blieb fast das Herz stehen. »Was?«

»Es stimmt alles«, sagte Corinne. Eine einzelne Träne lief ihr die Wange hinab. »All diese Vorwürfe sind berechtigt.«

Paiges Verstand versuchte das, was sie soeben gehört hatte,

zu begreifen, doch vergeblich. Das alles ergab einfach keinen Sinn. Paige wusste, dass Corinne Colin über alles liebte. Sie hatte die beiden zusammen erlebt. Es war unmöglich, dass jemand solche Gefühle vortäuschte.

»Ich verstehe nicht«, meinte Paige.

»Die Loyalisten ... sie haben mich erpresst und mich gezwungen, Colin schöne Augen zu machen«, sagte Corinne, ließ ihren Kopf nach hinten gegen das schroffe Gemäuer kippen und begann bitterlich zu weinen. »*Sie* waren es, die mir die Anstellung im Schloss verschafft haben«, fuhr sie mit tränenerstickter Stimme fort. »Sie sagten mir, dass ich Colin den Kopf verdrehen soll, um ihn davon abzuhalten, sich mit einer Frau reinen magischen Blutes zu vermählen.«

»Aber das ergibt doch alles überhaupt keinen Sinn«, sagte Paige. »Wenn sich der Fluch erfüllt, wärest du doch eine von denen, die ihm zum Opfer fallen würden.«

»Nein. Sie können mich schützen«, erwiderte Corinne. »Mich und meinen Vater. Sie haben versprochen, dafür zu sorgen, dass uns der Fluch nichts anhaben kann.«

»Also war das Ganze so eine Art faules Geschäft«, meinte Paige. »Du lieferst alle ans Messer und kommst im Gegenzug selbst mit heiler Haut davon.«

»Ich wollte es nicht tun, aber sie haben damit gedroht, meine ganze Familie zu töten. Meine Eltern, meine Großmutter, meine Cousins und Tanten und Onkel. Ausnahmslos alle«, verteidigte sich Corinne. »Ich wusste einfach nicht, was ich machen sollte. Sie bedeuten mir alle so viel. Ich würde alles tun, um sie zu beschützen. Aber ich hatte nie damit gerechnet ... ich hatte nie damit gerechnet, dass Colin und ich uns tatsächlich ineinander verlieben würden. Und ich liebe ihn wirklich, Paige. Ich liebe ihn mehr als alles andere auf der Welt.«

Paige starrte Corinne an. Einem Teil von ihr war klar, dass sie diese Frau eigentlich hassen müsste für das, was sie getan hatte, doch stattdessen empfand sie nur Mitleid mit ihr. Ganz offensichtlich riss es sie selbst innerlich entzwei. Paige wusste, wie es war, zwischen moralischer Verpflichtung und den eigenen Sehnsüchten zu stehen. Sie konnte sich den Druck, unter dem Corinne während ihres Zusammenseins mit Colin gestanden haben musste, nur allzu gut vorstellen.

»Ich habe niemals gewollt, dass es so weit kommt«, schluchzte Corinne. »Alles ist einfach völlig außer Kontrolle geraten. Und jetzt … jetzt kann ich gar nichts mehr tun. Von diesem Kerker aus kann ich niemandem mehr helfen.«

Paige dachte einen Moment lang daran, Corinne einfach an die Hand zu nehmen und aus diesem Rattenloch hinauszuorben, doch dann verwarf sie diese Idee; das Mädchen wäre in diesem Fall zwar wieder auf freiem Fuße gewesen, hätte aber immer noch nicht gewusst, wohin. Die königliche Garde würde sie bald wieder aufgespürt haben. Hinzu kam, dass Paige, wenn sie Corinne zur Flucht verhelfen würde, selbst unter Verdacht geriet. Niemals zuvor hatte sich Paige derartig hilflos gefühlt.

»Da ist noch etwas anderes«, sagte Corinne, die Stimme zu einem Flüstern gesenkt. »Ich wollte dir heute Morgen im Wald etwas sagen –«

»Ach ja, richtig. Du warst gerade dabei, mir etwas zu erzählen, bevor die Gardesoldaten wie die Geier über uns hergefallen sind«, erinnerte sich Paige.

Corinne nickte. »Du musst sehr auf der Hut sein, Paige. Gestern Abend erreichte mich eine Nachricht von Sinjin, dem Anführer der Loyalisten. Er erteilte mir den Auftrag, dich zu töten.«

Paiges Magen verkrampfte sich jäh. Die ganze Zeit über hatte sie an diesem Morgen im Wald ein ungutes Gefühl gehabt, und nun wusste sie auch, warum. Sie hatte gespürt, dass von Corinne eine Gefahr für sie ausging. Zu dieser Zeit hatte sie es nur noch nicht wahrhaben wollen.

»Sie werden bald schon von meiner Gefangennahme erfahren, wenn sie es nicht ohnehin schon wissen«, sagte Corinne, die heiser und immer verzweifelter klang. »Paige, ich bin sicher, dass sie jemand anders schicken werden, um dich aus dem Weg zu räumen. Sie sind wild entschlossen, dafür zu sorgen, dass der Fluch Wirklichkeit wird.«

Instinktiv wich Paige einige Schritte von Corinne zurück. Sie blieb mit dem Absatz in einer Fuge zwischen zwei Steinen stecken und taumelte nach hinten. Augenblicklich war Luka zur Stelle, um sie aufzufangen.

»Vertraue niemandem«, fuhr Corinne mit schriller Stimme fort. »Glaub mir, diese Leute werden alles tun, damit der Fluch sich erfüllt. Bitte, Paige. Bitte. Sei vorsichtig. Unser aller Leben hängt von dir ab.«

9

»Das kann nicht sein«, rief Colin aus. »Das kann einfach nicht sein.«

Paige saß auf der Kante des Diwans in ihrem Gemach und schaute voller Mitgefühl zu ihm auf. In der vergangenen halben Stunde hatte Colin nichts anderes getan, als aufgebracht im Zimmer hin und her zu laufen und immer nur diesen einen Satz zu wiederholen. Nur dann und wann blieb er stehen, als sei ihm gerade etwas eingefallen, und schlug die Hände vor das Gesicht. Paige wusste, dass er sich in diesem Moment so fühlte, als würde ihm ganz langsam das Herz aus der Brust gerissen. Dass sein Schmerz mindestens ebenso groß war wie der, den er empfunden hätte, wenn Corinne tot aufgefunden worden wäre. Vielleicht größer noch. Er war von demjenigen Menschen verraten und hintergangen worden, den er am meisten auf dieser Welt liebte. Auf eine Art war dies sogar noch schlimmer als ein plötzlicher Tod.

»Colin, ich weiß, dass alle Umstände gegen sie sprechen, aber glaub mir, ich bin fest davon überzeugt, dass Corinne dich aufrichtig liebt«, sagte Paige bestimmt. »Aus welchen Gründen auch immer sie ursprünglich ins Schloss gekommen ist – als sie erst einmal hier war, hat sie sich unsterblich in dich verliebt.«

Colin verschränkte die Arme vor der Brust und schnaufte verächtlich, doch Paige konnte an seinen Augen ablesen, dass er ihren Worten nur allzu gern Glauben geschenkt hätte. Er brauchte etwas, woran er sich festhalten konnte.

»Wie konnte sie uns das nur antun? Uns allen?«, stieß Colin hervor. »Warum hat sie uns nicht einfach gesagt, dass die Loyalisten sie hergeschickt haben? Wusste sie denn nicht, dass wir alles getan hätten, um sie zu schützen?«

»Nun ja, anfangs kannte sie dich noch nicht so gut«, erwiderte Paige. »Sie konnte nicht einschätzen, wie du reagieren würdest.«

»Und als sie mich dann besser kannte?«, meinte Colin und setzte sich neben Paige. Er stützte seine Arme auf die Knie und faltete die Hände. »Warum hat sie es mir dann nicht gesagt?

»Ich nehme an, weil sie dich nicht verlieren wollte«, erwiderte Paige und legte sacht ihren Arm um Colins Schulter. »Immerhin hatte sie dich hintergangen. Sie hat bestimmt fürchterliche Angst gehabt, dass du ihr nie wieder vertraust.«

»Und das aus gutem Grund«, murmelte Colin.

Er presste die Lippen aufeinander, ließ die Schultern hängen und schaute zu Boden. Noch nie hatte Paige ihn so verletzlich gesehen. Vom ersten Augenblick ihrer Bekanntschaft an war Colin stets ein Ausbund an Selbstvertrauen, Zuversicht und Tatkraft gewesen. Nun hockte er da wie ein verlorener kleiner Junge.

»Das Einzige, was sie jetzt möchte, ist, uns helfen«, sagte Paige. »Und ich glaube ihr das. Vielleicht solltest du für ihre Freilassung sorgen. Ihr zeigen, dass du ihr vergibst. Und dann können wir uns alle gemeinsam unser weiteres Vorgehen überlegen.«

»Ich kann nicht«, erwiderte Colin. »Ich kann mir im Augenblick nicht einmal vorstellen, sie zu sehen.«

»Sie hat einen Fehler gemacht, Colin, aber sie ist immer noch die Frau, die du liebst«, drang Paige weiter in ihn. »Sie wollte, dass du mich heiratest und das Königreich rettest. Sie war bereit, ihre ganze Zukunft dafür zu opfern, dass du der strahlende Held sein kannst und dein Volk in Frieden weiterlebt.«

Colin stützte den Kopf in beide Hände und starrte stur geradeaus. »Ich weiß nicht.«

»Geh wenigstens zu ihr. Rede mit ihr«, sagte Paige. »Gib ihr eine Chance, dir alles zu erklären.«

Endlich schaute der Prinz ihr wieder in die Augen, und Paige sah ihm an, dass er ernsthaft über ihre Worte nachzudenken begann. Er wollte nichts lieber, als zu glauben, dass Corinne immer noch die Frau war, die er kannte, und dass sich alles letzten Endes wieder zum Guten wenden würde. Er setzte an, etwas zu sagen, doch kaum hatte er zwei Worte gesprochen, da schwang die Tür auf, und vom Gang her ertönte Lukas dröhnender Bass.

»Ihre Majestät! Die Königin!«

Paige und Colin sprangen gleichzeitig auf, als die Königin auch schon ins Zimmer gerauscht kam, die Schleppe ihres smaragdgrünen Kleides hinter sich herwirbelnd. Ihr Haar war straff nach hinten zu einem festen Knoten geflochten und ihr Gesicht weiß gepudert. Insgesamt sah sie eher wie der Geist eines königlichen Familienmitgliedes aus, das aus dem Jenseits zurückgekehrt war, um im Schloss herumzuspuken.

Paige beugte rasch ihr Knie zu einem Hofknicks, und die Königin bedeutete ihr mit einem Nicken, sich wieder zu erheben.

»Lady Paige, ich bin gekommen, um mich für den Vorfall an diesem Morgen zu entschuldigen«, sagte die Königin mit schneidender Stimme. »Seid versichert, dass diese Corinne auf das Allerstrengste bestraft wird.«

»Das wird nicht notwendig sein, Eure Majestät«, entgegnete Paige.

»Es freut mich zu hören, dass Ihr eine Frau von Barmherzigkeit seid, aber vielleicht sollten wir solche Dinge lieber denen überlassen, die etwas davon verstehen«, erwiderte die Königin und blickte an ihrer langen Nase vorbei auf Paige. »Wir können Rebellion und Meuchelmord in unserem Land nicht dulden, und ich bin überzeugt davon, Ihr werdet das verstehen. Doch wie dem auch sei, ich möchte sichergehen, dass Euch bis zu Eurer Hochzeit nichts zustoßen kann, und daher haben der König und ich beschlossen, die Anzahl der Wachen vor Euren Gemächern fortan zu verdreifachen.«

»Mutter, haltet Ihr das wirklich für nötig?«, sagte Colin.

»Colin, diese Frau ist nicht nur deine zukünftige Braut, sondern auch die einzige Rettung Tarsinas«, gab die Königin in scharfem Ton zurück. »Um deine Frage zu beantworten – ja, ich halte es für nötig.«

»Vielleicht sollte ich einmal mit Corinne reden«, schlug Colin seiner Mutter vor. »Möglicherweise kann sie uns etwas mehr erzählen. Uns irgendwelche Hinweise geben, worauf wir uns bis morgen noch einstellen müssen.«

Das Gesicht der Königin verfinsterte sich zunehmend, während Colin sprach, und mit einer herrischen Handbewegung gebot sie ihm zu schweigen. »Ich glaube nicht, dass das klug wäre«, sagte sie. »Ich wünsche nicht, dass du dieses Mädchen noch einmal wiedersiehst, Colin, auch nicht im Kerker. Zumindest so lange nicht, bis du verheiratet bist. Sie mag vielleicht nur eine Sterbliche sein, aber ganz offensichtlich hat sie mächtige Freunde in magischen Kreisen. Üble, schlechte magische Kreise. Wer weiß, wozu diese Leute noch fähig sind?«

»Aber, Eure Majestät«, warf Paige ein, »sie ist die Einzige, die möglicherweise über Informationen verfügt, die uns dabei helfen könnten, die Loyalisten aufzuhalten.«

»Sie ist außerdem die Einzige, der es gelungen ist, bis in den Palast vorzudringen, das Herz des Prinzen zu stehlen und einen Anschlag auf Euer Leben zu verüben, meine Liebe«, entgegnete die Königin. »Warum sollten wir ihr Gelegenheit geben, mit meinem völlig vernarrten Sohn zu reden und sich einen Weg aus dem Kerker heraus zu erschwatzen? Nein. Ich sage, wir warten ab.«

Paige hätte gern noch darauf hingewiesen, dass Corinne nicht den geringsten Versuch unternommen hatte, ihr irgendetwas zu Leide zu tun, und dass darüber hinaus alles, was man in ihren Satteltaschen gefunden hatte, ein paar Karotten für das Pferd und etwa ein halbes Dutzend Schnupftücher gewesen waren – beides Dinge, die nicht ganz dem entsprachen, was man landläufig unter Mordwerkzeugen verstand. Wenn Corinne überhaupt nach irgendetwas gegriffen hatte, als die Gardesoldaten im Wald über sie hergefallen waren, dann nach einem Taschentuch, um ihre Tränen zu trocknen. Doch Paige wusste, dass es unsinnig war, mit einer Frau wie der Königin diskutieren zu wollen. Ihre Majestät hatte ihre Entscheidung getroffen. Paige konnte nur darauf hoffen, dass es ihr irgendwie gelang, sie zu umgehen.

»Nun gut, Mutter. Wenn du meinst, dass es für uns alle das Beste ist«, gab Colin schließlich niedergeschlagen nach.

»Ich bin froh, dass du meiner Meinung bist«, entgegnete sie mit einem knappen Lächeln. Dann wandte sie sich abermals an Paige. »Ihr geht nicht aus diesem Zimmer, ohne dass Euch Luka und mindestens drei seiner Männer begleiten, habt Ihr gehört?«

»Gewiss«, sagte Paige ihr frech ins Gesicht, während sie gleichzeitig dachte: Ich kann ja hinaus*orben*, wenn ich will.

»Gut. Ich sehe euch beide beim Abendessen«, erwiderte die Königin. Dann drehte sie sich auf dem Absatz um und rauschte wieder hinaus.

»Tut mir Leid wegen dieser ganzen Sache«, sagte Colin und wandte sich wieder Paige zu. »Ich weiß, es ist nicht ganz das, was du erwartest hast, aber es ist ja nur bis morgen Nachmittag. Dann sind wir verheiratet, und dieser ganze Albtraum ist vorbei.«

Paige schluckte schwer und ließ die Worte »Dann sind wir verheiratet« ganz langsam sacken. Eingekesselt von einem potenziellen Meuchelmörder, der sich draußen vor dem Schloss herumtrieb, und ihrer halsstarrigen Schwiegermutter in spe, fragte sie sich allmählich, wie ihr Eheleben erst aussehen würde.

»Ja, genau, jedenfalls so lange, bis es einen neuen Thronerben gibt und die ganze Geschichte in knapp fünfundzwanzig Jahren von neuem losgeht«, murmelte sie.

Colin lächelte traurig. »Es ist ein schweres Kreuz, doch es ist meine Pflicht«, sagte er. »Eines Tages wirst du es verstehen.«

Paige war davon nicht wirklich überzeugt, doch sie zog es vor zu schweigen. Sie war es leid, über irgendwelche Flüche und Verschwörungen und Pflichten zu debattieren. Sie wollte einfach nur noch, dass die Dinge so verliefen, wie sie vorgesehen waren. Unglücklicherweise sah es jedoch nicht danach aus, als sollte dies in allernächster Zukunft geschehen.

»Ich muss jetzt leider gehen«, sagte Colin. »Ich habe meinem Vater versprochen, an seinem Treffen mit den Offizieren der Schlossgarde teilzunehmen. Wir wollen die Sicherheitsmaßnahmen durchsprechen, die für die Hochzeit getroffen werden müssen.«

»Ist gut«, meinte Paige. Mit einem Mal fühlte sie sich völlig erschöpft. »Ich würde sowieso ganz gern ein kleines Nickerchen machen.«

»Ich seh dich dann später«, sagte Colin. Er beugte sich vor und gab ihr einen sanften Kuss auf die Wange. »Und Paige, ich habe es überhaupt noch nicht gesagt – danke!«

Paige lächelte matt und nickte. Kaum war Colin aus dem Zimmer, schlossen sich die mächtigen Türen hinter ihm, und Paige konnte hören, wie auf der anderen Seite der schwere Riegel vorgeschoben wurde. Vollkommen geschafft schleppte sie sich zu ihrem weichen Himmelbett hinüber, ließ sich kraftlos darauf fallen und starrte an die Decke.

Das Märchen von der Ballprinzessin war endgültig vorüber. Von nun an war Paige nichts als eine weitere Gefangene in diesem Schloss.

»Erklär mir doch bitte noch mal, wieso das eine gute Idee sein soll«, sagte Leo zu Phoebe, während sie sich durch die vielen Menschen, die auf den Straßen unterwegs waren, hindurchschlängelten und auf den *St. John's Pub* zusteuerten. »Wir gehen zu diesem Verbrecher, weil …?«

»Weil wir wollen, dass er uns vertraut und uns darum in seine Pläne einweiht«, gab ihm Phoebe bereitwillig, doch im Flüsterton Auskunft. Nervös schaute sie sich um, da sie sicherstellen wollte, dass ihnen niemand folgte oder ihr Gespräch belauschen konnte. »Wahrscheinlich ist ihm bereits zu Ohren gekommen, dass Corinne verhaftet worden ist. Wir sind von ihm ins Schloss geschickt worden, um uns davon zu überzeugen, dass alles so läuft wie geplant. Wenn wir ihm nicht umgehend von Corinnes Gefangennahme berichten, wird er sofort wissen, dass irgendetwas nicht stimmt.«

»Aha«, sagte Leo. »Dann ist das Ganze also so eine Art Präventivmaßnahme.«

»Genau, du hast es erfasst«, erwiderte Phoebe und betrat den Pub. »Hoffen wir, dass es funktioniert.«

»Sinjin erwartet euch bereits«, empfing die Barfrau sie, als Phoebe und Leo an die Theke traten. »Ich bring euch am besten sofort zu ihm.«

Phoebe und Leo schauten sich verstohlen an, während sie der Frau durch einen schmalen Durchgang hinter der Bar zu einer verschlossenen Tür im hintersten Teil des Gebäudes folgten. Sinjin hatte Piper noch niemals gesehen, daher war sie im Schloss geblieben, um Paige Gesellschaft zu leisten, doch in diesem Augenblick hätte Phoebe nichts dagegen gehabt, ihre Schwester und deren Feuerkraft als Rückendeckung hinter sich zu wissen. Jetzt, da sie tatsächlich hier war, begann sie, genau wie ihr Schwager, eine gewisse Unruhe zu verspüren. Dieser Sinjin hatte etwas an sich, das ihr eine Gänsehaut verursachte.

Vielleicht liegt's daran, dass er vorhat, tausende von unschuldigen Menschen über den Jordan zu schicken, dachte Phoebe sarkastisch, als sie an vier stämmigen Wachen vorbeikamen, die im Gang postiert waren. *Genau das könnte es sein.*

Vor der Tür blieb die Barfrau stehen und klopfte an.

»Herein!« Sinjins Stimme war von der anderen Seite laut und deutlich zu hören.

Die Barfrau ging einen Schritt zur Seite. Leo öffnete die Tür und betrat den Raum als Erster. Phoebe folgte ihm auf dem Fuße. Sinjin schaute von einer großen Pergamentrolle auf, die auf seinem Schreibtisch ausgebreitet war. Ein Leuchten erhellte seine dunklen Augen, als er die Besucher erkannte. Eilig erhob er sich, kam um den Tisch herum und baute sich vor ihnen auf.

»Ah. Meine Spione«, sagte er und verzog seine dünnen Lippen zu einem hämischen Grinsen. Die Hände in die Hüften gestemmt schaute er sie von oben bis unten an. »Ich hoffe, ihr habt gute Neuigkeiten für mich.«

Leo und Phoebe wechselten einen raschen Blick.

»Ich fürchte, nein«, erwiderte Leo, woraufhin sich Sinjins Gesichtsausdruck sofort bedrohlich verfinsterte.

»Was ist?«, blaffte er. »Ist das Mädchen nun tot oder nicht?«

Phoebe versuchte zu schlucken, doch ihre trockene Kehle ließ es nicht zu. Sie räusperte sich hinter vorgehaltener Hand, als Sinjins Blicke sie trafen.

»Ihr sagt mir auf der Stelle, was passiert ist, bevor ich die Geduld verliere und euch beiden die Gurgel aufschlitze«, säuselte Sinjin in einem so freundschaftlich-entgegenkommenden Ton, als hätte er sie soeben zu sich nach Hause eingeladen, statt mit Mord und Totschlag zu drohen.

»Das Mädchen, das den Auftrag erledigen sollte, wurde geschnappt und verhaftet«, sagte Leo.

»Was?«, platzte Sinjin heraus.

»Sie hockt jetzt im Kerker des Schlosses«, setzte Phoebe hinzu, die inzwischen ihre Haltung zurückgewonnen hatte. »Der König und die Königin persönlich werden darüber befinden, welche Strafe sie erhalten soll.«

»Das ist inakzeptabel«, stieß Sinjin hervor und stapfte wutentbrannt wieder auf die andere Seite des Schreibtischs. Er presste die Fäuste gegen die harte Holzoberfläche und fletschte die Zähne. »Völlig inakzeptabel!«, schrie er.

Mit einem gewaltigen Brüllen wischte er plötzlich mit beiden Armen alles vom Tisch, was sich darauf befand. Lose Blätter flatterten umher, ein Globus zerbarst auf dem Boden in tausend Stücke, Schreibfedern und Tintenfässer donnerten an die gegenüberliegende Wand. Das Getöse, das er veranstaltete, war so laut, dass augenblicklich drei bewaffnete Männer hereingestürzt kamen, die Hände bereits an den Schwertern. Phoebe sprang zurück, bereit zu kämpfen, den Blick unverwandt auf die Waffen gerichtet.

»Herr! Ist alles in Ordnung hier drin?«, fragte einer der Männer, während er Leo und Phoebe argwöhnisch musterte.

»Alles bestens! Raus hier!«, brüllte Sinjin ihn schwer atmend an.

Als die Männer zögerten, hob Sinjin seinen rechten Arm und vollführte eine weit ausholende Bewegung. »Ich sagte: Raus!«

Es folgte eine gewaltige Explosion aus weiß glühender Energie, und die drei hünenhaften Wachposten wurden so jäh zur Tür hinausgeschleudert, als würden sie von unsichtbaren Kräften nach hinten gerissen. Draußen auf dem Gang nahmen sie noch eine Glasvitrine voller silberner Teller und Trinkgefäße mit und krachten dann laut scheppernd gegen die Wand. Phoebe schlug das Herz bis zum Hals. Wie von Geisterhand knallte die Tür wieder zu, und sie und Leo waren abermals mit Sinjin allein. Allein mit einem Psychopathen, der über jede Menge gefährlicher Magie verfügte.

»Ich hätte es wissen sollen«, sagte Sinjin langsam und starrte auf seinen nun leeren Schreibtisch hinunter. »Ich hätte wissen sollen, dass man sich auf eine Sterbliche nicht verlassen kann. Natürlich hat man sie geschnappt. Sie ist nicht mehr als ein dummer, wehleidiger Mensch.«

Phoebe biss sich auf die Zunge, um sich selbst davon abzuhalten, Sinjin gegenüber handgreiflich zu werden. Es gab Grenzen dessen, was man von einem Schwachkopf wie diesem hinnehmen konnte, andererseits war sie nicht erpicht darauf, dasselbe Schicksal wie die Wachposten zu erleiden.

»Wir sollten besser gehen«, meinte Leo.

Phoebe stieß sich von der Wand ab und steuerte die Tür an. Sie hatten absolut nichts Neues erfahren, außer vielleicht, dass Sinjin ein äußerst reizbarer Zeitgenosse war, aber sie konnten ja jederzeit wieder hierher zurückkommen. Mit Sicherheit würde noch an diesem Abend ein Treffen einberufen werden, um die neue Situation zu besprechen und einen entsprechenden Plan auszuhecken. Schließlich war die Hochzeit ja schon für den nächsten Tag angesetzt – Colins Geburtstag. Wenn die Loyalisten noch irgendetwas dagegen unternehmen wollten, mussten sie sich jedenfalls ziemlich beeilen. Im Augenblick allerdings interessierte Phoebe nur eines – nichts wie weg von diesem Sinjin!

»Wartet!«, befahl Sinjin, als Leos Hand sich bereits um den Türknauf geschlossen hatte. »Wartet«, wiederholte er noch einmal, diesmal etwas weniger laut und scharf. Er rieb sich das Kinn und schien über irgendetwas nachzudenken. Phoebe schwante Übles. Was immer jetzt auch kommen würde, es konnte nichts Gutes sein.

»Jetzt liegt es an euch«, sagte Sinjin schließlich und sah ihnen nacheinander in die Augen.

Leo schaute kurz Phoebe an, dann erwiderte er Sinjins Blick. »Was liegt an uns?«, fragte er.

»Diese Hochzeit darf nicht wie geplant vonstatten gehen. Unsere ganze Sache hängt davon ab«, erwiderte Sinjin. »Doch jetzt, nachdem bereits ein Anschlag auf Lady Paiges Leben verübt worden ist, werden sie die Wachen im und um das Schloss herum wahrscheinlich verdoppelt und verdreifacht haben, damit so etwas nicht noch einmal geschieht.«

»Was hat das mit uns zu tun?«, meinte Phoebe.

»Nun, unter normalen Umständen würde ich einen meiner besten Leute schicken, um den Auftrag zu Ende zu bringen, aber dummerweise ist keiner von ihnen in der Lage, weder sich selbst noch sonst irgendjemanden an der königlichen Garde vorbeizuschmuggeln«, fuhr Sinjin fort und geriet immer mehr in Fahrt, je mehr Gestalt der Plan in seinem Kopf annahm. »Aber ihr beide ... ihr könnt kommen und gehen, wie es euch passt, oder habe ich da vielleicht was falsch verstanden?«

Phoebe schnürte es die Kehle zu, und ihr Atem wurde auf einmal kurz und ganz flach.

»Ihr arbeitet doch im Palast, oder?«, fragte Sinjin Leo. »Habt ihr mir das nicht gestern erzählt?«

»Ja, aber –«

»Nein. Kein Aber!«, unterbrach ihn Sinjin und unterband jeden weiteren Einwand mit einer raschen Handbewegung. »Jetzt ist nicht der richtige Zeitpunkt, um zimperlich zu sein, meine Freunde. Ihr seid im Begriff, euch großen Ruhm zu erwerben und zu den Errettern Tarsinas zu werden. Ihr werdet in die Geschichte eingehen als diejenigen, die unser Schicksal verändert haben.«

Phoebe und Leo standen schweigend da, während Sinjin abermals um den Schreibtisch lief und ihnen laut aufstapfend entgegenschritt. Direkt vor ihnen blieb er stehen, hob die Augen und schaute sie mit einem teuflischen Grinsen an.

»Ihr werdet mir den Kopf von Lady Paige bringen«, sagte er. »Oder ihr werdet beide sterben.«

»Okay! Das war's! Wir sind raus!«, rief Piper und stieß sich aufgebracht von dem Fenstersims in Paiges Schlafgemach ab. Sie schnippte mit den Fingern in Richtung Paige, die am Tisch saß und einen dicken Wälzer über die Geschichte Tarsinas vor sich aufgeschlagen hatte. »Los, Kinder. Wir machen den Abflug.«

»Piper, warte«, sagte Leo.

»Nein. Ich warte nicht. Nicht mehr«, entgegnete Piper. »Ich hab die Schnauze voll von dem ganzen Theater hier. Lasst uns verschwinden. Kommt, wir orben nach Hause. Sollen sich diese Leute doch selbst um ihre Probleme kümmern.«

Als Paige keine Anstalten machte, aufzustehen, schnappte sich Piper ihre Hand und zerrte sie vom Stuhl. Strauchelnd kam Paige auf die Beine und entwand ihre Hand mit einer raschen Bewegung dem Griff.

»Piper, wir gehen nirgendwohin«, sagte Paige.

»Paige! Hast du nicht gehört, was die beiden gerade erzählt haben?«, fragte Piper und deutete mit dem Arm auf Phoebe und Leo. »Sinjin will, dass sie dich *umbringen*! Er will, dass sie ihm deinen *Kopf* anschleppen! Aber irgendwie gefällt mir dein Kopf genau da, wo er immer ist. Auf deinem Hals! Und jetzt lasst uns abhauen.«

Paige wich noch ein paar weitere Schritte vor Piper zurück. Piper wünschte, sie wäre diejenige von ihnen, die mit der Fähigkeit zu orben geboren worden wäre. Sie hätte Paige auf der Stelle gepackt und sie ohne viel Federlesens zurück nach Halliwell Manor entführt.

»Bin ich denn die Einzige hier, die noch vernünftig denken kann?«, fragte Piper. Sie warf die Arme in die Höhe und schaute ihre Familie an. »Wenn ihr beide nicht in absehbarer Zeit mit Paiges Kopf in der Tasche wieder im *St. John's Pub* auftaucht, wird dieser Sinjin sofort wissen, dass ihr ihm was vorgeschwindelt habt, und irgendjemanden losschicken, um euch *alle* töten zu lassen. Ich weiß nicht, ob es jemanden von euch interessiert, aber ich persönlich bin der Meinung, dass man wissen sollte, wann es Zeit ist, sich geschlagen zu geben.«

»Piper, ich habe diesem Volk mein Versprechen gegeben«, sagte Paige. »Bist du dir überhaupt klar darüber, was geschieht, wenn ich jetzt einfach verschwinde? Wir reden hier über die totale Ausrottung und Vernichtung.«

»Entschuldige, dass ich das sage, aber im Augenblick ist *deine* Ausrottung und Vernichtung das Einzige, worüber ich mir Sorgen mache«, entgegnete Piper. »Deine und die meines Mannes und die von Phoebe.«

»Hör zu, ich weise dich nur ungern darauf hin, Piper, aber Paige hat Recht«, mischte sich Leo ein. »Wir können nicht einfach so hinnehmen, dass Tarsina von irgendwelchen bösen Mächten übernommen wird, was zweifelsohne geschehen wird, sollten alle Sterblichen im Land diesem Fluch zum Opfer fallen. Das Böse wird einen großen Sieg erringen und langsam, aber sicher alles und jeden in diesem Königreich vergiften. Die *Ältesten* denken –«

»Als ob mich interessiert, was die *Ältesten* wohl gerade denken«, würgte Piper ihren Mann ab. Entnervt schlug sie die Hände über dem Kopf zusammen und ließ sich auf die Bettkante sinken. Sie fühlte sich hilfloser und niedergeschlagener als jemals zuvor. Warum hatte sich Colin nicht einfach in irgendein magiekundiges Mädchen aus Tarsina verlieben können? Hatten er und seine Eltern nicht ihr ganzes Leben lang von diesem Fluch gewusst? Was war aus der guten alten arrangierten Hochzeit geworden?

»Piper, Leo hat Recht«, sagte Phoebe mit sanfter Stimme und setzte sich neben sie auf das Bett. »Wenn dieser Ort dem Verderben anheim fällt, wird das Gleichgewicht zwischen Gut und Böse ernsthaft gestört. Und wir alle wissen, dass wir das auf keinen Fall zulassen dürfen.«

»Wie lautet also der Plan?«, fragte Piper und ließ seufzend ihre Hände sinken. »Was sollen wir tun? Dem Kerl einen Kopf aus Pappmaschee bringen?«

Leo grinste. »Piper –«

»Nein, im Ernst, Leo«, unterbrach ihn Piper und erhob sich wieder von der Bettkante. »Wenn wir die Sache hier durchstehen wollen, sollten wir uns besser so bald wie möglich irgendeinen gottverdammten Plan überlegen, wie wir Sinjin von unserer Spur abbringen können. Falls wir das nicht tun, werde ich nämlich, beim derzeitigen Stand der Dinge, allein in Richtung Heimat aufbrechen.«

Alle im Zimmer holten tief Luft. Jedem von ihnen war klar, dass Piper Recht hatte. Diese Loyalisten würden nicht eher ruhen, bis Paige gestorben war, auf die eine oder andere Weise.

»Wir müssen uns etwas einfallen lassen, um ihn auszutricksen«, sagte Piper. »Und zwar jetzt gleich.«

10

Am darauf folgenden Morgen waren die Straßen Tarsinas von aufgeregter Betriebsamkeit erfüllt.

Ein jeder wusste, dass heute der Hochzeitstag des Prinzen war. Ein jeder wusste, dass sie nun alle bald gerettet sein würden. Als Phoebe, Piper und Leo die Hauptstraße hinunterschritten, waren aus allen Richtungen spontaner Jubel und Hurrarufe zu hören. Verlockende Düfte wehten aus fast allen Fenstern zu ihnen herüber, hinter denen die Vorbereitungen für das große Fest getroffen wurden, das am Abend im ganzen Land gefeiert werden sollte. Glockengeläut drang in den klaren Himmel über der Stadt, und Kinder hüpften ausgelassen in den Straßen umher, in ihre feinsten Sonntagssachen gekleidet. Es war eine einzige riesige Party.

Phoebe betrachtete all das bunte Treiben mit bekümmertem Herzen. Diese Menschen setzten so viel Vertrauen in Colin und Paige. Sie verschwendeten nicht einen einzigen Gedanken daran, was passieren würde, wenn die Hochzeit aus irgendeinem Grunde nicht stattfinden würde. Sie schaute auf den kleinen Beutel hinunter, den sie in ihren Händen trug, und versuchte, ruhig durchzuatmen. Zu großen Teilen hing das Schicksal dieses Volkes nun von ihr und Leo ab und davon, ob sie den Plan, den sie Sinjin betreffend ausgeheckt hatten, erfolgreich in die Tat umsetzen konnten.

Dummerweise war es kein narrensicherer Plan.

»Sie sehen alle so glücklich aus«, sagte Piper. Sie schaute zu einer Gruppe von Leuten hinüber, die angeregt plaudernd und lachend in einem Straßencafé vor ihrem Frühstück saßen.

»Machen sie sich überhaupt keine Sorgen?«

»Vielleicht versuchen sie einfach nur, ausschließlich an die positiven Aspekte dieses Tages zu denken«, meinte Leo.

»Ja, und ich wünschte, ich könnte das auch«, erwiderte Phoebe, als sie in die kleine Seitenstraße einbogen. Ein paar Häuserblocks weiter war bereits der *St. John's Pub* zu sehen, das Kneipenschild schaukelte über dem Eingang leutselig im Wind. »Denkt ihr ernsthaft, dass diese Sache hier funktioniert?«, fragte sie, während sie ihren Beutel in die Höhe hielt.

»Na ja, es ist das Einzige, was wir haben«, entgegnete Piper in einem Ton, der nicht eben dazu angetan war, Phoebes Hoffnungen auf gutes Gelingen zu steigern. »Also noch einmal: Versucht einfach, so schnell rein- und wieder hinauszukommen, wie ihr könnt. Ich stehe draußen vor dem Fenster seiner Schreibstube, falls es Schwierigkeiten geben sollte.«

»Alles klar«, sagte Phoebe, als sie vor der Kneipe angekommen waren.

»Und seid bitte vorsichtig«, setzte Piper hinzu.

Dann drehte sie sich um und verschwand in dem engen Gässchen, durch das man zum Hinterhof des Hauses gelangte. Phoebe schaute Leo an und seufzte.

»Bringen wir's hinter uns«, sagte sie.

Die Barfrau schien sie bereits erwartet zu haben und schickte sie ohne Umschweife direkt weiter in Sinjins Zimmer. Phoebes Herz klopfte so heftig, dass sie sich zwingen musste, nicht die Hände gegen ihren Brustkorb zu pressen. Zum ersten Mal standen keine Wachposten vor Sinjins Tür. Phoebe war sich nicht sicher, ob dies ein gutes oder ein schlechtes Zeichen war. Leo zuckte die Schultern und klopfte an.

»Herein!«, rief Sinjin laut.

»Wird schon schief gehen«, flüsterte Phoebe. Dann traten sie gemeinsam ein.

Im gleichen Moment, in dem sie durch die Tür gingen, verstand Phoebe auch, warum keine Wachposten im Gang zu sehen gewesen waren. Sämtliche Topleute des Bandenführers waren in seiner Schreibstube versammelt. Zwei von ihnen standen mit dem Chef höchstselbst in einer Ecke des Raumes und schienen eine hitzige Debatte zu führen. Weitere vier Männer wanderten im Zimmer umher, redeten leise miteinander und sahen alles in allem ziemlich selbstbewusst aus. Wer vermochte zu sagen, über welche Kräfte diese Burschen verfügten? Wenn sie hier drin einen Fehler machten, waren sie so gut wie gegrillt.

»Ah! Unsere Ehrengäste«, rief Sinjin aus, reckte das Kinn und entfernte sich ein paar Schritte von seinen Kumpanen.

Phoebe spürte einen leichten Anflug von Hoffnung, als Sinjin an seinen Arbeitstisch trat. Direkt hinter ihm befand sich das einzige, wenn auch völlig vor Schmutz starrende Fenster der Stube, und hinter diesem stand wiederum irgendwo Piper, bereit, im Bedarfsfall ihre gewaltige Feuerkraft zum Einsatz zu bringen.

Sinjin musterte Phoebe und Leo scharf, und während er dies tat, verschwand das Lächeln von seinem Gesicht, und seine Augen verengten sich zu winzigen schmalen Schlitzen. Schließlich fiel sein Blick auf den Sackleinenbeutel in Phoebes Hand.

»Der scheint mir etwas zu klein für den Kopf einer Lady zu sein«, sagte er, was unter seinen Leuten höhnisches Gelächter hervorrief.

Phoebe konnte buchstäblich spüren, wie sie sich ihr von hinten bedrohlich näherten. Die Luft in der Schreibstube wurde drückender, und der ganze Raum erschien ihr plötzlich viel enger – als ob die Wände sich auf sie zubewegt hätten. Phoebe stellten sich sämtliche Nackenhaare auf.

»Also, wo ist er?«, fragte Sinjin. »Wo ist der Kopf, den ihr mir bringen solltet? Uns bleibt nicht mehr viel Zeit.«

Phoebe räusperte sich. »Nun ja, du weißt ja, wie das mit den magiekundigen Wesen ist«, sagte sie und versuchte, sich lässig zu geben. »Wir haben sie erledigt, aber bevor wir dazu kamen, ihr den Kopf abzuschneiden, hat sie sich in einem weißen Wirbel in Luft aufgelöst.«

»Ja, genauso war's«, setzte Leo hinzu. »Sie war einfach mir nichts, dir nichts verschwunden.«

Sinjin nickte langsam, als ob er über die Sache nachdenken würde. Abermals richtete er seinen Blick auf den Beutel. »Und welchen Beweis habt ihr mir dafür mitgebracht, dass sie tatsächlich tot ist?«

Phoebe schaute Leo an, und der *Wächter des Lichts* nickte kaum merklich. Mit zitternden Fingern öffnete Phoebe ihren Beutel und zog die Rune der Königin daraus hervor. Sie hielt sie in die Höhe, und hinter ihr schnappten einige der Männer hörbar nach Luft. Ihre Reaktion gab Phoebe Auftrieb. Sie hatten darauf spekuliert, dass jedem Tarsinier die Bedeutung dieses Kolliers bekannt war – dass die amtierende Königin es stets an die erwählte Braut des Prinzen weitergab und niemand, der noch im Besitz seiner vollen geistigen Kräfte war, auch nur den Versuch unternehmen würde, es ihr zu stehlen.

»Schau es dir an«, sagte Phoebe und breitete das Kollier auf Sinjins Schreibtisch aus. »Lady Paige hätte sich wohl kaum von der heiligen Rune getrennt, wenn sie noch am Leben wäre.«

Ehrfurchtsvoll streckte Sinjin die Hand aus und berührte den großen Stein sacht mit den Fingerspitzen. Dann nahm er das Kollier auf, schlang die Kette um die eine Hand und umfasste mit der anderen die Rune. Einen Moment lang schloss er die Augen, als würde er beten. Phoebe hielt den Atem an.

Lass uns einfach gehen, dachte sie. Nimm dieses Ding als Beweis und lass uns gehen!

Schließlich öffnete Sinjin wieder die Augen und schaute Phoebe geradewegs an. Nur mühsam gelang es ihr, ein erschrecktes Aufkeuchen zu unterdrücken. Dies war definitiv nicht der Gesichtsausdruck eines Mannes, der höchst erfreut und zufrieden gestellt war.

»Ihr beiden seid solche Narren«, presste er hervor. »Habt ihr etwa ernsthaft geglaubt, ihr könntet hier einfach hereinspazieren und euch als treue Loyalisten ausgeben, ohne auch nur die geringste Ahnung von Tarsina zu haben?«

Phoebe schluckte. Das klang gar nicht gut. Das klang, um ehrlich zu sein, äußerst, äußerst übel.

»Wer seid ihr?«, herrschte Sinjin sie an. »Und von woher kommt ihr?«

»Ich verstehe nicht ganz«, entgegnete Phoebe und versuchte, die Ruhe zu bewahren.

»Ganz offensichtlich nicht«, erwiderte Sinjin. »Lass es mich dir erklären. Jedermann in Tarsina weiß, dass die Rune der Königin von niemandem als der Trägerin selbst von ihrem Hals genommen werden kann. Und ebenso weiß jeder in diesem Land, dass in demselben Moment, in dem Lady Paige sterben würde, dieses Kollier wieder automatisch an den Hals derjenigen Person zurückkehren würde, die es zuletzt getragen hat. Demnach müsste sich diese Rune also, wenn eure Geschichte vom Tod der künftigen Prinzessin der Wahrheit entspräche, jetzt und in diesem Moment am Hals meiner Schwester, der Königin, befinden. Es wäre genau dort, wo es rechtmäßigerweise hingehört!«

Oh Gott. So ein blöder, blöder Mist, dachte Phoebe und trat instinktiv einen Schritt zurück. Moment mal … seine *was*?

»Deine Schwester?«, keuchte sie.

»Richtig, meine Schwester. Königin Ramona von Tarsina. Ihre Majestät, in deren Namen wir kämpfen. Meine Schwester, die sich vor allen anderen Dingen nur eines wünscht, nämlich dass der Fluch unserer Ahnherrin sich endlich erfüllt. Auf dass unser Königreich wieder seine Reinheit erlange!«, verkündete Sinjin theatralisch. In seinen Augen glühte ein loderndes Feuer, während er die Rune fest mit den Händen umklammerte.

Phoebe mochte nicht glauben, was sie da hörte. Colins Mutter steckte hinter der ganzen Sache? Die Frau, die für eine Verdreifachung der Wachen vor Paiges Tür gesorgt hatte? Die

Frau, die so wild entschlossen schien, um jeden Preis die Hochzeit ihres Sohnes mit einer magiebegabten Frau sicherzustellen? Wie konnte das sein? Wie konnte sie ihrem eigenen Volk so etwas antun?

»Meine Schwester«, fuhr Sinjin fort, »in deren Namen wir euch nun hinrichten werden.«

Wie ein einziger Mann kamen die Wachposten unaufhaltsam auf Phoebe und Leo zu.

»Piper!«, brüllte Leo aus Leibeskräften.

Leo packte Phoebe und schirmte sie ab, als hinter Sinjin auch schon, zusammen mit einem Teil der Hauswand, das Fenster zerbarst und der Bruder der Königin gegen seinen Schreibtisch geschmettert wurde. Einige der Wachen sanken bewusstlos zu Boden, während der Rest von ihnen so perplex war, dass Leo und Phoebe gerade genug Zeit fanden, um durch das große Loch in der Wand zu klettern und sich in den Hinterhof zu flüchten.

»Was ist passiert?«, rief Piper.

»Das erzähl ich dir später. Falls wir noch so lange leben«, gab Phoebe kurzatmig zurück.

In der nächsten Sekunde hatte Leo bereits ihre und Pipers Hand ergriffen und sie aus dem Kampfgetümmel georbt.

Paige starrte in das Gesicht, das ihr aus dem goldgerahmten Spiegel über ihrem Frisiertisch entgegenblickte. Eines der zahlreichen Dienstmädchen, das hierher beordert worden war, um ihr jeden Wunsch zu erfüllen, bürstete ihr langsam und bedächtig das Haar. Paiges Kopf war voll von einer Million und einer Sorge, so voll, dass sie ihn kaum noch aufrecht halten konnte. Gleichzeitig verspürte sie eine Mischung aus Aufregung und Angst, wie sie sie noch nie zuvor in ihrem Leben erlebt hatte, die ihren Puls in beängstigender Weise in die Höhe trieb. Heute war ihr Hochzeitstag, doch ein Teil von ihr sehnte sich überallhin, nur nicht hierher.

»Marissa, könntet ihr mich mal für ein paar Minuten allein lassen?«, fragte Paige.

»Aber gewiss, gnädiges Fräulein«, entgegnete Marissa, trat einen Schritt zurück und vollführte einen kleinen Knicks.

Sie ließ die Bürste in ihrer Schürzentasche verschwinden und schnippte mit den Fingern in Richtung der anderen Mädchen, die allesamt entweder emsig an dem Brautkleid herumwerkelten oder mit Paiges Schleier und Hochzeitsschuhen beschäftigt waren. Sie scharten sich zu einem kleinen Trupp zusammen und drängelten sich, ohne Unterlass kichernd und plappernd, zur Zimmertür hinaus.

Paige schaute auf die Uhr, die an der Wand hing, und fragte sich, wie lange das Treffen mit Sinjin wohl noch dauern mochte. Je länger Piper, Phoebe und Leo auf sich warten ließen, umso nervöser wurde sie. Eine rasche Rückkehr würde fraglos bedeuten, dass Sinjin auf ihren Trick hereingefallen war. Doch mit jeder weiteren Minute, die verstrich, wuchs die Wahrscheinlichkeit, dass man Phoebe, Piper und Leo auf die Schliche gekommen war und sie außer Gefecht gesetzt hatte.

Vielleicht sind sie sogar ... tot, fuhr es Paige durch den Kopf, so sehr sie auch versucht hatte, diesen Gedanken zurückzudrängen, während sie in ihre eigenen Augen starrte. Nein, nein, völlig unmöglich. Wenn sie tot wären, würde sie es wissen. Sie würde es spüren. Da war sie sich ganz sicher.

Paige atmete tief ein und nahm das breite Tuch von den Schultern, das sie umgelegt hatte, damit keines der Dienstmädchen merkte, dass das Kollier der Königin nicht mehr da war. Auch wenn sie es erst wenige Tage getragen hatte, so war ihr doch das fehlende Gewicht der Goldkette um ihren Hals auf schmerzliche Weise bewusst. Paige hatte nicht die geringste Ahnung, wie sie den Gang zum Traualtar ohne das Kollier bewerkstelligen sollte. Die Königin würde einen Anfall bekommen, wenn sie sah, dass ihr kostbares Familienerbstück verschwunden war. Aber vielleicht fanden Phoebe und Leo ja eine Möglichkeit, es wieder mit zurückzubringen.

Erneut wanderte ihr Blick zu der Wanduhr hinüber. Erst zwei Minuten waren vergangen, seit sie das letzte Mal hingesehen hatte. Zwei endlos lange Minuten.

»Nun macht schon, Leute. Wo bleibt ihr denn?«, flüsterte Paige.

Da flog plötzlich die Tür hinter Paige auf, und mit einem erleichterten Grinsen auf den Lippen wirbelte sie herum. Doch es waren nicht Phoebe, Piper und Leo, die ihr Zimmer betraten – es war die Königin. Das war ungewöhnlich. Normalerweise wurden ihre Besucher stets von Luka angekündigt, sogar die Königin höchstselbst. Doch Paige hatte jetzt keine Zeit, sich über diesen Verstoß gegen die Etikette Gedanken zu machen. Hektisch griff sie nach dem Tuch, das sie soeben abgelegt hatte, und schlang es sich hastig wieder um den Hals.

»Guten Morgen, Paige«, begrüßte die Königin sie mit dem ihr eigenen knappen, etwas angestrengt wirkenden Lächeln. »Du siehst wundervoll aus.«

Paige wunderte sich, wieso die Regentin mit einem Mal diesen etwas familiäreren Ton anschlug, aber vielleicht wollte sie es ja nur ihrem Gemahl gleichtun.

»Vielen Dank, Eure Majestät«, erwiderte sie. »Habt Ihr Colin gesehen? Wie geht es ihm?«

»Es geht ihm ausgezeichnet, meine Liebe«, antwortete die Königin. »Ganz ausgezeichnet.«

Die Königin trat an Paige heran und legte ihr wie eine sorgende Mutter die Hand auf das Haupt. Eine Geste, die Paige sogar beinahe als rührend empfunden hätte, wäre die Hand der Frau nicht so entsetzlich kalt und fordernd gewesen.

»Es ist einfach eine Schande«, sagte die Königin. »Du hättest eine so wunderschöne Braut abgegeben.«

Paige schaute die Königin an und legte die Stirn in Falten.

Einen schier endlosen Moment lang schien ihr Herz auszusetzen. »*Hättest?*«

»Ja, ganz richtig. Wenn du tatsächlich heute heiraten würdest«, erwiderte die Königin.

Und dann, bevor Paige auch nur zu blinzeln vermochte, verdunkelten sich plötzlich die Augen der Frau zu einem wabernden Strudel und wurden kohlrabenschwarz. Paige hatte gerade noch Zeit, zu registrieren, dass dies nichts Gutes verhieß, dann wurde es um sie herum finsterste Nacht.

Im gleichen Moment, als Piper in Paiges Gemächern materialisierte, wusste sie, dass etwas nicht stimmte. Es war entschieden zu still. Dies war nicht das Zimmer eines Menschen, der kurz davor stand, mit dem größten Fest des Jahrhunderts die eigene Hochzeit zu feiern. Sie wirbelte auf den Fersen herum und spähte in jede Ecke des Raumes, doch es war weit und breit niemand da.

»Hier ist doch was oberfaul. Wo ist diese hektische Betriebsamkeit? Wo der ganze Tumult?«, sagte Piper.

»Die Königin muss uns zuvorgekommen sein«, meinte Phoebe. »Sie hat sich Paige bestimmt schon gekrallt.«

»Die Königin?«, fragte Piper. »Die Königin ist in die Sache verwickelt?«

»Zumindest, wenn man Sinjin glauben will«, erwiderte Leo.

»Genau«, setzte Phoebe hinzu. Sie eilte hinüber zur Tür. »Offensichtlich ist hier keiner das, was er vorgibt zu sein.«

»Ooh! Ich wusste doch, dass man dieser dreckigen kleinen Hexe nicht über den Weg trauen kann«, schimpfte Piper, während ihr das Adrenalin in rauen Mengen durch die Adern schoss.

Phoebe riss die schwere Tür auf, und wie ein nasser Sack plumpste eine leblose Wache ins Zimmer und ihr direkt vor die Füße.

»Oh mein Gott«, stieß Phoebe aus und kniete sich sogleich hin. Sie presste ihre Finger an Lukas Hals und seufzte. »Er lebt noch«, stellte sie sichtlich erleichtert fest.

Piper stieg über ihn hinweg und trat hinaus in den Gang. Gemeinsam überprüften sie auch den Zustand der anderen fünf Wachen. Ausnahmslos alle lagen tief bewusstlos am Boden.

»Das sieht gar nicht gut aus«, meinte Piper. Ihr Puls raste. »Wisst ihr, was ich im Augenblick gern herausfinden würde? Ob *Colin* vielleicht auch nicht der ist, für den wir ihn halten.«

»Los, verlieren wir keine Zeit«, sagte Leo.

»Was ist denn *hier* passiert?«

Piper fuhr herum und sah Colin persönlich auf sie zueilen, so als hätte er nur auf seinen Einsatz gewartet. Seine Augen waren weit aufgerissen vor Bestürzung und Sorge, während er seinen Blick über die leblosen Schlosswachen huschen ließ. Falls er in diese Verschwörung verstrickt war und ihnen nur etwas vorspielte, dann machte er seine Sache jedenfalls überdurchschnittlich gut.

»Paige? Ist mit Paige alles in Ordnung?«, fragte er, und sein Gesicht wurde aschfahl.

»Nein, nichts ist mit Paige in Ordnung. Sie ist verschwunden«, klärte Piper ihn auf. »Und offensichtlich hat deine Mutter dabei ihre Hände im Spiel.«

»Meine Mutter? Wie kommst du dazu, zu behaupten –«

»Denk doch mal nach, Colin«, sagte Phoebe. »Wer sonst hätte sich heute Zutritt in Paiges Gemächer verschaffen können? Luka hatte die Anweisung, niemanden außer uns hineinzulassen. Wem hätte es denn sonst gelingen sollen, an der Garde vorbeizukommen, wenn nicht einer mächtigen Hexe? Einer Hexe, die sich ohnehin völlig unbehelligt und frei im Schloss bewegen kann?«

Colin schaute auf Lukas schlaffes Gesicht hinab. »Es muss irgendeine andere Erklärung geben«, sagte er.

»Warum versuchen wir dann nicht einfach, deine Mutter zu finden und uns schlauer zu machen«, schlug Piper vor.

Colin presste die Lippen aufeinander und drehte sich mit einem entschlossenen Nicken auf dem Absatz um. Zielstrebig ging er den Schlosskorridor hinunter voran und hielt auf den Thronsaal zu, wo seine Eltern die ganze Woche über Hof gehalten hatten. Eine düstere Vorahnung beschlich Piper, als sie durch die weit geöffneten Flügeltüren schritten. Der große Saal, in dem sich seit ihrer Ankunft ganze Scharen von Höflingen und Zofen und Musikanten getummelt hatten, war nun, genau wie Paiges Gemächer, völlig ausgestorben.

»Vater!«, rief Colin aus.

Piper hatte bis zu dem Moment, in dem Colin sich davor niederkniete, den wie achtlos hingeworfenen Haufen purpurroter Gewänder noch gar nicht bemerkt. Colin streckte behutsam die Hände aus und drehte seinen Vater auf den Rücken. Eine grässliche Schnittwunde klaffte in Höhe seines Bauchs, und überall war Blut. Piper hatte in ihrem Leben schon viele entsetzliche Anblicke gesehen, doch für den Bruchteil eines Augenblicks musste sie vor diesem hier das Gesicht abwenden. Der König war vom ersten Tag an immer so freundlich zu ihnen gewesen. Er verdiente es nicht, ein solch grausames Ende zu finden.

»Vater!«, schrie Colin erneut, weit über den reglosen, zerschundenen Körper gebeugt.

Leo eilte hinzu, kniete ebenfalls nieder und legte seine Hand auf die Wunde des Königs. Sofort ließ sich ein schwaches Leuchten erkennen.

»Er lebt noch«, sagte Leo.

»Gott sei Dank«, flüsterte Colin.

»Keine Sorge«, sagte Leo. »Ich hab ihn.«

Piper hielt die Luft an, während ihr Mann seine magischen Kräfte wirken ließ. Einen Moment später war alles Blut verschwunden, die Wunde verheilt, und der König setzte sich auf.

Er keuchte ein paar Mal und schaute dann verwundert umher, um nicht zu sagen, ein wenig dumm aus der Wäsche.

»Vater! Bist du in Ordnung?«, fragte Colin, während er seinen Dad mit beiden Armen fest an sich drückte.

»Was ist geschehen?«, fragte der König.

»Jemand hat versucht, Euch zu töten«, erklärte ihm Leo. »Könnt Ihr Euch daran erinnern, was vorgefallen ist?«

»Nein, ich …« Der König versuchte aufzustehen, und Colin half ihm dabei. In derselben Sekunde, in der er wieder auf den Beinen stand, wurde sein Gesicht kalkweiß, und seine Knie begannen zu zittern. Leo sprang herbei, und mit vereinten Kräften brachten er und Colin den König zu seinem Thron. »Oh mein Gott, Colin. Es war deine Mutter«, sagte der König, kaum dass er saß, mit weit aufgerissenen Augen.

»Vater … nein«, stieß Colin atemlos hervor.

»Mein Sohn … es tut mir so Leid«, sagte der König sichtlich erschüttert.

Colin kniete vor seinem Vater nieder, nahm die Hand des alten Mannes und schaute zu ihm auf. »Was tut dir Leid, Vater? Was geht hier vor?«

»Deine Mutter. Ich hatte ja keine Ahnung …«, erwiderte der König. »Sie … sie war es, die mir das angetan hat. Ich habe versucht, sie aufzuhalten, aber –«

»Nein«, wiederholte Colin mit Tränen in den Augen. »Nein. Das kann nicht sein.«

Der König ergriff den Arm seines Sohnes und schaute ihn mit ernstem Blick an. »Colin, es ist wahr. Deine Mutter ist eine Loyalistin. Sie hat Corinne auf dich angesetzt, um dir den Kopf zu verdrehen, in dem Vertrauen darauf, dass du niemals eine Frau magischen Blutes heiraten würdest, wenn dein Herz bereits einer anderen gehört. Offensichtlich hat sie dich gründlich unterschätzt.«

»Niemals würde sie so etwas tun«, widersprach Colin und schüttelte heftig den Kopf.

»Colin, du musst mir glauben«, sagte sein Vater bestimmt. »Sieh mir in die Augen. Du weißt, dass ich dich niemals anlügen würde.«

Colin tat, wie ihm geheißen, und blickte seinem Vater prüfend in die Augen, so als hoffte er, darin eine Antwort zu finden.

Nach einem schier endlos langen Augenblick senkte er den Kopf und schlug beide Hände vor das Gesicht. Piper wusste, dass Colin letztlich die Wahrheit erkannt hatte und dass in diesem Moment sein Herz in tausend Stücke zerbarst.

»Du musst jetzt stark sein«, sagte sein Vater. »Du musst Paige retten. Und dein Königreich.«

»Das alles ist so sinnlos«, erwiderte Colin schwach. »Ich kann es einfach nicht glauben.«

»Du musst es glauben, Colin. Du musst die Tatsachen akzeptieren«, erwiderte sein Vater. »Deine Mutter hat Paige entführt, und sie werden sie töten. Und wenn es dir nicht gelingt, sie vorher zu finden, wird sich der Fluch erfüllen.«

11

»Sie ist noch am Leben«, sagte Leo und öffnete die Augen.

»Oh, Gott sei Dank. Los, holen wir sie da raus.« Piper schnappte sich Leos Hand. Sie wollte nur noch so schnell wie möglich zu Paige. Es existierte nicht einmal der Ansatz eines Plans, wie es weitergehen sollte, nachdem sie sie erst einmal befreit hatten, doch das war Piper im Augenblick schnurzpiepegal. Das Einzige, was jetzt zählte, war, Paige schleunigst in Sicherheit zu bringen.

»Wartet! Ich komme mit!«, rief Colin und wich zum ersten Mal, seit er von den Umtrieben seiner Mutter erfahren hatte, von der Seite seines Vaters.

»Nein, Colin. Das geht nicht«, entgegnete Phoebe. »Wohin auch immer sie Paige gebracht haben mögen, eines dürfte wohl klar sein: Sie wird ganz bestimmt von einem Haufen Loyalisten bewacht. Und wer weiß, wozu diese Leute fähig sind, wenn sie sich in die Enge getrieben fühlen. Sie könnten euch alle beide töten.«

»Nein. Mutter würde niemals zulassen, dass es so weit kommt«, erwiderte Colin.

»Es gab eine Zeit, da hast du auch geglaubt, dass sie deinem Vater niemals etwas antun würde«, erinnerte ihn Piper in einem scharfen Tonfall. »Überlass *uns* die Sache mit Paige. Ihr beide, du und dein Vater, versucht in der Zwischenzeit mit Phoebe den Friedensrichter aufzutreiben, der die Eheschließung vornehmen soll, und bringt ihn hierher in den Thronsaal. Wir kommen dann mit Paige direkt hierhin zurück, und dann können wir die Angelegenheit hoffentlich endlich hinter uns bringen.«

»Gute Idee«, meinte Phoebe. »Wozu eine riesige Hochzeitsfeier, wenn ein simples Ehegelübde reicht?«

»Richtig«, erwiderte Colin und schluckte schwer.

»Okay. Wir sind bald mit deiner Braut wieder hier«, versprach ihm Piper. Dann hielt sie sich an ihrem Göttergatten fest, und in der nächsten Sekunde orbte Leo mit ihr davon.

Und eine weitere Sekunde später fand sich Piper blinzelnd in völliger Finsternis wieder und versuchte vergeblich, irgendetwas auszumachen, woran sie ihren Blick zu heften vermochte.

»Wo sind wir?«, flüsterte sie und griff nach Leos Hand.

»Es ist ziemlich kühl hier. Muss wohl so eine Art Kellergewölbe sein«, erwiderte er, seinen Mund dicht an ihrem Ohr.

Schließlich gewöhnten sich Pipers Augen an die Dunkelheit, und sie konnte die schwachen Umrisse einer Tür zu ihrer Rechten erkennen. Sie drehte sich um, und ihr Blick fiel auf einen Haufen weißer Kleider, die jemand in die Ecke geworfen hatte. Piper blinzelte ein weiteres Mal, und nun sah sie auch den Arm, der aus dem Kleiderhaufen ragte. Ein zierlicher, blasshäutiger Arm.

»Oh nein, Leo. Das ist Paige«, wisperte Piper, die bereits zu ihrer Halbschwester eilte.

Sie ging in die Hocke und zog Paige von der kalten, harten Kellerwand fort. Paiges Kopf sackte kraftlos zur Seite. Sanft drehte Piper sie so, dass Paige mit dem Gesicht auf ihrer Brust lag. Ihre Haut fühlte sich wächsern und blutleer an.

»Paige? Paige, Liebes, wach auf«, flüsterte Piper, während sie ihr die Wange tätschelte. Keine Reaktion. »Leo?«, wandte sich Piper voller Panik und mit einem flehentlichen Ton in der Stimme an ihren Mann.

Leo kniete sich zu Boden und legte Paige beide Hände seitlich an den Kopf. »Sieht nicht so aus, als ob sie unter irgendeiner Art Bann stünde«, stellte er fest.

»Kannst du irgendwas machen?«, fragte Piper.

»Augenblick.«

Leo schloss die Augen, und Piper hörte, wie sich sein Atem vor Anstrengung beschleunigte. Plötzlich fingen seine Hände an zu leuchten, und ein gespenstisches, doch warmes Licht legte sich über Paiges blasse Züge. Nervös schaute Piper zur Tür, besorgt, dass das Licht vielleicht irgendjemandes Aufmerksamkeit wecken könnte. Doch als sie spürte, wie Paige sich in ihren Armen wieder zu regen begann, schlug sie alle Befürchtungen in den Wind. Immer hübsch eine Katastrophe nach der anderen.

»Piper?«, fragte Paige kraftlos.

»Ja, ich bin's«, sagte Piper. Fest drückte sie ihre Paige an sich. »Alles wird gut.«

Im gleichen Moment flog die Zellentür auf, und drei Wachen kamen hereingestürzt. Piper wollte nach Leos Hand greifen, damit er sie alle hier herausorben konnte, doch der erste der Wächter war schneller. Er packte Leo bei den Schultern und stieß ihn zurück gegen die Wand, außer Reichweite für Paige und Piper.

»Paige, versuch, dich selbst von hier wegzuorben«, zischte Piper ihr zu, während sie sich langsam vom Boden erhob.

Ein klägliches weißes Leuchten umwaberte Paiges Körper, nur um bereits in der nächsten Sekunde wieder zu verglimmen. Offensichtlich war sie noch zu sehr geschwächt, um ihre magischen Kräfte einsetzen zu können.

»Du wirst es noch bereuen, jemals nach Tarsina gekommen zu sein«, knurrte einer der Wachmänner Piper an und fletschte seine ungepflegten gelben Zähne.

»Glaub mir, Kumpel, das tue ich bereits«, versicherte Piper ihm. Dann hob sie den Arm und sprengte ihn in Fetzen.

»Piper!«, schrie Leo auf.

Sie fuhr herum und sah, dass Leo alle Hände voll damit zu tun hatte, sich der beiden anderen Wachmänner zu erwehren. Den einen schickte er mit einem kräftigen Stoß quer durch den Raum und kassierte dafür von dem zweiten eine harte

Rechte gegen das Kinn. Ohne Umschweife nahm sich Piper den ersten Gorilla zur Brust. Sie wirbelte auf dem Absatz herum und zerlegte ihn in seine Moleküle, bevor er auch nur daran denken konnte, wieder auf die Beine zu kommen. Zwei erledigt, blieb noch einer.

Dann plötzlich hörte sie den Tumult, der draußen vor der Tür tobte. Dem Klang der Stimmen und der eiligen Fußtritte nach zu schließen, hatten die Explosionen offenbar noch ein paar weitere Loyalisten auf den Plan gebracht. Piper straffte sich und ging auf die Tür zu, während sie sich auf einen harten Kampf einstellte. Sie würde Paige und Leo aus diesem gottverlassenen Loch herausbringen – oder bei dem Versuch sterben.

Phoebe und Colin hetzten durch den Innenhof des Schlosses, während sich über ihnen der Himmel zu verdunkeln begann. Zum ersten Mal seit Phoebes Ankunft in Tarsina zogen über dem Königreich mächtige schwarze Wolken an dem sonst strahlend blauen Himmel auf und bedeckten die sonst immerfort scheinende Sonne. Ein Kälteschauer rieselte Phoebe den Rücken hinab, als Colin um eine Ecke bog und auf ein kleines Steinhaus zuhielt. Wohin sie auch blickte, überall rannten Wachen und Höflinge Schutz suchend umher wie aufgeschrecktes Wild. Ein Mann in königlichem Harnisch brüllte ein paar wie gelähmt dastehenden Frauen, von denen einige in Tränen aufgelöst waren, Verhaltensmaßregeln zu. Sie alle schienen überhaupt keine Notiz davon zu nehmen, dass der Kronprinz an ihnen vorübereilte.

»Was geht denn hier ab?«, fragte Phoebe und schaute besorgt in den Himmel hinauf.

»Es ist der Fluch«, sagte Colin. »Meine Geburtsstunde naht. Uns bleibt nicht mehr viel Zeit. Warum bin ich nur so blind gewesen? Ich habe immer gewusst, wie sehr meine Mutter in den alten Traditionen verhaftet ist, aber ich hätte niemals geglaubt … Warum hab ich bloß nicht bemerkt, dass sie eine Loyalistin ist?«

»Gib dir nicht die Schuld daran, Colin«, erwiderte Phoebe. Tröstend legte sie ihm eine Hand auf den Arm.

Plötzlich verschwand der Weg vor ihren Augen, und sie wurde von einer bildhaften Vision übermannt, die alles andere um sie herum mit einem Schlag ausblendete. Wie zur Salzsäule erstarrt blieb sie stehen, verfiel in einen Zustand höchster Konzentration und nahm jedes noch so geringe Detail in sich auf. Eine alte Frau, die Phoebe nicht kannte, lag in einem kleinen Zimmer auf einem Bett. Sie war augenscheinlich sehr krank und verängstigt – möglicherweise tat sie gerade ihre letzten Atemzüge. Neben dem Bett saß Corinne und hielt ihre Hand, und hinter den beiden schwebte Colin. Phoebe sah auch sich selbst, wie sie der alten Frau einen Zauberspruch überreichte und sie dabei beobachtete, wie sie ihn rezitierte. Und dann, ebenso plötzlich, wie sie gekommen war, fand die Vision ein Ende, und Phoebe befand sich wieder in der wirklichen Welt. Sie starrte Colin an, in dessen Zügen sich ein Ausdruck höchster Besorgnis spiegelte.

»Phoebe? Alles in Ordnung mit dir?«

Die jähe Erkenntnis, die Phoebe in diesem Moment traf, war von einer schier überwältigenden Klarheit.

»Du lächelst. Warum lächelst du?«, fragte Colin.

»Ich glaube, ich weiß, wie du Corinne heiraten und trotzdem dein Königreich retten kannst«, teilte sie ihm mit.

»Was?«, entfuhr es Colin. »Und das sagst du mir erst jetzt?«

»Ich weiß es selbst erst seit eben«, erwiderte Phoebe, nahm seine Hände und schaute ihm in die Augen. »Hör zu. Gibt es eine alte Frau in deinem oder Corinnes Leben? Eine alte Frau, die sehr krank ist? Möglicherweise dem Tode nah?«

Colin runzelte die Stirn. Phoebe musste keine Hellseherin sein, um zu wissen, dass er gerade versuchte, dahinter zu kommen, was dies nun wieder mit ihm oder mit dem Fluch zu tun haben mochte – und warum sie ihre kostbare Zeit damit vergeudete.

»Corinnes Großmutter«, sagte er schließlich. »Sie ist schon seit Wochen sterbenskrank.«

»Und ist diese Großmutter«, fragte Phoebe nach, »ein Wesen reiner Magie?«

»Ja«, entgegnete Colin. »Sie ist diejenige in Corinnes Familie, die einen Sterblichen geheiratet hat. Aber ich verstehe nicht, was –«

»Wir müssen Corinne unbedingt zu ihrer Großmutter bringen«, unterbrach ihn Phoebe, während über ihnen ein krachender Donnerschlag die Luft zerriss. »Jetzt gleich.«

Colin blickte über die Schulter zu dem Haus hinüber, in dem der Friedensrichter wohnte. Vor dem Schlosstor schrien ein paar Leute laut vor Angst. Ein einzelner Regentropfen schlug Phoebe so hart ins Gesicht, dass es schmerzte.

Endlich wandte sich Colin wieder Phoebe zu und nickte. Er hatte beschlossen, ihr zu vertrauen. »Okay«, sagte er. »Ich hoffe nur, dass du weißt, was du tust.«

Ich auch, dachte Phoebe, als sich plötzlich alle Schleusen des Himmels auftaten und es wie aus Eimern zu schütten begann.

»Nichts wie los.«

Phoebe hielt sich an den Wänden des Gemäuers fest, während sie Colin die gewundene Steintreppe hinab folgte, die in Corinnes Verlies tief in den Eingeweiden des Schlosses führte. Auf Colins Vorschlag hin hatten sie den betagten Friedensrichter oben an der Treppe zurückgelassen, und nun wusste Phoebe auch, warum. Sie konnte kaum sehen, wohin sie trat, und jede Stufe war noch tückischer als die vorherige. Für den Mann wäre der Abstieg äußerst mühselig gewesen.

»Der Friedensrichter schien ziemlich durcheinander wegen dieser ganzen Brauttauschgeschichte«, sagte Phoebe. »Nicht, dass ich ihm etwas unterstelle, aber meinst du, wir können uns auf ihn verlassen?«

»Keine Sorge. Er wird mich verheiraten, mit wem auch immer, wenn ich ihn darum bitte«, erwiderte Colin. »Er ist ein guter Mann. Es ist nicht ein einziges loyalistisches Härchen an ihm.«

»Wer ist da?«, blaffte eine tiefe Stimme in dem Moment, als Colin am Ende der Treppe angelangt war.

»Prinz Colin. Zurückgetreten!«, entgegnete Colin mit gebieterischer Stimme.

»Colin?«, krächzte Corinnes Stimme aus dem Dunkel.

Ein knochiger, skelettähnlicher Mann trat aus den Schatten hervor und stellte sich Colin in den Weg. Er sah aus wie der Sensenmann höchstselbst. Über seine Schulter hinweg konnte Phoebe Corinne erkennen, die an eine Wand gekettet war; sie lag erschöpft auf dem Boden, die dünnen Arme so kraftlos, dass sie sich nicht mehr aufzurichten vermochte.

»Verzeiht, Euer Hoheit, doch Eure Mutter, die Königin, hat mir strengstens untersagt, Euch zu der Gefangenen zu lassen«, sagte der Kerkermeister.

»Meine Mutter, die Königin, ist eine feige Verräterin«, erwiderte Colin und reckte das Kinn.

Die Augen des Wärters blitzten zornig auf. »Ich kann Euch gar nicht sagen, wie Leid es mir tut, dass Ihr das sagt.«

Mit einer einzigen blitzartigen Bewegung zog er ein Messer aus dem Gürtel und stieß damit nach Colin. Geistesgegenwärtig sprang der Prinz zur Seite, und Phoebe versetzte dem Kerkermeister, nicht minder reaktionsschnell, einen gewaltigen Tritt in den Magen. Ächzend ließ der Wächter das Messer fallen und taumelte nach hinten. Schon wollte Phoebe sich auf ihn stürzen, um ihm den Rest zu geben, da baute sich in seinen Handflächen ein lodernder Feuerball auf. Sie sprang zurück, und in der nächsten Sekunde war Colin bereits zwischen ihr und dem Wächter.

»Weg damit!«, herrschte er ihn an.

Der Kerkermeister, der seine Felle davonschwimmen sah, gehorchte und tat, wie ihm geheißen. »Prinz Colin, ich habe meine Befehle«, wimmerte er, beinahe kriecherisch.

»Ich verstehe«, erwiderte Colin. »Ich verstehe voll und ganz.«

Ohne ein weiteres Wort trat Colin einen Schritt vor und bewegte seine Hände vor dem Gesicht des Wärters. Augenblicklich wurde der Blick des Mannes stumpf und leer. Dann stand er schweigend auf. Bereit, jederzeit erneut einzugreifen, beobachtete Phoebe, wie der Kerkermeister in eine Ecke zu seinem Tisch stakste, sich dort auf dem Stuhl niederließ und ein Buch zur Hand nahm. Sehr zu Phoebes Verblüffung blieb der Wärter seelenruhig sitzen und schmökerte im schwachen Kerzenschein in seiner Lektüre, während Colin den schweren Schlüsselbund von seinem Gürtel löste und damit zu Corinne hinübereilte.

»Was hast du mit ihm angestellt?«, fragte Phoebe.

»Das sind meine magischen Kräfte«, erklärte ihr Colin über die Schulter hinweg. »Ich kann die Leute sehen lassen, was immer ich möchte. Gerade jetzt in diesem Moment wähnt sich dieser Mann völlig allein mit seinen Gefangenen.«

»Wow. Was für eine enorme Macht«, meinte Phoebe und dachte gleichzeitig an den immensen Schaden, den Colin mit einer Fähigkeit wie dieser anzurichten vermochte. Er hätte damit Banken ausrauben können, ohne dass ihm irgendein Schlauberger auf die Schliche gekommen wäre. Ein Kinderspiel für ihn, in die Wohnungen bestimmter Leute einzudringen und jeden ihrer Schritte zu überwachen. Er konnte sich praktisch unsichtbar machen.

»Ja. Und genau darum benutze ich sie fast nie«, erwiderte Colin.

»Ich kann nicht fassen, dass du wirklich gekommen bist«, sagte Corinne, während er ihr die Ketten abnahm. Sie sank in seine Arme, körperlich und emotional am Ende. »Colin, es tut mir so unendlich Leid. Mir ist klar, dass es wahrscheinlich so gut wie unmöglich ist, aber wenn auch nur die allerkleinste Chance besteht, dass du mir verzeihst …«

»Ich weiß. Es ist schon gut.« Colin drückte ihr einen Kuss auf die Wange und einen weiteren auf die Stirn. Die Erleichterung schien angesichts ihres geschwächten Zustandes fast zu viel für Corinne zu sein. »Corinne, ich liebe dich«, sagte Colin. Wie zum Beweis drückte er sie fest an sich. »Ich habe niemals aufgehört, dich zu lieben. Aber wir dürfen jetzt keine Zeit mehr verlieren. Wir müssen so schnell wie möglich zu dir nach Hause.«

Behutsam führte er sie zu Phoebe hinüber, die sich sogleich einen von Corinnes Armen um die Schultern schlang, damit sie sie mit vereinten Kräften die Treppe hinaufschaffen konnten.

»Zu mir nach Hause? Wieso denn das?«, fragte Corinne.

»Das ist eine lange Geschichte«, entgegnete Phoebe seufzend. »Komm, wir erzählen dir alles unterwegs.«

Der Aufstieg über die Treppen war lang und beschwerlich. Corinne hatte, wie sie erklärte, seit sie gefangen genommen worden war, nichts mehr gegessen, sodass sie nun etwa alle zwanzig Stufen eine Pause einlegen mussten, damit sie wieder Luft schöpfen und neue Kräfte sammeln konnte. Schließlich hob Colin sie auf seine Arme und trug sie die letzten Umläufe der sich emporwindenden Treppe nach oben. Corinne vergrub ihr Gesicht in der Mulde zwischen seinem Hals und seiner Schulter und klammerte sich an ihn, als ginge es um ihr Leben.

Draußen auf den Straßen drängten sich die Menschen zusammen, um einer bei dem anderen Schutz vor dem niederprasselnden Regen zu suchen, und beteten und weinten. Die Loyalisten aber waren in Scharen aus ihren Löchern gekrochen und feierten den Sieg. Plünderer brachen in Geschäfte ein und schleppten alles davon, was sie nur irgendwie zu tragen vermochten, von Nahrungsmitteln bis hin zu Hausrat und Möbeln. Grölend und lachend zogen sie umher und kreischten nur noch lauter vor Ausgelassenheit und Vergnügen, wenn sie in eines der angstbebenden Gesichter der Sterblichen blickten, die allesamt ein baldiges Ende finden würden.

»Das ist doch einfach nur krank«, keuchte Phoebe, während sie und der Friedensrichter dem Prinzen durch Matsch und Schlamm folgten. »Was ist bloß los mit diesen Leuten?«

»Sobald dies hier vorüber ist, werde ich alles tun, um meinem Volk Verständnis und Toleranz beizubringen«, versprach Colin, während er Corinne fester an sich drückte. »So kann es in diesem Land nicht weitergehen.«

»Na ja, zumindest scheint sich kein Mensch um uns zu kümmern«, meinte Phoebe, als eine Horde junger Männer jubelnd und lärmend an ihnen vorbeistürmte. »Wo wohnt Corinne übrigens?«

»Gleich da vorn«, entgegnete Colin und bog um eine Ecke.

Die Straße, die vor ihnen lag, war von kleinen, malerischen Häusern gesäumt, einige davon fest verschlossen. Dicke Rauchfahnen stiegen oben aus ihren Schornsteinen. Bei anderen dagegen standen die Türen sperrangelweit offen. Auf der Vordertreppe eines der Häuser saß ein kleines Mädchen und weinte sich fast die Augen aus. Phoebe fragte sich, wo seine Eltern wohl waren, und wie all diese Leute in ihren Häusern herumsitzen und darauf warten konnten, dass der Fluch einen Nachbarn nach dem anderen verschlang. Doch andererseits – was sollten sie tun? Wenn schon die königliche Familie den Fluch nicht aufzuhalten vermochte, wer konnte es diesen leidlichen Nullachtfünfzehn-Hexen und -Hexern verübeln, dass sie sich angesichts dessen vermutlich erst recht dazu nicht in der Lage fühlten und die Situation für hoffnungslos hielten? Und erneut wurde sich Phoebe der Tücke dieses Fluches bewusst. Er stürzte alle Betroffenen in ein Gefühl völliger Machtlosigkeit. Er nahm ihnen gänzlich ihren freien Willen und jede Initiative.

Vor einem der verschlossenen Häuser blieb Colin endlich stehen und wies nickend auf die Tür. Phoebe fand sie unverriegelt und trat ein. Die Wohnstube war klein und gemütlich, und die Wände komplett mit vom Fußboden bis zur Zimmerdecke reichenden Bücherregalen zugestellt, in denen sich dicht an dicht die Folianten reihten. In der Nähe des Fensters standen ein Tisch und ein Stuhl, und in der gegenüberliegenden Ecke prasselte behaglich ein Feuer im Kamin. Und direkt davor, im Schein der flackernden Flammen, saß Corinnes Vater mit einer hübschen Frau mittleren Alters, die wie eine ältere Version von Corinne aussah. Sie hoben den Kopf, als Phoebe und die anderen ins Zimmer traten, und als sie Corinne erkannten, weiteten sich ihre Augen vor Freude. Richmond half seiner Frau auf, und gemeinsam eilten sie ihrer Tochter entgegen.

»Dem Himmel sei Dank, du bist wohlauf!«, rief Corinnes Mutter und fiel ihr, kaum hatte Colin sie auf dem Boden abgesetzt, sogleich um den Hals.

Nachdem auch ihr Vater sie umarmt hatte, schaute er Colin mit ernstem Gesicht an. »Es hat begonnen, nicht wahr?«

»Ja. Aber wir werden der Sache Einhalt gebieten«, sagte Phoebe. Sie ergriff Corinnes Hand. »Wo ist das Zimmer deiner Großmutter?«

»Da drüben«, erwiderte Corinne und zeigte auf eine Tür im hinteren Bereich der Wohnstube.

»Hoffen wir, dass es klappt«, meinte Phoebe. Allen voran schritt sie auf das angrenzende Schlafzimmer der alten Frau zu. »Wie ist ihr Name?«, fragte sie, eine Hand schon am Türknauf.

»Misha«, antwortete Corinnes Vater. »Was habt ihr eigentlich vor?«

»Wir werden jetzt das Königreich retten«, teilte Phoebe ihm kategorisch mit.

Gemeinsam betraten sie Mishas Zimmer, und Phoebe erkannte, dass es sich um die gleiche Frau handelte, die sie in ihrer Vision gesehen hatte. Hinfällig und schwach lag Misha auf ihrem Bett, das Gesicht halb unter dem langen schlohweißen Haar verborgen. Als ihre Besucher eintraten, drehte sie matt den Kopf, und auf ihren dünnen Lippen erblühte ein Lächeln, als sie Corinne erblickte.

»Großmutter«, sagte Corinne und kniete sich neben das Bett.

Sie umarmte die alte Frau, die ihrer Enkelin eine knöcherne Hand an die Wange legte. »Ich hab mir so sehr gewünscht, dich noch einmal zu sehen«, flüsterte Misha.

Eine Träne stahl sich Corinnes Wange hinab. »Großmutter, das hier ist Phoebe«, sagte sie und deutete über ihre Schulter hinter sich. »Sie möchte einen Zauber wirken. Sie glaubt, dass sie den Fluch damit aufhalten kann.«

Mishas Augen richteten sich auf Phoebe, die einen Schritt vortrat und sich über das Bett beugte.

»Misha, ich möchte Eure magischen Kräfte auf Corinne übertragen. Ich habe einen Spruch abgewandelt, der die Übertragung von magischen Fähigkeiten von einer Person auf eine andere erlaubt und den meine Schwestern und ich einmal angewandt haben, und ich denke, es könnte funktionieren«, sagte Phoebe mit sanfter Stimme. »Ich bin fest davon überzeugt, dass Corinne Colin heiraten und den Fluch außer Kraft setzen kann, wenn sie über Eure Kräfte verfügt.«

»Aber du könntest deine magischen Kräfte niemals mehr zurückbekommen, Großmutter«, wandte Corinne ein, die Hand ihrer Großmutter ergreifend. »Wäre das in Ordnung für dich?«

»Oh, Corinne, aber natürlich, welch eine Frage«, erwiderte Misha. »Du weißt, dass ich euch alle beide liebe«, fügte sie hinzu und schaute Colin an. »Und du weißt, dass ich für dieses Königreich alles hergeben würde. Außerdem würde ich meine Kräfte ohnehin nicht mehr lange brauchen.«

Corinne schloss die Augen, und ein paar weitere Tränen rannen ihre Wangen hinab, doch sie nickte und schaffte es sogar zu lächeln. »Okay. Phoebe, was müssen wir tun?«

»Gibt es hier einen Schreibblock und einen Stift?«, fragte Phoebe Corinnes Mutter.

»Gewiss«, erwiderte diese. Sie ging aus dem Zimmer und kehrte einen Augenblick später mit den Utensilien zurück. Eilig schrieb Phoebe den Spruch auf, riss die oberste Seite vom Block und reichte sie Misha.

»Okay, jetzt nehmt euch an den Händen und seht euch in die Augen«, sagte Phoebe. Sie ging hinüber zur anderen Seite des Bettes. Corinne ergriff Mishas freie Hand. Tapfer lächelte sie ihre Großmutter an. »Und jetzt, Misha, braucht Ihr nur noch den Spruch vorzulesen.«

Misha nickte und schaute blinzelnd auf das Blatt Papier.

Was mein ist, sei dein.
Meine Kräfte für dich.
Magie – deiner Fesseln entledige dich.
Ich zögere nicht, meine Gabe zu teilen.
Lass sie geschwind durch die Lüfte eilen.

Corinne hob den Blick und schaute Phoebe an. »Hat es geklappt?«

»Geh nach draußen«, sagte Misha schwach. »Probier es aus.«

Corinne sprang auf die Beine, beugte sich vor und gab ihrer Großmutter einen raschen Kuss. Dann eilte sie aus dem Zimmer und auf die Straße hinaus. Phoebe, Colin, Corinnes Eltern und der Friedensrichter folgten ihr nach. Der Himmel war inzwischen pechschwarz, und die Wolken hingen so tief, dass sie fast den Eindruck hatten, sie wälzten sich vor ihnen durch die Straße.

»Was für Kräfte besaß ihre Großmutter eigentlich?«, schrie Phoebe Colin laut zu, um sich über das Prasseln des Regens, den grollenden Donner und die verzweifelten Schreie der Menschen hinweg, die aus allen Richtungen ertönten, Gehör zu verschaffen.

»Licht in der Dunkelheit zu erschaffen«, antwortete Colin.

Hm, dachte Phoebe, das könnten wir im Augenblick wirklich gut gebrauchen.

Corinne hob den Arm und streckte ihn hoch in die Luft, und plötzlich schoss aus ihrer Handfläche ein heller Lichtstrahl empor und riss ein Loch in die tiefdunklen Wolken. Ein Fetzen blauer Himmel schimmerte hindurch, und einige Menschen auf der Straße deuteten keuchend nach oben, in der Hoffnung, dass dieses Zeichen das nahe Ende des Unwetters verkündete.

»Es funktioniert!«, schrie Corinne. Aufgeregt ergriff sie Colins Hand. »Worauf warten wir noch?«

»Friedensrichter?«, sagte Phoebe und trat einen Schritt zurück. »Waltet Eures Amtes. Und vor allem … waltet schnell!«

»Ich verstehe«, erwiderte der Friedensrichter; Regen tropfte aus seinem Bart, und die klatschnassen Haare klebten ihm im Gesicht. »Prinz Colin, wollt Ihr Corinne van Den Pelt zu Eurem rechtmäßigen Weibe nehmen, sie lieben und ehren, bis dass der Tod Euch scheidet?«

Ein mächtiger Windstoß fuhr durch die Straße und wehte den Friedensrichter beinahe um. Sofort war Phoebe zur Stelle, fing ihn auf und brachte ihn vor dem Paar wieder in eine halbwegs stabile Position. Wütend peitschte ihnen der Regen in die Augen, sodass sie kaum geradeaus schauen konnten.

»Ich will!«, rief Colin, fest Corinnes Hand drückend.

»Gut!«, schrie der Friedensrichter zurück. »Wollt Ihr, Corinne van Den Pelt, Prinz Colin zu Eurem rechtmäßigen

Manne nehmen, ihn lieben und ehren, bis dass der Tod Euch scheidet?«

»Ich will!«, brüllte Corinne.

»Somit erkläre ich Euch zu Mann und Frau! Ihr dürft die Braut jetzt küssen!«, schloss der Friedensrichter.

Colin zog Corinne an sich und küsste sie auf die bebenden Lippen. In den Gesichtern beider stand ein glückliches Lächeln, als sie zum Himmel hinaufblickten und darauf warteten, dass er sich klärte. Dass der Sturm nachließ, der Regen aufhörte und die Wolken über ihnen aufrissen.

Doch nichts dergleichen geschah.

Im Gegenteil, das Unwetter schien nur noch heftiger zu wüten.

»Was hat das zu bedeuten?«, schrie Corinne.

»Es muss mit den magischen Kräften zusammenhängen«, erwiderte ihr Vater. »Du besitzt sie jetzt zwar, aber du bist nach wie vor kein rein magisches Wesen.«

»Was?«, brüllte Phoebe, die Hände zu Fäusten geballt. »Das ist doch Irrsinn! Ich hab es doch in meiner Vision gesehen! Es hätte funktionieren müssen!«

»Nun, irgendetwas muss jedenfalls falsch gelaufen sein«, gab Richmond zurück. »Und jetzt bleiben uns lediglich noch zwanzig Minuten.«

»Okay, das war's«, sagte Phoebe. Sie hob ihr Gesicht in den strömenden Regen und brüllte aus Leibeskräften:

»Leo! Leo! Wir brauchen einen Plan C.«

12

Wie ein Fels in der Brandung stand Piper in der Mitte des Raumes, während ein Wachmann nach dem anderen in Paiges Zelle gestürzt kam, und ballerte die Gegner ab, als würde sie gerade irgendein stumpfsinniges Videospiel zocken.

Einer nach dem anderen brachen sie aufbrüllend zusammen, wenn Pipers Feuerbälle sie trafen, doch die Kerle, die hinter ihnen waren, schienen nicht einmal Notiz davon zu nehmen. Sie drängten einfach nur immer weiter nach.

»Leo! Ich kann nicht ewig so weitermachen!«, schrie Piper, öffnete ihre Hände und nahm einen weiteren Wächter unter Beschuss.

»Ich weiß!«, schrie Leo zurück, während er Paige auf seine Arme nahm. »Und Phoebe ruft nach mir. Machen wir, dass wir hier rauskommen!«

»Ihr drei geht nirgendwo hin«, widersprach ihm eine unheilvolle Stimme.

Und dann, in einer Explosion schier unglaublicher Hitze, wurde Leo in hohem Bogen durch die Zelle geschleudert und krachte brutal gegen die steinerne Wand. Ächzend sank er zu Boden. Pipers Blut kochte, als sie herumwirbelte, um sich Sinjin entgegenzustellen.

»Wisst Ihr, allmählich bin ich euer ein wenig überdrüssig«, sagte er mit gespieltem Befremden. »Mit welchem Recht kommt ihr eigentlich dazu, in meinem Königreich aufzutauchen und meine Pläne zu durchkreuzen?«

»Dieses Königreich gehört nicht dir«, entgegnete Piper. »Es gehört dem Volk, dass du auszulöschen versuchst.«

»Aber nicht doch«, erwiderte Sinjin und kam einen Schritt auf sie zu. »Ich will sie doch nicht *alle* vernichten. Nur diese unreinen Bastarde. Ist das denn ein solcher Fehler?«

Aus den Augenwinkeln heraus sah Piper, wie Leo zu Paige hinüberkroch. Einige weitere Wachen schoben sich in die Zelle und bauten sich um Sinjin herum auf. Sie bemerkten Leos Vorstoß nicht einmal. Wenn sich Sinjin unter ihnen befand, waren aller Augen stets nur auf ihn gerichtet. Piper allerdings hatte diesen Kerl und seine albernen kleinen Ansprachen gründlich satt.

»Soll ich dir sagen, was dein Fehler ist? Zu glauben, dass du es mit mir aufnehmen kannst«, sagte Piper und setzte ihre arroganteste Miene auf.

Sinjins Züge verfinsterten sich. Piper hatte den Eindruck, dass es äußerst ungewohnt für ihn war, von jemandem herausgefordert zu werden.

»Gegen meine Kräfte kommst du nicht an, Süße«, sagte er.

»Nun, lass es uns herausfinden«, meinte Piper. »Ich bin deiner nämlich auch allmählich etwas überdrüssig.«

Mit einem spöttischen, irren Grinsen hob Sinjin den Arm, um Piper anzugreifen, doch sie war zu schnell für ihn. Ein Fingerschnippen von ihr, und Sinjin war, wie all die hirnlosen Wachen, die vor ihm den gleichen Weg beschritten hatten, Geschichte. Letzten Endes war er nicht mehr als ein mittelmäßiger böser Hexer. Kinderleicht zu besiegen.

Seine Gefolgsleute erstarrten in ungläubigem Entsetzen, als ihr Anführer in einer Flammenlohe verging. Piper schaute sie an und lächelte verbindlich.

»Ich weiß ja nicht, wie ihr das seht, aber ich fand das ziemlich enttäuschend«, sagte sie.

Dann, gerade als die Wachen sich wieder so weit von ihrem Schrecken erholt hatten, um sich auf sie zu stürzen, tauchte sie unter ihnen hinweg, schnappte sich Leos Hand und orbte gemeinsam mit ihm und Paige aus der Zelle. Als sie wieder materialisierten, befanden sie sich in strömendem Regen auf einer schlammigen Straße. Alle Menschen um sie herum schrien, rannten und weinten. Abgesehen von Phoebe, Colin,

Corinne und noch ein paar anderen, die zitternd vor Kälte direkt vor ihnen standen.

»Was geht hier vor?«, fragte Leo.

Er setzte Paige ab, und sie schaffte es, sich ohne seine Hilfe aufrecht zu halten. Sie wirkte immer noch geschwächt, aber nicht mehr so benommen und desorientiert wie zuvor. Ihre Augen waren klar, doch voller Furcht.

»Es geschieht«, erwiderte Corinne. Verwirrung und Angst standen ihr ins Gesicht geschrieben. »Der Fluch. Es geschieht tatsächlich.«

»Wie konnte ich es nur so weit kommen lassen«, sagte Colin und drückte Corinne an sich, als könnte er sie damit schützen. »Ich habe mein eigenes Volk dem Untergang geweiht.«

»Noch ist nicht aller Tage Abend«, entgegnete Piper in dem Bemühen, sich ihr eigenes Entsetzen nicht anmerken zu lassen. »Phoebe, was treibt ihr eigentlich alle hier draußen?«

»Ich hatte eine Vision und dachte, ich hätte einen Weg gefunden, wie Corinne und Colin heiraten können, aber es hat nicht geklappt«, klärte Phoebe sie auf; der Regen tropfte ihr von Ohrläppchen und Kinn.

»Uns bleiben nur noch fünfzehn Minuten«, brüllte Colin über das laute Jubeln hinweg, das aus einem der nahe gelegenen Häuser zu ihnen drang.

»Es ist zwecklos«, sagte Corinne mit bebenden Lippen. »Es ist vorbei. Wir werden … wir werden tatsächlich sterben.«

Eine Mutter rannte mit einem Baby auf dem Arm und einem kleinen Jungen an der Hand vorbei. Irgendwo in der Nähe weinten ein paar Kinder, und die betende Stimme einer Frau erhob sich. Piper ballte die Hände. Das Adrenalin wurde in hohen Dosen durch ihre Adern gepumpt. Dies durfte nicht geschehen. Und es würde auch nicht geschehen. Nicht, solange sie noch ein Wörtchen mitzureden hatte.

»Wir müssen zurück ins Schloss«, sagte sie. Sie drehte sich um und stapfte los, davon ausgehend, dass der Rest ihr auf der

Stelle folgen würde. »Wir müssen diesen lächerlichen Fluch ein für alle Mal aus der Welt schaffen.«

»Aber wie?«, rief Colin verzweifelt aus. »Wir haben doch schon alles versucht.«

Piper blieb stehen und wandte sich um. Das klatschnasse Haar klebte ihr in Gesicht und Nacken, und ihre Füße sanken knöcheltief in den Schlamm. Überall um sie herum herrschte Chaos, und der Himmel selbst sah aus, als wollte er sie jeden Moment samt und sonders verschlingen. Doch Piper spürte nichts von alldem. Nichts davon nahm sie überhaupt wahr.

Sie schaute Colin in die Augen und fühlte sich plötzlich von einer überwältigenden Ruhe erfasst.

»Wir haben es noch nicht mit der *Macht der Drei* versucht.«

Phoebe, Piper und Paige kauerten im Thronsaal, im Herzen des Palastes, eng beieinander an einem Tisch, um sich gegenseitig ein wenig zu wärmen. Der Wind pfiff durch die offenen Fenster, fegte Phoebe das Haar aus dem Gesicht und jagte ihr eine Gänsehaut über die Arme. Offensichtlich hatte man in Tarsina noch nie etwas von Fensterscheiben oder Fensterläden gehört, aber warum sollte man auch? Bis zum heutigen Tag hatte man dergleichen hier nie gebraucht.

Überall rannten Wachen, Dienstmägde, Stallburschen und Edelleute herum, um die Anweisungen der Zauberhaften zu erfüllen. Auf dem steinernen Boden war eine großzügig bemessene Fläche freigeräumt und sämtliche Wandbehänge und Vorhänge ringsum abgehängt worden. Bedienstete kamen und gingen und schafften alle möglichen Gegenstände herbei, die der alten Königin gehört hatten, die einst ihren Fluch über das Land gebracht hatte, und warfen sie in der Mitte das Saals auf einen großen Haufen. Bislang hatten sie einen altertümlichen Thron, einen zusammengerollten Gobelin, ein paar Schmuckstücke und ein riesiges Porträt der Urahnin angeschleppt. Das Gemälde lehnte mit dem Rücken an dem stetig anwachsenden Stoß. Das darauf abgebildete Konterfei zeigte genau in die Richtung der am Tisch arbeitenden Zauberhaften. Hin und wieder ertappte sich Phoebe dabei, wie sie in die Augen der alten Königin starrte. Sie schienen ohne jede Farbe zu sein. Einfach nur pechrabenschwarz.

»Okay, ich denke, wir haben es«, sagte Paige. Sie schob ein Blatt Papier zu Phoebe hinüber. »Was meint ihr? Sind die Worte mächtig genug?«

Phoebe zwang sich, ihren Blick von der bösen Königin abzuwenden, und schaute auf den Spruch. Die Sache würde das größte Reinigungsritual aller Zeiten werden, und sie hatten nur einen einzigen Versuch. Es konnte fatale Folgen haben, wenn die Formulierung nicht genau stimmte.

Sie las den Spruch und nickte. »Sehr gut«, sagte sie. »Hoffen wir, dass er auch gut genug ist, um einen unauslöschlichen Fluch auszulöschen.«

In diesem Moment war vom Schlosskorridor her ein lautes Krachen zu hören, und nur wenige Augenblicke später kamen zwei Dutzend Männer und Frauen hereingestolpert, darunter Colin, Corinne und Corinnes Eltern, die in ihrer Mitte ein gigantisches Bett in den Thronsaal trugen. In das Kopfteil geschnitzte Blüten und Weinreben wanden sich um vier lange Schwerter, die aus den Seitenpfosten herausgearbeitet waren. Genau in der Mitte war das Wappensymbol Tarsinas zu sehen, das verschnörkelte »T«, das auch auf Colins Arm tätowiert war. Sie schoben und zerrten das Bett zu den anderen Hinterlassenschaften der alten Königin und machten sich daran, den kunstvollen Holzrahmen mit Äxten und Sägen auseinander zu nehmen. Sie jubelten und johlten bei ihrer Arbeit und schrien sich alles von der Seele, was sich über Jahre hinweg an Angst, Groll und Erbitterung angestaut hatte. Die zerlegten Einzelteile wurden sorgfältig um den großen Haufen herum geschichtet, damit alles nur umso rascher in Flammen aufgehen würde.

Da erhellte ein greller Blitz den Thronsaal, gefolgt von

einem Donnerschlag, der so ohrenbetäubend war, dass das Schloss in seinen Grundfesten erschüttert wurde. Alle im Raum schauten ängstlich zu den Fenstern hinaus. Obwohl es erst vier Uhr nachmittags war, herrschte draußen tieffinstere Nacht.

»Nur noch zwei Minuten«, schrie Colin. »Wenn wir das hier wirklich jemals tun wollen, dann jetzt.«

Phoebe erhob sich und hoffte, dass niemand ihre zitternden Knie bemerkte. Sie nahm den Zettel mit dem Zauberspruch fest in die Hand und sah die beiden anderen Zauberhaften an.

»Auf geht's, Mädels«, sagte sie. »Lasst uns das Königreich retten!«

Sämtliche magiekundigen Wesen, die sich im Schloss befanden, scharten sich um den Stapel von Besitztümern der alten Königin und fassten einander an den Händen. Der Palast erbebte unter ihren Füßen. Etwas abseits standen Corinne und ihre Mutter dicht aneinander gekauert an einer Wand, zusammen mit all den anderen Sterblichen, die tapfer im Schloss ausgeharrt hatten, um nach Kräften zu helfen. Richmond holte eine Wandfackel aus dem Palastkorridor und überreichte sie Paige. Tief durchatmend ließ sie ihren Blick noch einmal über die verängstigten, doch entschlossen wirkenden Gesichter all der Hexen und Hexenmeister schweifen, die rings um den Scheiterhaufen der Vergangenheit versammelt waren.

»Alle bereit?«, fragte sie.

Colin, sein Vater, Luka und dutzende von Fremden nickten. Mit hoffnungsvollen Blicken sahen sie dabei zu, wie Paige einen Schritt vortrat und Feuer an die Gobelins und das zerlegte Holzmobiliar legte. Danach setzte sie das gerahmte Porträt der bösen Königin in Brand und warf die Fackel mit einem verbissenen Gesichtsausdruck ganz nach oben auf den Stapel. Dann kehrte sie zu ihrem Platz in dem Kreis zurück und fasste Phoebe und Piper an den Händen. Dunkler Rauch quoll aus dem Stapel hervor, stieg zu der hohen Decke empor und verwirbelte im Wind.

»Bringen wir's hinter uns«, sagte Paige leise. »Okay, Leute, wir werden jetzt ein Mal den Spruch rezitieren, und dann kommt ihr dazu«, rief sie in Richtung der anderen. »Wir werden ihn so oft wiederholen, wie es nötig ist. Alles klar?«

Die Antwort war ein nahezu ohrenbetäubendes Poltern, so laut, dass der Boden unter ihren Füßen ins Wanken geriet und einige der Versammelten beinahe das Gleichgewicht verloren. Doch der Kreis blieb geschlossen, und ein jeder hielt sich nur noch fester an seinen jeweiligen Nachbarn fest.

Paige drückte die Hände der beiden anderen Zauberhaften, und gemeinsam deklamierten sie den Spruch:

Fluch des Bösen, geboren aus Angst,
nicht länger gewährt sei, was du verlangst.
Wir rufen euch an, oh, ihr uralten Mächte,
in der schwärzesten Stund' aller finsteren Nächte.
Verbannt nun das Böse, haltet Gericht,
bringt uns den Frieden, lasst ein das Licht.

Die Menschen Tarsinas fielen einer nach dem anderen ein, als die Zauberhaften ihren Spruch ein weiteres Mal vortrugen. Laut schrien sie gegen den heulenden Sturm und das wütende Unwetter an. Und gegen das eigene Entsetzen. Wie mit einer einzigen Stimme brüllten sie dem Fluch ihre Worte in seine hässliche Fratze, die wie ein Damoklesschwert fast ein ganzes Jahrhundert lang über ihnen geschwebt hatte.

Fluch des Bösen, geboren aus Angst,
nicht länger gewährt sei, was du verlangst …

Krachend flogen die Türen zum Thronsaal auf, und Colins Mutter stürmte herein, das Gesicht von verlaufender schwarzer Wimperntusche entstellt und die Frisur verwüstet und zerzaust.

»Was tut ihr da?«, schrie sie, während ein halbes Dutzend loyalistischer Gardesoldaten hinter ihr hereingestapft kamen und um sie herum Stellung bezogen. »Colin! Komm da weg! Das kannst du nicht machen! Das geht einfach nicht!«

Alle ignorierten sie und rezitierten weiter den Spruch.

Wir rufen euch an, oh, ihr uralten Mächte,
in der schwärzesten Stund' aller finsteren Nächte …

Der Blick der Königin fiel auf die schwelenden Hinterlassenschaften im Innern des Kreises. Im gleichen Moment war plötzlich alles in einen wirbelnden Tornado aus schwarzem Rauch eingehüllt. Paige kniff die Augen zusammen, während sich die Windhose wie außer Rand und Band immer schneller und schneller zu drehen begann und dabei Schlamm und Dreck und Asche in alle Richtungen spie. Verzweifelt umklammerte sie die Hände der beiden anderen Zauberhaften.

»Nicht den Kreis unterbrechen!«, schrie sie. »Haltet euch alle fest!«

Bei Paiges Worten raste die Königin auf ihren Sohn und ihren Mann zu, packte ihre Hände und versuchte sie mit Gewalt auseinander zu reißen. Dann plötzlich, wie aus dem Nichts, fuhr ein grellweißer Blitz der Königin direkt in die Brust und schleuderte sie auf die andere Seite des Saals, wo sie hart gegen die Wand krachte und wie ein lebloser, alter Stofffetzen zu Boden sank. Aus den Augenwinkeln heraus konnte Paige einen flüchtigen Blick auf Corinne erhaschen, die wie eine Rachegöttin dastand, den ausgestreckten Arm auf die zusammengesackte Königin gerichtet.

Verbannt nun das Böse, haltet Gericht,
bringt uns den Frieden, lasst ein das Licht.

Der Wirbelsturm peitschte Paige das Haar ins Gesicht. Schutt und Trümmer flogen überall umher. Einige Hexen und Hexer hatten sich auf den Boden gekauert, um den Geschossen zu entgehen, doch standhaft hielten sie einander bei den Händen, damit keine Lücke in den Kreis gerissen wurde.

»Wie sieht's aus?«, brüllte Piper über das Höllengetöse hinweg. »Funktioniert es?«

»Keine Ahnung!«, brüllte Phoebe zurück.

Und dann hörte der Sturm ganz plötzlich auf. Mit einem letzten Knall verpuffte der Tornado zu Staub. Im ganzen Saal herrschte mit einem Mal Stille. Draußen riss die Wolkendecke auf, und ein paar schwache Sonnenstrahlen schienen hindurch. Benommen schaute Paige auf den nackten Steinfußboden im Innern des Kreises hinab. Nichts, absolut gar nichts von all dem Plunder, der einst der bösen Königin gehört hatte, war noch zu sehen.

»Wir haben's geschafft«, sagte Paige. Fragend blickte sie in die Runde. »Haben wir doch, oder?«

»Ja, es ist vorbei«, sagte Colin mit breitem Grinsen. Eine dicke Schicht von Schmutz und Staub lag auf seinem Gesicht, dennoch war ihm seine Freude leicht anzusehen. Er schien hübscher und stattlicher denn je. »Ich kann es fühlen. Es ist, als wäre ich plötzlich um zehn Kilo leichter. Spürt ihr es auch?«, fragte er, während er sich den Menschen seines Volkes zuwandte.

Ein donnernder Jubel brach los, und zahllose Fäuste reckten sich in die Höhe. Wildfremde Männer fielen sich im Siegestaumel um den Hals. Frauen brachen unter Freudentränen zusammen. Colins Vater schlang die Arme um seinen Sohn, und gemeinschaftlich verfielen der König und der Prinz überglücklich in befreiendes Gelächter – als strahlende Sieger.

Paige sah Piper und Phoebe an. Auch sie hatte das Gefühl, ihr sei eine Zentnerlast von den Schultern genommen. Sie hatten es geschafft. Das Volk von Tarsina war erlöst!

»Luka! Wachen! Bitte seid so nett, meine Mutter und ihre Männer in den Kerker zu begleiten!«, rief Colin, während er sich von seinem Vater löste. Er wandte sich um und deutete auf das Häuflein Elend, das von der Königin noch übrig geblieben war.

»Mit Vergnügen«, erwiderte Luka, bereits auf dem Weg.

Mühsam und ächzend erhob sich die Königin, als sie von Luka und einem seiner Männer wieder auf die Beine gezerrt wurde. Wütend funkelte sie Colin und ihren Gemahl an, als sie an ihnen vorbei abgeführt wurde.

»Ihr törichten Narren«, fauchte sie. »Ihr habt ja keine Ahnung, was ihr getan habt.«

Colin und der König erwiderten ihren Blick schweigend – angewidert, enttäuscht und traurig. Im selben Moment, als die Königin fort war, stürzte Corinne herbei und warf Colin die Arme um den Hals. Er hob sie in die Höhe und wirbelte mit ihr unter dem Applaus aller einige Male ausgelassen im Kreis herum. Schließlich setzte er sie wieder auf dem Boden ab und nahm ihr Gesicht in seine Hände.

»Meine Gemahlin«, sagte er und schaute grinsend auf sie hinunter.

»Mein Gemahl«, erwiderte sie.

Und dann küssten sie sich, als wäre es das allererste Mal. Paige klatschte Beifall und stieß einen Hurraruf für die neue Prinzessin aus, und wie ein mächtiges Echo fielen alle getreuen Untertanen ein. Piper schlang ihre Arme um Paige, und Phoebe legte ihr den Kopf auf die Schulter. Ein glückliches Lächeln lag auf den Gesichtern der Drei, während sie diesen Ende-gut-alles-gut-Moment verstreichen ließen. Der Prinz aus dem Zauberreich hatte die sterbliche Liebe seines Lebens geheiratet. Ein wunderschönes Märchen wurde tatsächlich wahr.

Nichts würde für die Menschen in Tarsina mehr so sein wie zuvor. Alles würde sich von diesem Augenblick an zum Besseren wenden.

13

Paige holte tief Luft und stieß sie langsam wieder aus.

Sie konnte noch gar nicht recht glauben, dass nun alles vorüber war. Dass sie gemeinsam mit Piper, Phoebe und Leo tatsächlich Tarsina gerettet hatte. Und dass sie am Ende doch noch Gelegenheit erhalten sollte, ihr atemberaubend schönes Brautkleid zu tragen.

Sie drehte sich nach links und nach rechts und betrachtete sich im Spiegel. Paige musste zugeben, dass sie einfach fantastisch aussah, und sie schenkte ihrem Spiegelbild ein kleines zufriedenes Lächeln. Es wäre eine Schande gewesen, dieses Kleid irgendjemand anderem zu geben. Schließlich war es eigens für sie *maßgeschneidert* worden. Einer anderen hätte es ganz ohne Frage bestenfalls halb so gut gestanden.

Die Doppeltüren zu ihrem Gemach flogen auf, und herein kamen Piper und Phoebe. Piper hatte ein langes blaues Ballkleid an, mit Puffärmeln und moderatem, rechteckigem Ausschnitt. Ihr Haar war in hunderte spiralförmiger Locken gelegt, die ihr wie eine Kaskade den Rücken hinabfielen. Phoebe dagegen hatte sich für ein pinkfarbenes Festkleid entschieden, einschließlich einem deutlich großzügigeren Dekolletee und einer Schleppe, die jeden ihrer Schritte mit leisem Geraschel untermalte. Um den Hals trug sie einen traumhaft schönen Diamantreif aus der königlichen Schmuckkollektion, den ihr Corinne geborgt hatte. Nachdem die Königin irgendwo in irgendeiner magisch versiegelten Zelle in sicheren Gewahrsam genommen worden war, hatte Corinne, als ihre rechtmäßige Nachfolgerin, uneingeschränkten Zugriff auf den ganzen Tand und Glitzerkram erhalten, der sich im Besitz der königlichen Familie befand. Das Erste, was sie daraufhin getan hatte, war, das Zeug ihren Freundinnen anzubieten.

»Wow. Ihr seht umwerfend aus«, sagte Paige, als sie sich zu ihnen umwandte.

»Oh, Paige«, entfuhr es Piper, und mit einem wehmütigen Lächeln schaute sie ihre Halbschwester von Kopf bis Fuß an. »Du wärst eine so wundervolle Braut gewesen. Versteh mich richtig, ich bin froh, dass du es nicht geworden bist, aber gewesen wärst du es schon.«

Paige grinste. »Vielen Dank«, erwiderte sie. »Ich hoffe nur, dass Weiß die geeignete Farbe ist, wenn man zum Ritter geschlagen wird.«

»Das also haben sie für heute Abend geplant?«, fragte Phoebe, während sie sich bei Paige einhakte und mit ihr auf den Gang hinausschlenderte. »Wir sollen zu Rittern geschlagen werden?«

Leo, der dort auf sie gewartet hatte, stieß sich von der Wand ab und trat auf sie zu, in seinem schicken Smoking der perfekte James Bond. »*Ich* werde zum Ritter geschlagen«, stellte er gerade. »Ihr drei Schätzchen werdet zu Ladys ernannt.«

»Ich dachte, ich *wäre* bereits eine Lady«, entgegnete Paige.

»Mach keinen Stress«, sagte Piper, als Leo ihre Hand nahm, und gab Paige einen freundschaftlichen Schubs.

»Na gut«, meinte Paige. »Aber wenn wir zu Ladys ernannt werden, solltest du vielleicht aufhören, uns ›Schätzchen‹ zu nennen«, wies sie Leo zurecht.

»Ein Punkt für dich«, gab er grinsend zurück.

Gemeinsam eilten die Halliwells die große marmorne Freitreppe des Palastes hinab und weiter den Korridor entlang zum Ballsaal. Vor den Türen standen Luka und ein paar weitere Wachen auf ihrem Posten. Als sich Paige und die anderen näherten, trat Luka vor und machte eine tiefe Verbeugung.

»Guten Abend, die Herrschaften«, sagte er lächelnd. »Ich habe die Ehre, Euch ankündigen zu dürfen.«

»Uns ankündigen?« Phoebe schaute ihn verwundert an.

»Ja, gnädiges Fräulein. Sie erwarten Euch bereits«, erwiderte Luka.

»Wer *sie?*«, fragte Paige.

»Alle«, entgegnete Luka mit einem Funkeln in den Augen.

Dann drehte er sich um und öffnete die Türen. Paige stockte der Atem, als sie über die Türschwelle trat. Der gewaltige Tanzsaal war bis zum Bersten voller Männer, Frauen und Kinder, allesamt in ihre beste Festtagsgarderobe gekleidet. Es war eine weitaus größere Schar von Gästen zugegen als bei ihrem ersten Ballabend in Tarsina. In dem Augenblick, als sich die Türen öffneten, verstummte auch der Letzte im Saal, und alle wandten ihre Gesichter den Neuankömmlingen zu. Reflexartig griff Paige nach Phoebes Hand. Noch nie hatte sie so viele Menschen auf einem Haufen gesehen, und alle starrten sie an.

»Eure Majestäten, Eure Lordschaften, meine Damen und Herren!«, rief Luka mit laut durch den Saal hallender Stimme. »Ich darf Ihnen die Helden und Ehrengäste des heutigen Abends präsentieren, die *Zauberhaften* Piper Halliwell, Phoebe Halliwell und Paige Matthews, und ihr *Wächter des Lichts*, Leo Wyatt.«

Sogleich brach ein einziger tosender Beifall im Saal aus, so ohrenbetäubend laut, dass Paige nicht einmal Phoebes Worte verstehen konnte, die mit völlig perplexem Gesichtsausdruck irgendetwas zu ihr sagte. Als Leo die drei Hexen weiter in den Saal führte, teilte sich die Menge und bildete auf dem schachbrettartigen Tanzboden einen Gang. Die Bürger Tarsinas klatschten und jubelten ihnen zu und ließen sie hochleben, während Paige und ihre Familie mit zitternden Knien und einem tapferen Grinsen im Gesicht wacker voranschritten. Am Ende des Ganges standen König Philip, Prinz Colin und Prinzessin Corinne vor ihren Thronsesseln. Paige lächelte Corinne zu, als sie die herrliche goldene Tiara erblickte, die das Haar ihrer Freundin zierte. Corinne erwiderte ihr Lächeln mit einem Zwinkern.

»Hoch geschätzte Damen und Herren, wenn ich einen Moment um Aufmerksamkeit bitten dürfte?«, rief Colin aus, dessen Worte auf magische Weise verstärkt wurden und den gesamten Saal ausfüllten. Ganz allmählich ebbte der Applaus ab, und die Stimmen senkten sich zu einem leisen, gleichwohl erwartungsvollen Raunen. »Wir haben uns heute Abend hier versammelt, um diesen tapferen Menschen unsere Ehre zu erweisen. Menschen, die niemals zuvor in Tarsina gewesen sind, die von unserem Königreich und seinem Volk nicht einmal gehört hatten. Und dennoch sind sie uns selbstlos zur Hilfe geeilt, als sie von unseren Nöten erfuhren.«

Ein weiterer Beifallssturm brandete auf, und Paige spürte, wie sie rot wurde ob all dieses Lobes. Colin wartete, bis der Applaus wieder abgeklungen war, bevor er fortfuhr.

»Ohne ihr rasches Handeln, ihren Mut und ihre mächtige Magie stünden wir alle jetzt nicht hier«, sagte Colin. »Und so dürfen wir uns heute, an diesem Abend, glücklich schätzen, ihnen die Titel Lord und Ladys von Tarsina zu verleihen.«

Während die Menge um sie herum abermals in lautes Klatschen und Hurrarufe ausbrach, trat Corinne vor und nahm Paiges Hand.

»Ihr müsst euch jetzt alle hinknien«, flüsterte sie und schaute von Paige zu Piper, Phoebe und schließlich Leo.

Paige nickte. Corinnes Finger umfassend kniete sie nieder. Kein leichtes Unterfangen in ihrem gewaltigen Kleid, aber mithilfe der dankenswerten Unterstützung ihrer Freundin bekam sie es hin. Paige lächelte Phoebe und Piper zu, die ihre Schultern strafften und ihre Blicke zu Colin erhoben. Einen solchen Titel verliehen zu bekommen war eine ernsthafte Sache, und daher versuchte Paige so feierlich auszusehen, wie es der Anlass verlangte, doch innerlich fühlte sie sich so übermütig und froh, dass sie vor Freude laut hätte auflachen können. Sie kam sich vor wie in einem Märchen, und letzten Endes war es das ja auch. Ein König verlieh ihr vor den Augen eines ganzen Königreiches einen ehrenvollen Titel. Selbst eine großartige, romantische Hochzeit hätte nicht schöner sein können.

Der Prinz zog ein glänzenden Schwert aus Silber hervor und legte es sich über beide Hände. Mit einer Verbeugung überreichte er das Schwert seinem Vater, der es hoch über seinen Kopf erhob, die Spitze gen Himmel.

»Ich, König Philip der Dritte von Tarsina, ernenne hiermit Euch, Paige Matthews, zur Lady von Tarsina«, verkündete er mit laut durch den Saal hallender Stimme.

Lächelnd schaute er auf Paige hinab und berührte mit der flachen Klinge des Schwertes sacht ihre Schulter. Dann hob er es über sie hinweg und ließ es auf die andere Schulter sinken. Währenddessen hielt Paige die ganze Zeit ihren Kopf geneigt. Sie spürte, dass dies dem feierlichen Moment angemessen war. Alsdann trat der König zuerst an Phoebe, dann an Piper und schließlich an Leo heran, um mit ihnen in gleicher Weise zu verfahren.

»Du kannst jetzt wieder aufstehen«, flüsterte Corinne, nachdem der König die Zeremonie vollzogen hatte. »Nun dreh dich rum und zeig dich der Menge.«

Paige tat, wie ihr geheißen. Unwillkürlich hielt sie den Atem an, als sie in hunderte und aberhunderte erwartungsvolle Gesichter blickte. Sie mochte immer noch nicht glauben, dass all diese Leute einzig und allein deshalb hergekommen waren, um sie und ihre Familie zu sehen. Fast schien es auf eine merkwürdige Art und Weise so, als sollten sie nun endlich doch noch die wohlverdiente Anerkennung für all das Gute und Edle erfahren, das sie bislang schon getan hatten. Niemand in ihrer eigenen Welt würde jemals etwas von den Schlachten erfahren, die sie als Zauberhafte tagtäglich zu schlagen hatten, doch diese Menschen hier wussten darum. Sie wussten um all die Opfer, um all die Last und die Qual, und sie dankten ihnen dafür. Das ganze Königreich war herbeigeeilt, um die Zauberhaften zu feiern.

»Verehrte Damen und Herren«, rief Colin aus und trat vor. »Ich darf vorstellen: Lord Leo Wyatt von Tarsina!«

Die Menge brach in tosenden Jubel aus, und Leo nickte in die Runde.

»Lady Piper Halliwell von Tarsina!«, fuhr Colin fort.

Piper grinste und wurde knallrot.

»Lady Phoebe Halliwell von Tarsina!«

Phoebe hob die Hand, um sich für den Beifall zu bedanken, und machte einen kleinen Knicks.

»Und, nicht zu vergessen, Lady Paige Matthews von Tarsina!«, schloss Colin.

Falls überhaupt noch möglich, so wurden die Begeisterungsstürme noch um einiges lauter, als auch Paige vortrat und einen Hofknicks vollführte. Alle im Saal wussten, was Paige bereit gewesen war, für sie zu opfern, und ein jeder wollte ihr seine Dankbarkeit zeigen. Paiges Herz schien schier zu bersten vor Glück, als Corinne und Colin sie nacheinander umarmten. Irgendwie war am Ende doch noch alles so gekommen, wie es sein sollte. Die richtigen Leute hatten einander geheiratet, die richtigen Leute regierten das Land, und in Tarsina war endlich wieder Friede eingekehrt.

»Ich kann euch gar nicht sagen, wie ich mich für euch freue«, sagte Paige zu Corinne und Colin, während diese eng umschlungen beieinander standen.

»Das alles haben wir dir zu verdanken, Paige«, sagte Colin, während die Hofkapelle zu spielen begann und die Menschen paarweise auf den Tanzboden strömten. »Wir verdanken alles nur dir.«

»Paige? Bist du schon wach?«

Polternd klopfte Piper an die Tür und trat im nächsten Moment schon ein. Paige lugte unter ihrer Bettdecke hervor, sah Piper und seufzte. Piper lachte, hielt sich aber wohlweislich rasch die Hand vor den Mund.

»Wie geht's dir?«, fragte sie und kam weiter in den Raum hinein, die Arme vor der Brust verschränkt.

Paige wusste, dass sie bejammernswert aussah. Lang ausgestreckt lag sie auf der verschwitzten Matratze, die Decke bis zum Kinn hochgezogen. An der Innenseite ihrer Kleiderschranktür, direkt gegenüber dem Bett, hing das Kleid, das um ein Haar ihr Hochzeitskleid geworden wäre. Aus irgendeinem unerfindlichen Grund konnte sie nicht aufhören, es anzuschauen.

»Ich glaube, ich vermisse Tarsina«, sagte Paige und seufzte abermals. Sie nahm die Kordel ihres Kapuzenshirts und fing an, damit herumzuspielen.

»Du meinst, du vermisst die tollen Klamotten, was?«, meinte Piper und ließ sich auf der Bettkante nieder.

Paige nickte schwach.

»Und du vermisst die ganzen Bediensteten und Kammerzofen, die von früh bis spät nichts anderes zu tun haben, als sich um dich zu kümmern, hab ich Recht?«, fragte Piper.

Wieder seufzte Paige und blickte wehmütig in die Ferne, während sie an das fantastische Frühstück im Schloss dachte und an die Dienerschaft, die, kaum dass sie nur einen Schritt gemacht hatte, immer sogleich herbeigesprungen war. Nun gut, manchmal war es etwas lästig gewesen, aber alles in allem war es ziemlich, ziemlich cool.

»Versteh mich nicht falsch, Piper, ich bin froh, wieder zu Hause zu sein«, sagte Paige, die sich halb aufrichtete und in die Kissen zurücklehnte. »Aber ich muss zugeben, dass es irgendwie ganz nett war, mal für ein paar Tage Prinzessin zu sein.«

»Ich weiß«, erwiderte Piper, griff nach einer von Paiges Haarsträhnen und wickelte sie sich um den Finger. »Und deshalb haben wir auch beschlossen, dich nur ganz behutsam wieder in die Normalität zurückzuführen.«

»Was soll denn das jetzt wieder heißen?«, fragte Paige und runzelte die Stirn.

»Phoebe?«, rief Piper.

In der nächsten Sekunde wurde die Tür aufgetreten und herein kam Phoebe, ein großes Tablett mit French Toast, Erdbeeren, Orangensaft und einem großen Becher Kaffee vor sich her tragend.

»Tadaa!«, machte Phoebe und stellte das Tablett direkt vor Paige ab.

»Mein Gott, Leute! Was ist denn in euch gefahren?«, fragte Paige staunend. Ihre Augen begannen beim Anblick all der leckeren Dinge förmlich zu leuchten, und die aufsteigenden Düfte lösten augenblicklich ein heftiges Magenknurren bei ihr aus.

»Wir haben nur versucht, uns in deine Lage zu versetzen, und uns überlegt, dass es sich möglicherweise irgendwie traumatisch auswirken könnte, wenn einem das Dolce Vita einer Märchenprinzessin, das einem in Aussicht gestellt wurde, einfach wieder vor der Nase weggezogen wird«, erklärte ihr Phoebe. Sie setzte sich neben Paige und schlug die Beine unter. »Ganz egal, wie oft du beteuerst, dass du dieses Leben eigentlich gar nicht wolltest.«

»Ich wollte nicht heiraten, und ich wollte keine Kinder«, erwiderte Paige, während sie sich eine Erdbeere in den Mund stopfte. »Aber all die anderen Dinge waren echt spektakulär.«

»Ich kann dir sagen«, entgegnete Phoebe. »Hast du diesen Typen gesehen, mit dem ich auf dem Ball getanzt hab? Na, wenn das nicht spektakulär war, so tanzt doch bei uns kein Mensch.«

Paige lachte und schaute die beiden anderen Zauberhaften an. »Na ja, eine Sache habe ich aus dieser ganzen Erfahrung jedenfalls gelernt«, sagte sie.

»Vertraue niemals deiner Schwiegermutter?«, schlug Piper vor.

»Oh, nein, warte! Ich hab's! Schicke niemals Leo und mich als Spione irgendwohin!«, warf Phoebe ein.

»Nein! Nein! Nein! Alles ganz falsch«, wehrte Paige lächelnd ab. »Nachdem ich Corinne und Colin zusammen gesehen habe, will ich von nun an, egal, was da auch kommen mag, nie wieder irgendeinen Kompromiss in der Liebe machen.«

»Oh, Liebes. Du hast ihn wirklich gemocht, stimmt's?«, sagte Phoebe und legte Paige den Arm um die Schulter.

»Ja, das hab ich«, sagte Paige und verspürte im selben Moment einen kleinen Stich in ihrem Herzen. »Aber es hat wohl nicht sollen sein. Aber das heißt ja nicht, dass nicht doch irgendwo da draußen der Richtige für mich herumläuft. Jemand, in den ich mich wirklich und ernsthaft verlieben kann. Und eines Tages, das weiß ich genau, werde ich ihn finden.«

»Ja, das wirst du, Liebes, da bin ich mir ganz sicher«, erwiderte Piper lächelnd.

Paige nickte. Mit beiden Händen hob sie ihren Kaffeebecher vom Tablett. Sie nippte daran, schloss die Augen und genoss das Gefühl, wie das heiße Getränk sie von innen heraus erwärmte.

»Und, hey, wenn der Mann meiner Träume mit einem Palast und ein paar Bediensteten daherkommt«, sagte sie mit einem verschlagenen Grinsen, »soll mich das auch nicht weiter stören.«

Über die Autorin

Emma Harrison war als Lektorin tätig, bevor sie ins Autorenfach wechselte. Sie hat zahlreiche Bücher zur Serie *Charmed* verfasst. Derzeit lebt sie mit ihrem Mann in New Jersey.